1884
W
W

VIVECA LÄRN

Midsommarvals

Roman

WAHLSTRÖM & WIDSTRAND

Av Viveca Lärn har Wahlström & Widstrand utgivit:

Så länge solrosorna blommar, 1995
Den blå vänthallen, 1996
Livet på marken är inte lika lätt, 1997
Midsommarvals, 1999
Hummerfesten, 2000

Saltön finns inte i verkligheten
och det gör inte heller någon
av människorna i denna bok.

Tryckt hos AIT Falun, 2001
ISBN 91-46-18135-0

”Även en pappersservett kan bli en svan”

– Emily Blomgren

SÖNDAG

TIO TRUTAR STOD stilla på kajen och spanade ut mot havet. Först kunde Sara inte skilja dem åt, men efter en stund upptäckte hon att den som stod med ena foten på en lottokupong saknade ett öga.

Som i en pedagogisk lek. Åtta skall bort.

Hon log för första gången på länge. Till skolan tänkte hon inte återvända. Slut med åtta skall bort, o som i orm och röda gruppen slutar 11.40.

Vilken känsla när hon sista gången besökte personalrummet för att säga adjö till kollegerna med hjälp av en vänlig kladdkaka. Hon hade mottagit den alltför färgglada vårbuketten och påsen med pulvret som skulle få den att leva länge (varför hade inte Axel haft en sådan?). Hon hade också fått ett fult stenålderssmycke av kollegerna. När rektorn hade hållit tal, gick Sara bort till pentryt och rev av den gröna dymoetiketten från sin bruna kaffemugg. Fyra vita bokstäver på ett ilsket plastband.

Där åkte Fröken Duktig i papperskorgen.

Rektorn tryckte ned hennes axel med sin blytunga hand och log onaturligt.

– Jag förstår att det känns bra för dig att börja om på ett annat ställe när allting är som det är. Men du skall veta att du alltid är välkommen tillbaka, även om det inte är jag som har den egentliga befogenheten att tillsätta tjänster. Hur som helst. Det kommer att gå bra för dig, Sara, inte sant?

– Ja, för fan.

Syslöjdsläraren som satt i sin vanliga fåtölj tappade en maska.

En flakmoppe gick på tomgång utanför gatuköket.

Ägaren, en kutryggig man i bakvänd keps höll på att lasta tidningsbuntar på flaket. Han såg aldrig åt Saras håll. Kanske fanns hon inte.

Dock hade hon kommit med tåget. Från Göteborg till Saltön. Tre timmars resa.

Två resväskor och en bag. I pannan stod det förmodligen nybliven änka, ännu inte trettio år. Nyss fyllda tjugonio.

Hon studerade tre fiskebåtar som låg ordentligt förtöjda med skrubbade däck och blanka mässingshandtag på styrhytterna. Hon fick en känsla av att otillgänglighet präglade det samhälle som hon valt för dess inbjudande skönhets skull och för öppenheten mot havet.

Den salta vinden tog i och fick trutarna på kajen att darra. Den enögda lyfte och seglade i väg med överlägsen uppsyn då en kraftig vindstöt satte igång larmet på en rostig brun Volvo som stod parkerad utanför Konsum med ena hjulet på trottoaren.

Ett fönster öppnades på andra våningen i ett gult hyreshus och en mörkhårig mager kvinna i medelåldern stirrade ilsket på bilen. Efter en stund kom hon ut genom porten med en röd dunjacka ovanpå ett slinkigt nattlinne och stängde av larmet. På de svarta lacktofflorna guppade rosa fjäderbollar.

Det blev åter så tyst som brukligt är en solig söndagsmorgon fem dagar före midsommarafton i ett litet samhälle nära Västerhavet. Ett samhälle med endast en slaktare som fortfarande kan skilja på högrev och märgpipa, med fyra livaktiga ombud för tipstjänst, penninglotteriet och trav & galopp. Arbetslöshet, i synnerhet vintertid. Turister, sommargäster … o ja.

Saras bagage stod kvar på stationen. Hon hade stämt träff med hyresvärden utanför kiosken klockan elva. Hon hade blivit förvånad över tidpunkten, för klockan elva trodde Sara att alla människor i små samhällen satt i kyrkan med händerna i knät.

Intill kiosken låg Restaurang Lilla Hunden där Sara sökt och omedelbart fått jobb. Liten radannons i GP. En impuls. Ett telefonsamtal. Anställd. Ofattbart. På begäran hade hon fått en skriftlig bekräftelse bestående av tio ord med slarvig stil i blå kulspets på ett urrivet kollegieblocksblad:

"Hej. Du skall börja på Lilla Hunden sista måndagen i juni. Kom i tid."

Ingen underskrift.

Sara lämnade hamnen och mellan två enorma rosenbuskar som såg ut som de tänkte springa ut i blom vilken minut som helst, hittade hon en smal järntrappa som steg brant uppför berget med höga obekväma steg.

Hade hon gjort rätt eller fel som flyttat hit?

– Rätt, ropade hon på vartannat trappsteg.

– Fel, mumlade hon på vartannat.

Det var efter Axels begravning hon hade bestämt sig för att börja om.

Hon hade inte rådgjort med någon utan frågat inåt, långsamt och noggrant och faktiskt fått ett entydigt svar. Som alltid när hon vågade ignorera omvärldens oombedda och beskäftiga råd i tid och otid.

Beslutet var solklart. Hon tänkte inte stanna kvar i lägenheten, inte i huset, inte på gatan, inte i kvarteret, inte i stan och absolut inte i skolan. I Sverige ville hon stanna kvar, åtminstone tills vidare.

– Nära havet! hade hon utropat med hög och klar lärarinneröst.

Havet hade hon aldrig prövat på. Inte i Sverige. För dyrt hade Axel sagt. Kapitalistsommar.

De sörjande hade skilts åt utanför Hagakyrkan en svart dag i maj och Sara hade gått ytterst långsamt hem genom Haga med huvudet fullt av tunga tankar. Allt kändes så tungt att det tog emot rent fysiskt att gå upp i den tomma lägenheten som kanske fortfarande doftade Gauloise och Boss efter Axel. Benen kändes som efter Göteborgsvarvet förra året trots att hon inte rört sig en tum mer än nödvändigt de senaste veckorna.

Hon hade öppnat lägenhetsdörren i den fruktansvärda vissheten att hans islandströja låg kvar på sängen längre in i lägenheten. Den tröjan hade hon gråtit tillräckligt i, så hon vände i dörren och återvände till vimlet av studenter, konstnärer och turister på

Haga Nygata. Hon tittade på nyfikna ansikten som granskade prylarna utanför antikvitetsaffären, tyskar och amerikanare som vände och vred på emaljkannor, filosoferande unga människor som satt i magra kroppar i svarta och grå kroppsnära kläder och åt gigantiska kanelbullar.

Sara stirrade på en billig brudklänning från 1902 i ett skyltfönster. Hon fick plötsligt en ingivelse att fortsätta till lekplatsen där gungorna fortfarande svängde efter barn som sprungit in till dagens fruktstund. Hon kände den dova elaka smärtan rätt in i magen, i tinningarna och i axlarna, rådfrågade sig själv och beslöt att hon måste göra något annorlunda, något diametralt motsatt för att stå ut. Axel hade haft stora händer, hon skulle bara umgås med småhänta människor.

De hade bott på Linnégatan mellan spårvagnsspår och bussar precis ovanför en möbelaffär som ständigt höll på att sprängas av blommiga bäddsoffor. Hon tänkte flytta till en håla.

Hennes händer var kalla och rödfnasiga i den hårda vårsolen.

Först hade han levt och sen hade han varit död. Varför fanns det ingenting däremellan?

De hade grälat om vart de skulle åka på semester, först på allvar, därefter på skoj och sedan på allvar igen.

Hon ville att de skulle åka till Norrland och fjällvandra för det hade de aldrig gjort och det skulle kännas så sunt och friskt och ganska giftfritt.

Han ville att de skulle åka till den lilla fiskarbyn söder om Rimini för det hade de alltid gjort och där kände han minst fyra andra konstnärer som också gillade vin, ost, konst och fotboll. Hon gillade ju stranden och solen eller hur?

Eftersom grälet blev ovanligt långt och tråkigt hade hon gått ut för att köpa fyra gröna äpplen och en GT och när hon kom tillbaka hade Axel legat på rygg på köksgolvet, vänd inåt mot gasspisen, vilket var typiskt honom som var så dramatisk av sig.

Hon hade ropat något spydigt för hon ville gärna att de skulle fortsätta att gräla, helst på skoj kanske, eftersom de älskade varandra så mycket. Det där med fjällen var inte enbart egoistiskt för hon trodde faktiskt att det skulle vara bra för Axel och hans hjärta att inte sitta i Italien och äta en massa korv, ost och sardiner och konsumera litervis med vin varje kväll. Han hade fyllt fyrtioåtta.

Men Axel hade inte hört den spydiga repliken för han hade varit död och det var just på grund av hjärtat, men nu var det för sent att åka till Norrland och inte dricka vin. Hans mörkbruna vemodiga mustascher slokade för sista gången och hans nötbruna ögon stirrade tomt. Hans stora händer låg slappa som de aldrig hade gjort. Lite zinkvitt på höger tumme.

– Hur länge var ni gifta? frågade den kvinnliga polisen efter att ha assisterat vid ögonslutningen. Hon höll huvudet aningen på sned där hon satt i Axels hembyggda enfärgade bäddsoffa.

– Fem år, kanske. Eller fyra. Tre tror jag.

Polisen log inåtvänt. Hon hade varit gift tre år, två veckor och sex dagar och hade nio risgryn kvar i portmonnän.

– Har ni barn?

Själv hade hon två. En pojke och en flicka, båda med ljust hår. De hade varit brudnäbbar och skött sig oklanderligt utom att Markus fått lite hicka. Undrar vad de gjorde nu. Hon kände inget förtroende för föreståndaren på Angelicas dagis. Övervintrad hippie, typ.

– Nej, inte vi, han hade. Jag skall kanske ringa Axels dotter. Hon bor i USA. Hon är au pair i Los Angeles.

Polisen tittade ut genom fönstret.

En resa hade varit spännande. Hollywood. Undrar om de där bokstäverna verkligen fanns på berget.

Trappan slutade högst upp i öppen jord, vilket gjorde att man inte kunde avgöra om det sista trappsteget verkligen var ett trappsteg.

En bit in i en liten dunge stod en bänk inkilad i en klipphylla och Sara satte sig längst ut på den, ifall den var privat. Hon måste se till att inte stöta sig med någon för ovanlighetens skull. När hon svarat på annonsen hade restaurangägaren frågat vad hon hade för anknytning till Saltön och då hade hon svarat: Ingen,

ingen alls. Det var sant.

Men hon hade faktiskt serverat en hel del när hon var utbytesstudent och bodde hos en högborgerlig familj utanför Boston.

Utsikten över samhället var grandios. Man såg hela Saltöhamn, låga vitmålade artonhundratalshus, många med snickarglädje. En del snickare hade varit väl glada i sin iver att bättra på idyllen. Runt de flesta husen fanns minimala tomter med sådana trädgårdar som kallas pedantskötta när husen säljs till utsocknes. Runt husen snälla trästaket, snirkliga grindar och brevlådor med solar, hjärtan, sjöbodar, måsar och blågula flaggor.

På en liten höjd låg skolan, en vinkelrät sextiotalsbunker i rött tegel. Sara tänkte aldrig mer jobba med andras ungar överhuvudtaget; det fick henne bara att känna sig mer värdelös än vanligt. Har frökens barn lockigt hår? Har frökens barn dyslexi? Går frökens barn på dagis? Tål frökens barn gluten?

På Lilla Hunden skulle hon få vara i fred för barn.

Hon såg ut över den mörkblå vattenytan i hamnen och blev plötsligt stolt över sig själv, för att hon orkat genomföra sitt beslut att lämna det stora Göteborg och den lilla skolan när terminen ännu inte var avslutad.

Alla hade förstått. Sorgen, sa kollegerna. Det är som ett arbete. Ett år – sedan är det värsta över. En midsommar utan. En semester utan. En jul utan. En påsk utan. Året efter blir det annat. Miljöombyte. Suveränt. Fast man kan inte fly från sig själv; det kan man inte. Men ändå. Du är ung. Börja om. Inte att tänka på nu. Naturligtvis. Förlåt. Men sedan. Familj? Kanske någon yngre … Ursäkta, det var klumpigt. Det är i alla fall vackert väder. Man lever bara en gång.

Nu var hon förvånad över att hon så resolut orkat genomföra allt praktiskt och att hon sökt och funnit denna obekanta ort så långt ut i Västerhavets mest västra skärgård. Fjorton sökande hade kaféägaren sagt att det var, men hon var tydligen den enda som hittat på att hon hade kafévana.

Den röda tegelkyrkan tronade högt och strängt över stan, sjömärke lika mycket som kyrka medan det ljusgröna frikyrkotemplet med runda fönster låg folkligt insmickrande på platta marken strax bakom järnvägsstationen.

Solen reflekterades i kyrkans rosettfönster som en påminnelse om att det fanns en anledning att besöka insidan. Frikyrkan hade treglasfönster.

Idrottshallen låg med bruntonade fönsterrutor nedanför kyrkan. Den var byggd som en jättelik igloo med gigantiska fjädrar på taket för att hedra stadens framgångsrika badmintonlag.

Sara urskilde också systembolagets gröna skylt vid det fyrkantiga funkistorget, Länken i en gul patriciervilla vid sidan om kyrkogården och ett stort och slitet Folkets Hus. Närmare hamnen låg Hotell Saltöbaden som var trestjärnigt, vandrarhemmet, kiosken, pensionatet och minigolfbanan. Där var fiskhallen och kallbadhuset, glassbåten, galleriet och dykarklubben Neptun. Mellan fiskhallen och vattnet en hög obelisk av granit till minne av de sjömän som offrat livet för yrkets skull.

En tvär gränd ledde upp till biblioteket, ett vackert men fallfärdigt vitt trähus som byggts till vid olika perioder i de underligaste vinklar. Från insidan uppfattade man det blå skenet från datorer.

Ålderdomshemmet var byggt i tryggt Bror Duktig-tegel med räta vinklar. I varje fönster syntes en bordslampa, en grön krukväxt och i de flesta också ett solbränt visset ansikte under spretigt grått eller vitt hår. Övervägande kvinnoansikten. Utanför porten stod sex rullatorer kedjade vid en träskulptur, troligtvis föreställande en åldrad fiskare.

Runt hörnet mot torget låg på rad banken, posten, fastighetsmäklaren och alla affärerna.

Bortom det högsta berget syntes tunn antracitfärgad rök från det lilla industriområdet med konservfabriken Månssons delikatesser i centrum.

– Vad tycker du Axel? frågade Sara.

Axel undrade var krogarna och målarna fanns.

Uppe på berget slog en dörr igen. Det var Karl-Erik Månsson som gick ut och när han smällde igen ytterdörren efter sig talade hans hustru Kristina fortfarande, okänt om vad, en tröttsam ovana ansåg Karl-Erik, men man får ta det onda med det goda. Med tiden tänkte han åstadkomma en förändring. Han hade rätt gott om tid.

Nu andades han in den salta vårvinden och slog sig ned på den vita järnsoffan utanför köksdörren. Soffan liknade ett broderat överkast. Han tog upp kikaren ur fodralet och ställde in skärpan efter sin nya syn. Ålderssyntheten hade kommit ovanligt sent, precis mellan hägg och syren den försommaren Karl-Erik fyllt femtiosex. Nu var han femtionio och hade djupa solfjädersrynkor vid ögonen, munvinklarna och värst framför örsnibbarna. Hans hår var fortfarande kastanjebrunt, för han färgade det själv var femte vecka i bastun.

Kristina var nästan intakt, blond, ung och söt som TV-reklam för öl, intimhygien och sockerfritt tuggummi.

– Titta Kristina, du är sötare än modellerna men du har något som de inte har. Du har Karl-Erik Månsson.

Hans ålder yttrade sig enbart i något nedsatt hörsel, en skottskada från ungdomens militärtjänst brukade han påstå med manlig min.

– Så praktiskt att det är hörseln som fallerar, sa Karl-Eriks bittre lillebror Evert när han höll talet till brudparet och fortsatte efter en stunds tystnad:

... alldenstund den unga bruden tycks ha mycket på hjärtat.

Gästerna vid de nedre borden skrattade så innerligt att duken på partytältet böljade, men Karl-Eriks närmaste män på delikatessfabriken smålog återhållsamt sedan de sneglat på sin chef.

Brudgummens mamma Magdalena som satt tunn och spikrak på den vita plaststolen i lila klänning med häpnadsväckande urringning skrockade uppskattande och tömde sitt vinglas i ett enda drag.

– Evert har en vass tunga, sa hon till prästen. Det har han efter mig: Karl-Erik är mer lik sin pappa, det vill säga mer ...

– Försiktig? föreslog prästen.

– Färglös, sa Magdalena. Kan du vara snäll och servera mig mer vin. Ja Albin var inte någon folk lade på minnet. Ändå älskade han uppmärksamhet. Verkligen osmak att han dog just på sin sextiofemårsdag och till på köpet innan uppvaktningen från styrelsen och kommunen ringde på dörren. Men det ligger i Månssons släkt att dö den dagen.

– Jag hade ju aldrig nöjet att träffa Albin, svarade prästen milt och snöt sig diskret i servetten, men det är ofta hugnesamt att man är lite olika till sättet i ett äktenskap. Att man kompletterar varann.

– Tror du själv på det där? frågade Magdalena. Du och din fru ser ju ut som syskon.

Prästen smålog och tittade på klockan.

– Nu är det snart dags för mig att lämna denna fest och högtid, sa han med välmodulerad artikulation. Jag har lovat min hustru Carola att vi skall spela flöjt med barnen klockan sju.

– Så trist, sa Magdalena och log med bländvita tänder.

Kikaren var en bröllopspresent från bruden. Ovanför den vänstra linsen stod det ”Kristina for ever” ingraverat med gyllene bokstäver i skrivstil.

Det var en morgongåva.

Karl-Erik hade blivit besvärad.

– Det är en sed jag inte känner till, sa han. Att bruden kommer med presenter.

– Så gjorde i alla fall prinsessan Alexandra av Danmark och precis så gör vi i Göteborg.

Kristina hade överhöljt hans förtjusta ansikte med små söta flickkyssar.

I fokus fångade Karl-Erik in den lilla bergknallen på sin tomt. Han granskade flaggstångens fundament. Kanske han borde fälla stången och måla om den under industrisemestern?

Han svepte med blicken över flaggstängerna i grannträdgårdarna och konstaterade irriterat att de visserligen var något kortare men klart vitare än hans. Så höjde han kikaren mot hamnen. Havet var glittrande men kyligt gråblått som Magdalenas nya Volvo. Så meningslöst att köpa en sprillans ny bil, metallic, vid åttiofem års ålder. Varför skulle just bröderna Månssons mamma vara galen, när det fanns så många fina små mammor som tänkte mer på sina efterlevande än på sig själva, medan de ödmjukt stuffade runt i stan med sina rullatorer?

Karl-Erik körde en ny Volvo som stod på firman och Kristina hade fått en liten bekväm röd shoppingbil i julklapp. Hon kunde tanka den själv. Det tyckte Karl-Erik om för hans båda tidigare fruar hade inte vetat om motorn satt fram eller bak.

Kristina brukade åka till köpcentret vid IKEA utanför Göteborg på fredagarna och storhandla. Ett par gånger hade hon åkt till Oslo, där hon hade en tjejkompis från högstadiet. Karl-Erik skulle dubbelchecka den uppgiften om det hände igen.

Han zoomade in bryggan. De flesta båtarna hade sjösatts, alla av riktigt folk. Själv sjösatte han alltid på själva midsommarafton, oavsett väder, en gammal tradition han ärvt av sin far.

Frisören, fastighetsmäklaren och Veteranen Olsson skulle alltid vara med och några starka pojkar från fabriken – en sup till varje (Løitens akvavit) och så vinschen och plask, nu är det sommar och sol och koskit i hagen.

Han log för sig själv. Livet kunde inte vara bättre.

På kajen stod en lång mörk kvinna i trettioårsåldern och tittade häpet på havet som en vilsekommen turist. Hon var helt felklädd i en lång svart kappa som fladdrade i vinden.

Han kände något i nacken. Bara inte en tvestjärt? Han skulle just slå till när han insåg misstaget.

Det var Kristina som försökte kyssa hans gamla rödrandiga breda nacke. Hon blundade medan hon gjorde det och tänkte på den unga smala fjuniga nacken med grop i som stått framför henne i kassan på ICA kvällen innan.

Vad gjorde den nacken nu?

Karl-Erik sänkte leende kikaren och började andas häftigare.

– Du, sa Kristina och lindade armarna runt hans korta hals. Måste vi hyra ut lillstugan i år igen? Det är så tråkigt att ha sommargäster. Tyskarna skriker ju så och göteborgarna slänger så mycket skräp. Du minns hur många gånger du fick köra till tippen förra året. Och de där advokaterna från Stockholm som grillade och sjöng varenda kväll. Jag tänkte att vi kunde få rå om oss själva denna sommaren, bara du och jag. Mina halvsystrar kunde kanske få bo i lillstugan några veckor? De har inget att göra på semestern, jag har kollat faktiskt.

– Jaså, det har du.

Månsson hade den bistra minen.

Kristina såg efter honom när han gick i väg med bestämda steg och med kikaren i läderremmen runt halsen.

Hon kände sig uppgiven och gråtfärdig när hon plockade upp en smörblomma som växte intill husväggen och luktade på den. Den var doftlös och hon kastade den i vattentunnan, där den hjälplöst flöt omkring på vattenytan.

– Din stackare, sa Kristina.

Hon hade börjat att tala högt för sig själv i sin ensamhet strax efter bröllopet för att hålla galenskapen borta.

Det var bara sex år kvar.

Karl-Erik gick nedför trappan mot hamnen med höger hand på ledstången. Det noggrant smidda järnet sken svart och blankt i vårsolen. Inte ett spår av måsbesök.

Kikaren studsade mot hans mage och han tittade ner på den med rynkad panna. Kanske han borde korta remmen.

Han hörde slipljud från Blomgrens tomt och tog en sväng runt staketet.

Blomgren stod och skrapade fönster på lillstugan. Ryggraden på hans magra kropp avtecknade sig genom poplinjackan.

– Jaså du står och skrapar fönster, Blomgren.

Blomgren funderade en kort stund men fann det onödigt att svara.

– Kristina vill inte att vi hyr ut i år.

Blomgren tog upp ett nytt sandpapper.

– Hon är ju från Göteborg.

– Hon får väl lära sig.

Blomgren tittade långt efter Karl-Erik Månsson innan han blinkande återgick till sitt arbete. Hans ögon tårades oavbrutet i vinden.

På kajen spatserade trutarna. De hade hackat sönder några pappers- och räksalladsrester från gatuköket och tittade sig omkring med små giriga ögon.

Karl-Erik Månsson ryckte i handtaget till hamnkontoret, men dörren var låst. Inte en människa syntes till i hamnen, men från Kabbes segelbåt som låg i vattnet året runt hördes smattrandet från fallen som slog mot masten. Kabbe var krögare på Lilla Hunden och seglade som en påse nötter.

Månsson gick ut på hemmabryggan för att titta till sin båtplats och när han hoppade ner på huvudbryggans smalare förlängning knakade och gnisslade den.

Om han ändå hade haft sitt lilla praktiska elektroniska direktörsminne i fickan.

Han riktade blicken uppåt och sa med tydlig röst:

– Brev till kommunen. Bryggan i anmärkningsvärt dålig kondition; bör ses över snarast möjligt så inget otrevligt inträffar under högsäsongen. Hög tid. Fem dagar tills det brakar lös på allvar.

Han kände sig iakttagen och såg hastigt ner. Lutad mot en pollare stod den gängliga svartklädda kvinnan som han sett tidigare och log retsamt mot honom, men hon sa inget. Hon hade en stark blick i sina bruna ögon. Det brände till.

Han nickade kort. Hon hade väl inte tilltalat honom – hon såg liksom frågande ut? Han tittade beslutsamt på klockan och fortsatte med kraftfulla direktörssteg. Hörapparat var det inte tal om.

Hade hon frågat något var det säkert någon fruntimmerssak: Hur många grader är det i vattnet?

Så skönt att han inte behövde befatta sig med kvinnfolk. Kristina var så ung att han nästan kunde skapa henne själv. Han höll på att lära henne vilken mat som var riktig, nästa avdelning skulle bli hennes klädval och umgänge. Han var belåten med sitt tålamod – han gick nästan omärkligt fram mot sitt mål: den perfekta flickhustrun.

Kristina hade tagit på sig prickiga tights – det var skönt att hennes make åtminstone inte lade sig i vad hon hade på sig. Det var ett evinnerligt tjat om vad som var fin mat. Kristina fick varken äta kebab eller piroger som hon älskade. Knappt pizza.

– Pizza, sa Kristina, det finns inget läckrare. Vesuvio. Marinara. Frutti di Mare. Pizza Amore.

– Här i huset äter vi rikemansmat när vi har kalas, sa Karl-Erik. När vi är ensamma äter vi svensk husmanskost.

Den enda roliga tiden Kristina upplevt i Karl-Eriks hus var en vintervecka efter bröllopet när maken varit i Strömstad på en konferens rörande sillinläggningar.

Då hade alla hennes bästa väninnor kommit med bussen från Göteborg och sedan hade de legat på den jättelika vita sängen och skrattat sig till kramp med Bryan Adams på högsta volym. Varje kväll hade de ringt efter tre Pizza Amore som de ätit direkt ur kartongerna och sköljt ner med Månssons gamla årgångsviner, fortfarande i sängen, tjutande av skratt. Dagen före Karl-Eriks återkomst tågade de fnittrande till systemet och köpte tjugo liter vin i kartong som de under våldsamma skrattsalvor hällde över med hjälp av en bensintratt i Karl-Eriks märkvärdiga dammiga vinflaskor som de tömt under frihetstiden.

– Varför har din gubbe vinet i källaren? Så långt att gå. Hemma har vi allt vin ovanpå kylskåpet. I källaren har vi snowboards och surfingbrädor.

Över sina tights bar Kristina den neongula trånga favorittopen. Över den hade hon gärna velat bära sin korta roliga slängmink – men sommaren hade dessvärre blivit så varm att den kunde framkalla hånskratt.

Hon tog bilen nerför backen och parkerade på handikapprutan på torget och skyndade in i videobutiken. Hon lämnade tillbaka tre amerikanska rysare och bestämde sig hastigt för tre nya.

– Tre filmer, tre dygn, sa den unge bleke mannen i svart t-shirt och drog i sin näsring. Du kan få rabatt om du blir medlem.

– Nej tack, sa Kristina. Jag har råd.

Hon såg sig om när hon kom ut på gatan, tog upp en neutral plastpåse ur fickan och flyttade över videofilmerna.

Videobutikens grälla plastpåse stoppade hon i en papperskorg på torget. En trut tog genast en flygtur dit för att inspektera vad som kommit in.

Ut ur tobaksaffären kom Kristinas svärmor.

– Jaså han är inte roligare än att du måste åka och hyra videofilmer vareviga dag. Ja, han har alltid varit begåvad med god sömn, Karl-Erik.

– Det är till en väninna, svarade Kristina och stirrade stelt på den magra gamla damen som stod där så självsäkert. Skall vi gå och ta en kopp kaffe på Lilla Hunden, svärmor?

– Kaffe har aldrig gjort någon människa glad, sa Magdalena och klev in i sin jättelika blänkande bil och startade utan att säga adjö. Plötsligt tvärbromsade hon, backade tillbaka och stannade farligt nära Kristinas fötter. Vindrutan gled ljudlöst ner och hon tittade på Kristina.

– Och det där med svärmor låter inget vidare. Vänj dig inte, det är mitt råd. Karl-Erik har skilt sig förr.

Magdalena var så småväxt att hon måste sitta på en kudde med broderade trafikmärken för att kunna se över ratten.

Kristina suckade och längtade efter sin egen mamma, som hade rund näsa och gult hår högt uppsatt på huvudet och en snäll liten röst. Birgitta som hon egentligen hette var snabbköpskassörska och bantade på heltid. Det var otroligt att hon hann med jobbet. Kristinas mamma hade blivit vald till Göteborgs Brigitte Bardot 1962. Diplomet från Paris Soir hängde på väggen i vardagsrummet mellan en solfjäder och ett sammetstryck från Torremolinos.

Kristinas mamma blev fortfarande uppbjuden mest av alla när det var tedans på Park Aveny. Hon hade inte gjort som den riktiga Brigitte Bardot, låtit åren ha sin gång.

Nästan alla trodde att Kristina var lillasyster till Brigitte. I alla fall sa alla det.

Kristina körde pratande med sig själv ut till motionsgården.

Kanske Karl-Erik kunde bygga upp ett vindskydd i trädgården åt sin svärmor, så hon kunde sitta bland blommorna och dricka gin och tonic, läsa veckotidningar och småprata med sin dotter.

Hon kunde ha ett effektivt parasoll. Skärgårdsluft är stygg mot hyn.

Idén att hennes mamma skulle få sitta i trädgården uttalade Kristina flera gånger med allt större eftertryck, så att det nästan redan var sant när hon var framme vid motionsgården. Hon visade upp klippkortet för vaktmästaren på motionsgården. Hon såg honom i ögonen lite för länge bara för att vara säker på att hon hade kraften kvar (det hade hon) och gick in i damernas omklädningsrum. Där satt tre tanter på rad på en bänk men deras samtal avbröts när Kristina kom in.

Hon nynnade refrängen på "Lady in red" medan hon bytte om till sin aerobicdräkt i mintgrönt.

Hon satte på sig träningsoverallen i samma färg, en glad keps och sina nya löparskor med luftkuddar och rättade till freestylelurarna. Hon log strålande mot damerna på bänken som stirrade surt efter henne, och gav sig ut i spåret med korta lätta steg.

Månsson stod och tittade ut genom perspektivfönstret med kikaren till hjälp när Kristina kom hem.

– Jaså, har du tränat nu igen, sa han. Du var ju där igår också.

– Men du vill ju att jag skall ha en spänstig kropp. Magmusklerna fick sig verkligen en omgång på gymmet efteråt.

Kristina smög sig intill honom och han smålog motvilligt.

– Är det många unga grabbar som springer på det där spåret?

– Javisst. Idag såg jag Brad Pitt.

– Vad hette han, sa du?

Kristina skakade ut håret.

– Varför är du inte på jobbet, förresten? Hur klarar sig fabriken en hel söndag utan dig? Det kan ju bli driftsstopp?

– Jag ville förvissa mig om att jag fick prata med dig innan jag gav mig i väg. Jag har bjudit hem min bror och hans fru ikväll. Något enkelt. Du kan gratinera havskräftor med mycket smör. Och vitlök. Du köper tolv rundstycken hos Märtas, de äkta franska med prickar på. Glöm inte att du skall ha tio procents rabatt. Nej förresten, säg att hon skickar en faktura till fabriken.

Kristina betraktade honom och undrade hur han sett ut när

han varit i hennes ålder. Hon hade sett bilder i ett fotoalbum och han hade nästan liknat John Wayne. Manlig var han fortfarande.

– Innan vi gifte oss var du så pratsam, sa Månsson. Nu pratar du knappt med mig, bara med andra. Vad tänker du på egentligen?

Hon tog adjö av honom i dörren, kollade genom fönstret att bilen lämnat carporten och gick in i badrummet och lyfte försiktigt ned det lilla badrumsskåpet i mässing från väggen. Hon lossade tejpen till det millimeterpapper som satt på skåpets baksida och med en penna som låg i badrumsfönstret satte hon ett bestämt litet kryss i den trehundrade rutan.

Johanna öppnade dörren till Magnus rum och höll för näsan.

– Var var du i natt? Det luktar dunder.

Magnus låg på rygg och sov ljudlöst. Huden var blek mot det svarta håret och den gryende skäggstubben som nästan såg blå ut. I de långa polisongerna hade håret växande inslag av grått.

Hans näsa var närmast aristokratisk. I profil såg han ut som en romersk gud, en kortväxt gud.

– Vem tror du fick gå ut och stänga av larmet i bilen? fortsatte modern och plockade upp några tomma snusdosor och ett tomt cigarrettpaket som låg på golvet.

– Skall du söka jobb idag? Annars får du gå till de arbetslediga och spela schack. Här kan du inte ligga. Din hjärna kommer att vittra sönder.

Magnus öppnade ett öga och stirrade på modern.

– Söndag.

– Jaha, så händer det inget då heller. Du får i alla fall ta och maka dig upp och möta vår hyresgäst klockan elva vid kiosken. Hon som skall bo på vinden.

Magnus satte sig blixtsnabbt upp med misstänksamma ögon.

– Har du hyrt ut utan att fråga mig!

– Ja, vem är det som betalar hyran? Och köper mat.

– Min modelljärnväg, då?

– Den är nedplockad i fyra banankartonger och står i källaren.

Magnus lade sig kvidande ner på sängen.

– Du får fixa larmet på bilen också. Folk undrar.

Hon drog igen dörren efter sig och väntade en stund utanför. Inte ett ljud.

Hon slängde av sig sina svarta tofflor med vippande bollar, bytte till ljusblå plastsandaler och tog den färgglada blanka kvinnotidskriften med sig ut på balkongen. Kaffebrickan hade hon redan ställt där och under mjölkpaketet låg lottokupongen med överstrukna siffror.

– Jag borde ha tur i kärlek.

Om hon vunnit skulle hon skaffat sig en trådlös telefon så hon slapp prata för sig själv när hon satt på balkongen. Eller kanske en mobil. Magnus hade en gul mobil, gud vet var han fått den ifrån. Fast vem skulle hon ringa till. Egentligen.

Det var ingen vanlig skvallertidning med kungligheter och vinagenter på vimmelbilder utan en tidning som ville lära ut viktiga saker till medelålders kvinnor som bara dubbelarbetat och inte hunnit tänka på sig själva. Detta nummer dominerades av benskolan. Där fanns grundläggande råd för den som inte gått i benskola förut, till exempel vilka strumpbyxor som ger den mest slankande effekten och vilka koncentrerade salvor som avgjort botar celluliter på väldigt lång sikt.

– Lång sikt, sa Johanna. Ja i graven finns det inga celluliter.

Hon bläddrade förbi sidor med bok- och skivtips och kåseriet där en närsynt man i förkläde gjorde sig lustig över hur komplicerat det kunde vara att hitta de felande vänsterstrumporna efter en lyckad tvätt.

Hon hittade det aktuella horoskopet. Det fanns en grön stapel för arbete, en röd för kärlek och en blå för sex. Hon kunde inte fatta hur sex kunde vara blått, men så var det också mycket länge sedan hon pysslat med sex och allt hade ju blivit så kliniskt sedan hon var ung.

Den röda och blå stapeln för oxar var minimal den närmaste perioden men arbetsstapeln nådde taket. Dessutom stod det att efter en härlig fredagsfest skulle en olycklig tid följa.

– Säg mig något mer som jag inte vet, sa Johanna och tände en cigarrett.

Olyckor hade hon så det räckte.

På plussidan dock ett fast jobb sedan trettio år, en hyfsad hälsa, undervikt och lågt blodtryck, fyra yngre syskon som var någorlunda snälla, eftersom de lyckats flytta från Saltön innan det var för sent och framför allt en barnslig, lat och charmerande odåga till vuxen son. I åratal hade hon väntat på att han skulle göra sig fri, en liten revolt, en allvarlig romans, ett bröllop, en utlandsresa, men han hade inte bråttom. Och hur skulle det kunna hända honom något nytt när han blev på dåligt humör bara han var tvungen att åka till tippen som låg på andra sidan bron.

Vid renhållningsverket hade han för övrigt fått sluta efter mindre än ett år, därför att han somnat två gånger på arbetstid.

– Det luktade för illa där, mamma.

Johanna hade varit i Göteborg men aldrig i Stockholm. Hennes dröm var att åka tåg till Italien, men inte för att träffa Magnus pappa Claudio. Han var säkert både pappa och morfar och tjock som en liten gris och skallig som en råtta med en vedervärdig fet mustasch.

Hon hade ett svartvitt fotografi av Claudio när han var ung och vacker och kortet var väl bibehållet. Hon hade suttit i hans knä på den runda svarta pallen i fotoautomaten vid Saltöns järnvägsstation på morgonen efter att de träffats och blivit förälskade och han hade kallat henne Bella. Då hade hon fnissat och tyckt att det lät som namnet på en ko.

Eftersom Claudio betalat fotograferingen behöll han tre kort, men Johanna fick det snyggaste, där Claudio log och hon själv liknade Gina Lollobrigida.

Bella. Johanna hade funderat och allt mer tyckt att det lät som namnet på något rödbrokigt, men sedan hade hon varit hos Hans-Jörgen på biblioteket och lyckats hitta ordet i ett italienskt lexikon. Hans-Jörgen med sitt fåniga nordiska utseende hade som vanligt tittat dyrkande på henne.

Hon hade lett nådigt mot honom för hon var i tredje månaden och kände sig viktig och förväntansfull och nu visste hon dessutom att Bella betydde vacker.

Hade hon fått en dotter skulle hon fått heta Bella, men nu var det en son som fick heta Magnus eftersom han var så stor (biblioteket igen!). Han vägde över fyra kilo och hade svart lockigt hår när han föddes på Sahlgrenska sjukhuset i Göteborg.

Det var Hans-Jörgen på biblioteket som talat om det, att Magnus var latin och betydde stor. Johanna hade gått mycket på biblioteket så länge hon bott hemma och fått hjälp med Magnus av sin mamma. Hans-Jörgen hade fortsatt att se dyrkande på henne ganska länge trots att hon var en mogen moder.

Det skulle ha varit enkelt att få hjälp med barnpassningen av vem som helst, för Magnus var så söt och snäll med sina undrande stora bruna ögon. Alla som såg honom blev blixtförälskade. Men sedan modern, den enda Johanna ansåg att hon kunde lita på, dött, hade hon vakat över sin son som en fågelmamma.

Inget ont fick hända Magnus. Ingen främmande fick ge honom dumma idéer. Hon hade varit så envis att hon lyckats övertala Månsson att få ta med sig sin son till jobbet i konservfabriken. Rummet innanför personalköket hade blivit hans barnkammare för i personalmatsalen jobbade Johannas någorlunda pålitliga lillasyster som såg till babyn när det behövdes.

Redan när de flyttat in i lägenheten vid torget hade två små flickor ringt på dörren och fnittrat om att de ville fråga chans på Magnus. Då var han inte fyllda sex år. Det var främst de långa mörka ögonfransarna flickorna inte kunde motstå.

De flesta som bodde på Saltön hade ljusa ögonfransar, som till exempel Hans-Jörgen på biblioteket som förblivit ungkarl.

Magnus hade inte fått gå ut och leka som andra på det farliga torget. Det hade hans fågelmamma sett till. Fast i motsats till fågelmammorna med näbbar och klor hade hon inte sparkat ut honom när han var flygfärdig och nu var det för sent. Hon var orolig för hur det skulle gå om hon plötsligt dog, rakt ner på kajen bara, som en utsliten duva.

Magnus var inte obegåvad, tvärtom, lite sävlig bara precis som Johannas egen pappa varit. Fadern hade mest legat på kökssoffan och räknat flugprickar i taket sedan han tidigt blev sjukpensionär för ryggen. Och charmig hade han varit precis som Magnus.

Folk gjorde sig gärna ärenden till Karlssons kök, kvinnor inte minst.

Magnus var omtyckt, hade inte en ovän, men inte att han lät sig hetsas. Johannas syskonbarn hade ordentliga jobb allihop, men så hade de också ilskna och snåla fäder som satt pli på dem redan från början.

Magnus och hans morfar hade kunnat skratta tillsammans så tårarna rann, men något nyttigt hade Oskar Karlsson knappast haft att lära ut. Följdriktigt hade han dött med ett belåtet leende en dag på sin kökssoffa.

Johanna satte upp sitt mörka hår i en slarvig knut uppe på huvudet för att solen skulle komma åt huden på halsen och axlarna. Hon hade lätt för att bli brun, var egentligen aldrig helt vit. Hennes farfars far hade varit ilandfluten sjöman från ett spanskt skepp som kapsejsat strax utanför Saltön.

Hon speglade sig i termoskannan. Ful var hon verkligen inte, så det var inte därför hon var ensam. Hon var helt enkelt sparsmakad. Efter Claudio hade hon inte låtit någon komma nära sig, fast många hade försökt, särskilt de första tjugo åren. Både nyktra och berusade, gifta och lediga. Inte någon. Hon hade bestämt sig för att vänta tills Magnus fått ett eget liv, kanske en fru, en bostad, ett jobb, ett liv.

Hon väntade fortfarande på att han skulle flytta, så hennes liv kunde byta inriktning. Ett nytt jobb, en tjusig särbo i form av en kraftfull väluppfostrad och inte alltför påträngande man, en jättelik summa pengar som räckte till en tur- och returbiljett till Neapel …

Men vad hände i verkligheten? När hade verkligheten erbjudit något hon inte blivit besviken på?

Hon kanske borde bli en flitig biblioteksbesökare igen och sluta med damtidningar.

Hon skulle börja läsa böcker igen, känna sig tröstad och få nya idéer. Hon hade lätt att lära. Dessutom jobbade Hans-Jörgen fortfarande på biblioteket och var till och med ungkarl. Han såg kanske lite maläten ut, men hade ett hjärta av guld.

Hon tittade ut över torget. Borta från pensionatet såg hon feta Emily komma stånkande på sin röda cykel med en överfull korg på styret. Plötsligt stannade Emily, ställde cykeln ifrån sig och vaggade ut på bryggan. Hon hade näsan lika bestämt rakt upp i vädret som hon haft redan som barn. Att man kunde känna sig märkvärdigare än andra bara för att man var dotter till provinsialläkaren övergick Johannas förstånd.

Läkarvillan låg högt uppflugen på berget, men mottagningen var inrymd i källaren som vette mot en trång gränd. Halva Saltöns befolkning hade suttit i väntrummet och fånstirrat på tre soptunnor genom det smala fönstret i väntan på att doktorn skulle blänga på dem över glasögonen och fråga vad som fattades dem.

Fattades dem.

Nu var han gammal och nästan ofarlig, men han tog emot patienter ändå. Det var väl som en hobby, nu när han var änkling. Pengar fattades inte.

Johanna kunde inte fatta att feta Emily någonsin fick något gjort. Allt hon gjorde skedde i slow motion. Men det var väl den stackars snälla Thomas Blomgren som fick göra det mesta i hemmet. Maken till toffel.

Arbetet i tobaksaffären måste vara rena himmelriket när han slapp höra hustruns tjat. Johanna och Blomgren hade varit klasskamrater och de brukade växla några ord när hon spelade lotto. Han hade en underbart len röst. Ingen man på konservfabriken eller någon annanstans i samhället talade så mjukt som Blomgren.

Blomgrens och Emilys dotter Paula hade varit klasskamrat med Magnus och på skolresan till Kungälv i sexan hade hon haft paté med sig. Paté. Alla andra hade plättar eller vanliga mackor. Det var säkert feta Emilys idé. Inte var det trevliga Blomgrens.

Så gick det som det gick. Paula hade fått fnatt några år efter studenten och hittat en frikyrkopastor från Örebro.

Nu satt hon mitt i Afrika och läste högt ur gamla testamentet och andra ännu tråkigare skrifter. På kvällarna fällade hon handdukar åt infödingar som bodde i platta sjukstugor av plåt med giftormar krälande uppefter väggarna. Så gick det med den patén.

Johanna hade vuxit upp i arbetarstadsdelen, där de små dragiga husen som byggts under stenhuggartiden låg.

Om man tittade rakt upp från porten i Johannas barndomshem såg man den pompösa läkarvillan rakt under kyrkan. Emily var fyra år yngre än Johanna. Normalt hade Johanna inte lagt märke till ungar som var yngre än hon själv, men den lilla tjocka bortskämda Emily mindes hon alltför väl. Den runda näsan som pekade mot skyn när hon tågade i väg till ungdomsgården. Då var Johanna redan på hemväg från konserven. Fyrahundra i veckan till mamma och resten till nöjen. Tretton spänn.

Bråttom hade Johanna haft sedan hon föddes. Det gick inte att ändra på.

Hjärtat hade bultat den lördagsmorgonen när örlogsfartyget från Neapel hade ankrat upp på redden hundra meter från kajen. Hon hade sett fartyget från köksfönstret och klätt sig fin på fem röda minuter. Sedan hade hon sprungit ut ur huset utan att stänga dörren efter sig.

När den första lillbåten med tolv sjömän kördes i land vid middagstid promenerade Johanna på kajen i smårutig bomullsklänning. Från det ögonblicket Claudio hade hoppat i land med sitt blixtrande leende hade de bara haft ögon för varandra.

Claudio tog Johanna i sina armar och kysste henne och det kändes som den naturligaste sak i världen. Som att komma hem efter en lång men nödvändig resa.

Hon tog honom under armen och så gick de upp till Lilla Hunden och Johanna blev bjuden på ett glas dessertvin medan Claudio drack akvavit och fortsatte att se henne djupt i ögonen och smeka henne i nacken och på underarmarna. Han var verkligen annorlunda än de svettiga rödlätta pojkarna på fabriken, som frustande försökte fumla med BH-låsen i ryggen när det var fredagsdans i parken med Cliff Richard på grammofon.

Claudio var kortväxt, senig och satt och sagolikt snygg, lite lik

Frank Sinatra fast med bruna ögon. Han hade mörk och manlig skäggbotten.

Johanna drack upp sitt söta vin i ett enda svep och Claudio skrattade åt henne när de promenerade till parken. De tog inte av sig kläderna.

Hon kunde inte mist oskulden för någon snällare eller mer romantisk ung man.

De promenerade hela natten och skrattades och kysstes och ibland måste de vila sig lite och då gick det som det gick. Både i hamnskjulet och på en klippa i soluppgången.

Men Claudio var lika tankspridd som Johanna, för följande dag när fartyget gav sig i väg och de kyssts och umgåtts i nitton timmar, råkade han ändå skriva fel adress på baksidan av hennes sminkväska, så båda breven kom i retur. De hade bestämt sig för att skriva till varandra på engelska.

När det andra brevet kom tillbaka, slutade hon att tänka på Claudio, vilket var ganska lätt i sammanhanget när livet tog en annan vändning.

Hennes mamma hade givit henne ett osentimentalt sinne och hon fick heller inga bannor av sina föräldrar för att hon blivit på det viset.

– Egentligen skulle det räcka med att Magnus tog sig i kragen, sa hon till sig själv och blängde på balkongdörren. Då skulle framtiden ordna upp sig av sig själv. Friare skulle inte fattas.

Hon slängde tidningen på balkonggolvet och sträckte ut benen i solen. Inga celluliter.

Det fanns faktiskt värden som slog ut rikedom.

Synd bara att allt gått i stå. Tio år till på Månssons delikatesser, ingen kraftfull väluppfostrad man i sina bästa år, ingen svindlande summa pengar. Ingen resa till Rom.

Om inte Magnus blev vuxen någon gång.

Hon tog upp en tom torskromsburk från balkonggolvet och askade i den.

På etiketten fanns ett porträtt i färg föreställande Albin Månsson som grundat konservfabriken. Han hade vegamössa och såg mager och väderbiten ut i motsats till sin son som numera styrde fabriken med feta händer.

Johanna stirrade på burken.

– Ja du Albin, jag säger upp mig.

Hon släckte cigarretten i Albin Månssons öga.

Blomgren torkade svetten ur pannan och klev ner fyra pinnar på stegen. Han vände sig om och hojtade in genom ventilen:

– Det skulle smaka gott med kaffe nu, Emily.

Han klättrade upp igen och fortsatte arbetet med sovrumsfönstret på boningshuset. Efter tio minuter suckade han och klättrade nerför stegen och gick till garaget.

Emilys cykel var borta.

Att han aldrig kunde lära sig när hon jobbade och inte jobbade.

Gå bort och koka kaffe åt andra på söndag morgon när man varit husmor i decennier! Vilka idéer.

På pensionat Saltlyckan satt gästerna och åt frukost vid sex långbord av björk medan Emily skar upp mer skinka. Hon stod i köket och nynnade på en vacker visa.

Hon älskade de här stunderna.

Kommen så här långt hade hon fullständig kontroll över läget. Annat än nervositeten i början.

Ibland var det dykare och ibland bergsklättrare från Stockholm som var så ivriga att komma i väg till sina aktiviteter att de struntade i att frukosten faktiskt inte serverades förrän klockan sju och trettio. De kunde trampa runt både halv sju och kvart i sju med armarna otåligt i kors och stirra uppfordrande på den stängda dörren till köket.

Emily började inte förberedelserna förrän klockan halv sju.

Hade inte Blomgren varit så lättväckt hade hon gärna kommit till jobbet tidigare.

Efter fem brukade hon ligga vaken i sin säng och hoppas att klockan skulle gå lite fortare så hon kunde gå upp och duscha, måla ögonfransarna, ta på de fräscha blåvitrandiga serveringskläderna som hon strukit med stärkelse kvällen innan och gnolande ge sig i väg på cykeln.

Hon brukade aldrig äta något på morgonen innan hon skulle arbeta för då kunde Blomgren vakna och komma ut och säga:

– Jaså du kokar kaffe redan, Emily. Gör en stor kopp åt mig också. Inte för starkt. Måste tänka på magen. Skall vi hitta på något trevligt att göra nu på förmiddagen? Vi är ju trots allt riktiga friherrar på söndagarna nu när Paula är vuxen och har sitt eget liv därnere i Afrika.

Fast han mycket väl visste.

Emily kom aldrig i väg förrän i sista minuten. Det var ju ironiskt: när hon äntligen hade ett eget jobb, så måste hon smyga sig dit.

Den första kvarten på jobbet var hon blossande röd och stressad, medan hon repeterade rutinerna för sig själv:

– Äggen och äggklockan på, de hårda till vänster, de lösa i höger kastrull. Brödkorgen, den inlagda sillen, leverpastejen, servetterna ...

Hon dukade upp frukostbuffén exakt likadant varje söndag.

Enkla men fräscha frukosträtter stod i vänlig parad när gonggongen gick för smekmånadsparen, sommargästerna, konferensdeltagarna, friluftsmänniskorna – alla som trivdes med att bo på det enklare pensionatet Saltlyckan med dess omvittnade personliga service. Tre wienerbröd av fem i senaste turistguiden.

Nästan alla gäster hälsade vänligt fast ointresserat på Emily när de kom ut i köket, som var en del av frukostmatsalen.

Frukostgästerna noterade flyktigt en stor och tjock kvinna med grått hår i prydlig page med ljusa slingor och med hårspännen i sköldpadd, en kvinna de aldrig skulle känna igen på stan.

Så fort gästerna hämtat vad de skulle och återvänt för att komplettera med salt, en servett eller en sockerbit övergick de till att småprata med varann, bläddra i morgontidningen eller tillrättavisa sina barn om de hällde marmelad på duken.

I det ögonblicket kände Emily att hon hade perfekt kontroll.

Därmed kunde hon låta tankarna flyga.

Hon studerade människorna, tjuvlyssnade och hittade på olika saker om deras liv som hon inte visste.

– Men Svante, har du sett vilken söt fågel där i trädet, den liknar ju den vi såg i Kina.

Kina!

De som var så unga. Att de hade råd. Eller hade han kanske sagt Kinna?

De såg lyckliga ut och talade stockholmska. Troligtvis bodde de i en vindsvåning på Söder med levande duvor på fönsterblecket, en bohemisk lya utan gardiner och med vackra träbänkar istället för soffor. Sänghimmel av gles jutevävv. Sådant tyckte inte Blomgren om. Var sak på sin plats.

Ibland kände hon sig orättvis i sin bedömning av maken, eftersom alla kunder i Blomgrens tobak tyckte att Blomgren var så snäll och godhjärtad. Aldrig att han höjde rösten. Det gjorde han inte hemma heller, men han kunde plötsligt ge sig till att säga ganska otrevliga saker med sin sirapsröst.

– Det enda jag begär är ett kraftigt snöre, Emily. Vad är detta för ett hem där det inte ens finns ett kraftigt snöre? Kan du ge mig ett uppriktigt svar på det?

Att det aldrig tog slut. Ena dagen var han arg för att det inte fanns en rörtång i huset och när Emily tog av sina hemliga sparpengar och köpte en, höll han redan på att efterlysa ett kraftigt snöre.

Denna söndag var det ovanligt lugnt i Saltlyckans kök och frukostmatsal.

En äldre, kanske lite torr men i Emilys tycke enastående stilig högstadielärare från Kalmar (hon hade smygtittat i datorn) åt energiskt havregrynsgröt med mjölk och lingonsylt. Emily log för sig själv för lingonsylten han åt hade hon själv kokat. Hon kunde inte förlika sig med tanken på att duka fram färdigkonserverad sylt med pektin, surrogat och förtjockningsmedel. Hennes hjärta rördes när hon såg att denna bildade man hade cykelklämmor vid frukosten. Han måste vara änkling som behöll cykelklämmorna i byxslagen över natten.

Eller skild kanske, men han såg liksom inte skild ut. Oförstörd på något sätt, nästan oskuldsfull.

– Ursäkta har jag möjligtvis en äggfläck i ansiktet?

Emily rodnade. Hon hade stirrat igen.

– Förlåt jag stod i mina tankar bara.

– Å för all del, det är så trevligt när människor tänker. En sysselsättning som dessvärre fallit i glömska på många håll.

Han bodde säkerligen högst upp i ett fyrvåningshus från fyrtiotalet ganska nära teatern i Kalmar. Kanske rentav med utsikt över slottet. Inte för nära skolan. Det är aldrig bra när man är lärare.

Långa mörka vinterkvällar i Kalmar sedan han rättat skrivningarna tog han nog fram sverigekartan och studerade olika cykelleder inför sommaren.

Han planerade förmodligen att beta av hela Sverige innan han blev alltför gammal. Säkert kunde han också se ölandsbron från sitt fönster i vardagsrummet eller köket.

Emily hade besökt Öland med sin pappa en underbar sommar när bron precis var färdigbyggd.

På något sätt påminde den frukostätande läraren om Emilys pappa, men han var längre, magrare och stiligare. Emilys pappa såg egentligen bara riktigt bra ut när han hade läkarrocken på. Annars såg han ut som vilken tjock sjuttioåring som helst.

– Lite mer kaffe? frågade Emily och gick fram till läraren med den nypolerade kannan i handen.

Han tittade upp över kanten på läsglasögonen. Han hade smala vackra ögon.

– Så vänligt, sa han. Tack gärna. Jag kunde ha hämtat själv.

Han hade ingen ring och heller ingen vit rand som otrogna män brukar ha på vänster ringfinger.

Kunde ha hämtat själv! Tänk att vara gift med en sådan man.

– Det är angenämt cykelväder idag, sa Emily.

Han lade häpen skeden ifrån sig.

– Hur kunde ni veta att jag är cyklist? Syns det så tydligt?

– Jag gissade bara, sa Emily och gick fram till buffén och började plocka med saker som gått snett. Använde min fantasi.

Han följde henne med blicken.

– Det är roligt med människor som odlar sin fantasi, sa han. Såg ni kanske programmet i går – där fyra författare hade sina personliga funderingar kring Rubens målning *Bortrövandet av Leukippos döttrar*?

– Jag såg tyvärr bara början.

Hon hade mycket riktigt börjat att se på programmet och låtsats för sig själv att hon var en av de medverkande kvinnliga författarna. De var smala och svala och kvicka alla tre. Men sedan hade Blomgren kommit in och slagit över till Allsångskväll utan att ens be om lov.

Emily hade många gånger föreslagit att de skulle skaffa en liten TV i köket, som hon kunde titta på när hon ville se något i hans tycke udda program.

– Vad skulle det tjäna till, svarade Blomgren. Vi tittar ju alltid på samma program.

– Jaså, sa läraren dröjande. Det skulle jag aldrig klara. Att inte se ett program till slut. Jag brukar alltid kryssa för i morgontidningen vilka program jag har för avsikt att se på kvällen – jag är ganska sparsmakad, så det är inte så många. Men de programmen jag valt ser jag undantagslöst från början till slut och det här kulturprogrammet var sannerligen intressant i all sin anspråkslöshet.

– Det hade jag också gärna gjort, sa Emily, men strömmen gick.

– Jaså? Hans smala ögon fick en vaksam glimt. Jag tog en promenad efter programmet, men jag såg inte några mörklagda hus. Det kanske blott varade en stund? Eller måhända bor ni inte precis i grannskapet?

– Jovisst, viskade Emily. Men elavbrottet varade absolut inte länge. Det är så ibland här vid kusten. Det blåser i ledningarna.

Kanske är det likadant i Kalmar? lät hon listigt bli att säga.

Han log och plockade bort porslinet efter sig och lämnade köket med en lätt bugning.

Emily rusade in på personaltoaletten och började gråta som hon inte gjort sedan Archimedes, hennes vita dvärgpudel, blev överkörd när hon var sexton år.

Nu var det värre för hon visste inte varför hon grät.

Det dröjde länge innan hon lugnat sig någorlunda – hon försökte gå ut från toaletten flera gånger men började genast gråta på nytt och fick låsa igen.

När Emily äntligen kom ut i köket igen med röda ögon fick hon en lång utskällning av en ursinnig småbarnsmamma för att stora hemska knivar låg lösa hur som helst framför brödskrinet.

Emily stirrade häpet på henne. Mamman kunde inte vara äldre än Paula, hennes egen dotter.

Ingen hade blivit arg på Emily utanför hemmet förut. De tillrättavisningar hon fått av barnjungfrun under uppväxten hade uttalats med lika mild röst som Blomgrens.

När hon skulle cykla hem fick hon ett infall, ställde ifrån sig cykeln i hamnen och tog omvägen runt stora gästbryggan. Hon vaggade ut och satte sig till slut försiktigt längst ute vid det stora sjömonumentet. En bräda i bryggan knakade till under hennes tyngd, vilket gjorde henne ännu ledsnare.

Vinden var salt och hård med mycket sommar i. Hon kände vemodet sakta blandas med förväntan och tänkte på läraren.

Hon hade aldrig hört någon använda sådana ord naturligt.

Utom hennes far förstås.

För all del. Anspråkslös. Grannskap.

När Emily gick tillbaka mot hamnen för att cykla hem kände hon att hon måste höja nivån på sitt eget liv.

Blomgren skrapade färg från fönsterkarmen till sovrummet. När han hörde sin hustru parkera cykeln i carporten kastade han en blick på henne med rinnande ögon. Sedan kavlade han upp ärmen och tittade på armbandsuret.

– Jag trodde att du slutade elva.

Emily tittade på honom. Vad var det här för en person? Det var som om hon knappt kände honom.

– Det gör jag också, sa hon till slut och gick in i huset och stängde dörren efter sig.

Blomgren hann inte säga något om kaffe.

Till hans förvåning kom hon oombedd ut med en kaffebricka en kvart senare som hon ställde på trädgårdsbordet med en smäll.

– Jaså, skall du också ha? Jag trodde du hellre drack kaffe med dina vänner på pensionatet.

– Jag skall prata med dig.

Blomgren gick nerför stegen, tog av sig målarkepsen och satte sig på en vit plaststol. En myra promenerade över hans träsko.

– Prata med mig?

– Jag tänker flytta från dig. Jag vill skilja mig.

Blomgren gnuggade sig i ögonen och stirrade sedan på sin fru.

– Men fönstren då?

Hon reste sig så hastigt upp att kaffekannan välte. Hon rusade med ovanlig fart in i huset.

Tolv minuter senare hade hon packat två nylonväskor fulla med kläder, skor, toalettsaker, fyra fulltecknade gröna dagböcker och ett porträtt på Paula.

När hon körde i väg såg hon att Blomgren satt kvar i bersån i exakt samma ställning som när hon gått in i huset för att packa.

Tänkte han sitta så tills han måste öppna tobaksaffären?

Åt gjorde han ju bara när maten var färdig och gick och lade sig gjorde han när det blev mörkt. Alltså inte mycket sömn så här års.

Plötsligt kom hon att tänka på att han brukade ha sommaröppet i affären några eftermiddagstimmar på söndagen. Startlistorna för travet kom alltid på söndagskvällen.

Det missade han aldrig.

Således kunde hon sluta att bekymra sig för Blomgren. Han hade att göra.

De lätta molnen hade skingrats och himlen var helt blå, men i tobaksaffären var lysrören tända.

– Vad är det med dig, Blomgren, varför säger du inget?

– Ja du som alltid skall lägga dig i.

– Ni kan ta vilka hästar ni vill.

– Vilka hästar vi vill, det var något nytt.

Blomgren tittade mot dörren och vidare utom sjön med ögon som ville svämma över.

– Emily har gått ifrån mig.

– Det är inte konstigt, sa Orvar. Byt strumpor.

De andra medlemmarna i spelbolaget skrattade högt.

– Köp henne en ny brödrost, det går alltid hem. Eller en smörgåsgrill. Järn-Ingvar har extrapriser på alla grillar till midsommar.

Tobakshandlaren blängde på sin lillebror tills han tystnade.

– Har hon träffat någon annan? frågade Frisören. Ni kan inte ana vad jag hör i min salong.

– Salong!

– Bara det inte är en sommargäst. Säg inte att det är en göteborgare. I så fall vet jag vem det är.

– Jag är inte förvånad, mumlade en kortvuxen man i basker som stod inklämd mellan vykortsställen och bläddrade i en tidning.

– Men vad sa hon då? Hon måste väl ha sagt något.

Blomgren skakade på huvudet.

– Nej hon bara packade och när jag frågade sa hon att hon fått nog.

– Nog. Har hon fått nog?

Männen stirrade häpet på varann.

– Det är brojävelns fel. Allt elände kom med den.

– Nog.

– Emily var väl ändå inte född när bron kom, sa Baskermannen strängt.

– Tyst. Jag måste tänka. Lämna över den sysslan till mig. Låt se. Har hon vunnit på tips kanske? Då kan de bli bindgalna.

– Stora pengar har aldrig lett till något gott. Det vet väl ni som har spelbolag.

– Vi har aldrig vunnit, sa Orvar. Särskilt inte igår. Jag har lust att gå ut ur bolaget varje vecka, men det kan jag inte för då ger jag mig fan på att de andra vinner. Det är värre än lumpen.

– Lumpen, du har väl aldrig gjort lumpen.

– Fast Emily hon ser ju ut som hon brukar, samma gamla ljusblå jacka och allting, inföll Flickan.

Ingen visste vad Flickan hette men hon brukade hjälpa till i butiken varje sommar. Nu är Flickan här. Då är det sommar, sa kunderna.

– Vem har frågat dig? Har du inga gummiband att sortera.

Dörren föll igen efter Orvar.

– Skall vi ta itu med systemet nu då? Det är visserligen bara söndag idag, men man kan aldrig vara för noggrann.

– Jag orkar inte, sa Blomgren. Ni får klara er själva.

– Det är väl ändå inte allvar att hon flyttat ifrån dig?

Baskermannen lade ifrån sig herrtidningen och tittade bekymrat upp i Blomgrens vattniga ögon.

– Du får stänga affären själv idag, sa Blomgren till Flickan. Jag måste hem och ta hand om mina fönster.

Vid infarten till Saltön från det verkliga fastlandet fanns ett litet skogsområde med blandskog och från augusti ett rikhaltigt bestånd av kantareller. Skogsdungen inramades av den gamla soptippen på ena sidan och motionsgården och den nya återvinningsstationen på den andra.

Nedanför motionsgården med dess fyra slingor, varav två elbelysta, fanns det ett skräckinjagande stup rakt ovanför vägen. Det var knivskarpt vertikalt och såg så livsfarligt ut ur bilisternas perspektiv att vägverket sänkt hastigheten till trettio kilometer i timmen och monterat kraftiga staket som kunde tänkas rädda en och annan välbeställd turist från nedfallande sten.

Det var inte många som kände till hur man tog sig ända upp på stupet från skogssidan, den enda möjliga vägen. Det var kanske inte så många som ville dit heller eftersom det ansågs ha tjänat som ättestupa i forna tider. Men det fanns en gisten bänk på toppen och på turistkartan var punkten markerad som utsiktsplats.

Vägen till motionsgården slutade i en slinga som också utgjorde en vändplats cirka sextio meter öster om stupet.

Endast ett fåtal gamla saltöbor kände till den igenvuxna släpvägen som gick parallellt med bilvägen till motionsgården och som faktiskt nådde ända upp på toppen av berget. Kanske var det just utefter denna väg de alltför gamla och orkeslösa hade färdats i skrindor och handkärror på färden som skulle bli deras sista. Enligt Gunnmo Svenneson, pensionerad pastorsadjunkt och hängiven ordförande i Saltöns Hembygdsförening var det faktiskt så.

Emily kände till släpvägen.

Den vägen hade hon åkt hundratals gånger i sin pappas Duett när hon var liten, för doktorn hade länge varit en enveten svamp- och bärplockare och rört sig vigt i skogen trots sin otympliga kropp.

Emily körde sakta och tyst in på den sista sträckan sedan hon kontrollerat att männen i träningsoveraller som höll till utanför motionsgården enbart var koncentrerade på sin stretching.

Släpvägen försvann i intet då och då men hon lyckades hitta rätt igen ända upp på bergstoppen.

– Bravo Emily, sa hon till sig själv.

Hon körde mjukt och försiktigt in i ett stort snår av skogshallon, steg ur bilen och gladdes för första gången åt att Blomgren valt en grön Volvo. Det var den första bilen Paula inte valt. En riktig kamouflagebil.

Paula hade föredragit skrikigare färger. När skulle Blomgren upptäcka att hon tagit bilen? Vilken förlust skulle vara störst?

Hon bredde en filt över väskorna i baksätet och låste bilen.

Stigen upp till utsiktsberget och dess lilla bänk, uthuggen i granit, var mycket smal och brant. När Emily klättrade uppför den sista sträckan önskade hon att hon hade vägt tjugofem kilo mindre. Det var annars ett mål i livet hon med åren ägnade allt mindre intresse.

Utsikten var svindlande om man tittade rakt ner på bilvägen men bedövande vacker om man i stället såg ut mot havet och horisonten.

Hon sjönk andfådd ner på en sten och undrade när de enerverande knotten som höll till i skogen skulle finna hennes svettiga armar och ben.

Men snart hade vinden svalkat av henne. Hon såg ut över Saltön och över havet och det gav henne viss ro. Man såg så tydligt horisonten genom den klara luften men evighetsperspektivet fick henne slutligen att stillsamt undra vad hon ställt till med.

Hon tyckte att det var helt nyss de gift sig och inte hade hon känt Blomgren då heller. Det hade skett så oövertänkt som om livet ideligen skulle erbjuda nya möjligheter till stora förändringar.

Hon hade jobbat extra på posten eftersom hennes pappa hade tyckt att det var bra att hon direkt efter studenten fick lära sig pengars värde på en praktisk och ointellektuell arbetsplats. Bara som en liten startsträcka inför alla viktiga uppgifter som väntade henne i livet. Hon skulle själv få välja om hon ville läsa i Lund eller Uppsala, fast fadern föredrog Lund där han själv läst.

Emily var en lydig flicka och inte var det tråkigt att tjäna pengar heller. De andra som jobbade på posten var äldre och inte så roliga, men det fanns ju en värld utanför. Thomas Blomgren till exempel, en spännande kille som aldrig sett åt henne i skolan. Han var faktiskt fyra år äldre och gick tre klasser över henne.

Kanske var Emily ensam om att tycka att Thomas Blomgren var spännande. Men han var lång, mager och ganska skämtsam på ett torrt brittiskt sätt och det var spännande nog.

Thomas Blomgren hade gjort lumpen och nu hjälpte han sin pappa i cigarraffären med bud och andra enkla göromål.

Han skulle gå på Handels för att bli affärsman på riktigt.

Thomas Blomgren kom in till Emily varenda dag med post som skulle skickas och ibland hämtade han paket till affären, som just Emily fick gå långt bakom disken och hämta upp på hyllorna. Ibland måste hon använda stege.

Emily var minst sagt mullig och blev alltid svettig när hon lyfte ner paketen, men Thomas Blomgren betraktade henne förtjust.

En dag hade han bjudit henne på bio på Folkets Hus och kaffe med muffins på Märtas bageri och på den vägen var det.

Fast plötsligt hade det gått nästan trettio år och nu var det Emily och inte Märta som bakade muffins, varav Thomas Blomgren bara åt ett fåtal.

Emilys pappa hade tänkt sig ett helt annat parti, men dottern var lika envis som begåvad. Mamman var ointresserad. Emilys pappa hade tröstätit och tröstdruckit hela sommaren.

Thomas Blomgrens pappa Blomgren avled i sviterna efter en hjärtinfarkt två dagar efter sin äldste sons bröllop.

Handelsinstitutet i Göteborg fick klara sig utan Thomas Blomgren som omedelbart tog över sin pappas affär.

Det gick smidigt. Ingen kallade honom Thomas längre utom hans mamma.

– Vad skall jag göra då? frågade Orvar, Thomas Blomgrens lillebror.

– Då får väl du gå på Handels istället, sa pojkarnas mamma obekymrat.

Paula föddes inom ett år efter bröllopet, en liten tjock men söt flicka som redan från ett års ålder fick allt rimligt hon pekade på. Ändå tröttnade hon aldrig på att peka.

Emilys mamma var lika ointresserad av sin dotterdotter som hon var av sin dotter, för hon hade sina egna nerver att tänka på.

– Det där med att få barnbarn är väl ändå lite överskattat, sa hon till sin man när han kom in i hennes sovrum med den dreglande babyn, som höll hans stetoskop i ett fast grepp.

– Titta på mormor. Mormor läser kokbok.

Mormor himlade sig.

Det rasslade till i en hagtornsbuske och Emily hoppade till.

Hon hade tyckt om skogen sedan hon var liten men var paniskt rädd för huggormar.

– Så lustigt! Våra vägar korsas alltså återigen.

Högstadieläraren i anorak och byxor med cykelklämmor kom klivande uppför stigen och tittade forskande med mild brun blick rakt in i hennes rödgråtna ansikte innan han bad att få slå sig ner, ungefär som om bergsplatån varit ett restaurangbord.

Hon nickade storögd och han satte sig försiktigt i ljungen.

Efter en lång men behaglig tystnad då de båda beundrade utsikten harklade han sig:

– Märkligt att denna halvö varit två fristående öar i begynnelsen ... Att Saltön varit helt omgärdad av vatten.

Emily smålog.

– Det hade jag ingen aning om. Och jag är ändå född här. Men nu när du säger det ringer det kanske en klocka. Det är väl min pappa som berättat det. Han är en mycket bildad person. Läkare.

– Ja, jag har inhämtat att Saltön fick sitt namn redan på den tid samhället fortfarande låg på en ö och befolkades av fiskare, fiskarbönder och stenhuggare. Allteftersom tiden led förvandlades den av landhöjningen. Drivorna med döda snäckskal hjälpte naturligtvis till att omforma de båda öarna till en halvö, likt en liggande åtta.

– Ja, en stående åtta hade väl sett dumt ut, inföll Emily och ångrade genast sitt yttrande, men läraren fortsatte oberört:

– Så sent som på trettiotalet förekom det således ingen biltrafik till denna halvö, eftersom marken var alltför labil att bära ett fordon.

Hon såg på hans profil, en rak och ren profil. Hon önskade att han kunde vända på huvudet så att hon fick se båda hans smala ögon. Det skulle säkert få henne att glömma vad hon ställt till med och vad som förestod, åtminstone för ett ögonblick.

– Men på det förmögna femtiotalet gjorde man slag i saken och hundratals gröna lastbilar fyllde upp med grus och makadam. Sedan startades ett gigantiskt väg- och brobygge och 1954 körde den första bilen "i land" på Saltön. Det kanske era föräldrar har berättat ...

– Ja, det var Karl-Erik Månssons pappa – han med Månssons delikatesser, Albin Månsson – som körde den första bilen över vägbron. Vi hade ett tidningsurklipp på det bland kokböckerna i köket hemma. Jag vet inte varför mamma sparat det.

Läraren vände sig mot henne och såg uppmuntrande på henne med intelligent blick.

– Se där. Ofta är det så med mina elever också. De säger att de ingenting vet, men delger jag dem kunskap på ett tillräckligt fängslande sätt kan de finna ett spår i sin egen fatabur och visa sig vara långt mindre ignoranta än man kan tro. Ragnar heter jag. Ragnar Ekstedt.

Han sträckte fram en lång torr och ganska senig hand.

– Emily, sa Emily. Emily Schenker.

När hon sagt sitt namn slog hon förskräckt händerna för munnen. En solstråle reflekterades i vigselringen.

Hon hade sagt sitt flicknamn istället för Emily Blomgren.

Linda och Fredrik var först lite skämtsamt oense om hur de skulle sitta på tåget – vid det stora mittfönstret nära dörren för att njuta av landskapet och för att Fredrik skulle bli mindre åksjuk, eller i den lilla rökkupén = färre gnälliga pensionärer, men kanske alltför nära den sömniga, tuggande, pladdrande, rapande skocken tonåringar som enligt Linda brukade kliva på i Göteborg för att starta sitt utdragna midsommarsupande.

– Hur känns det att lämna Göteborg? frågade hon och kastade en trött blick genom fönstret.

– Inget speciellt. Jag är inte intresserad av gator utan av människor. Förresten brukar jag inte vara i stan över midsommar annars heller. Det är väl ingen.

Fredrik rättade till solglasögonen medan han speglade sig i ett metallhandtag.

Linda sköt upp solglasögonen i håret och synade sina solariegula underarmar.

Fredrik stirrade dystert på sina fräkniga armar med rödlätta fjun.

– Vet du att Marcello på skaderegleringen skall campa på Saltön? Visst är han snygg?

Linda satte på sig freestylen och Fredrik tittade ut.

Han var uppvuxen i Kungälv men kände ingen samhörighet när de passerade Bohus fästning och Nordre älv. Han hade inte haft kontakt med sin familj det senaste året. Hans mamma som var missionare klarade inte av att hennes yngste son hade ett förhållande med en äldre gift kvinna och inte ens försökte dölja det.

– Din flickvän! skrek hon när Fredrik presenterade Tessan som verkade helt oberörd. Fredrik tyckte plötsligt att Tessan såg mer än tolv år äldre ut.

Det var kanske då Tessan bestämt sig.

Två månaders betänketid hade hon begärt.

Men hon älskade honom ju. Det hade hon sagt minst sjuttio gånger. Själv hade han sagt det minst sjuhundra.

Fredrik lade in en pris portionssnus.

Han försökte tänka på andra kvinnor som attraherat honom det senaste året, inte väderflickor utan levande personer på jobbet och i affären. Det gick inte bra.

Han undrade vad hon skulle ägna de två månaderna åt när hon skulle vara fri från honom, som hon uttryckt det.

Under de åren Tessan hade varit hans flickvän hade de campat i smyg minst fyra gånger. De blev aldrig upptäckta. Tessans man hade för länge sedan tröttnat på att tälta på leriga åkrar i närheten av motocrossbanor.

Fredrik hade inte heller Tessans motorintresse, men han hade gärna kunnat följa med på jordbrukarnas gödselfestival bara han fått vistas i hennes närhet. Det var kärlek.

Hennes man hade inga känslor – det hade Tessan berättat.

Förresten spelade han golf. De passade verkligen inte ihop. Undrar om de någonsin gjort det? Motor och golf.

Fredrik hade sett Tessans man en gång av en slump, en äldre kamrer med slipsnål, manschettknappar och finslipad mustasch.

Fredrik hade suttit på spårvagnen och när den saktade in i Brunnsparken fick han syn på Tessan och hennes man som stod och pratade med varandra precis utanför NK. Han hade nästan kunnat ta på dem om inte vagnsfönstret varit emellan. De verkade inte vara ovänner precis, men höll inte varandra i hand.

Hennes hår blänkte i solen. Inte hans.

Smärtan hade fått Fredrik att vända sig bort så fort han fick syn på dem, för han var orolig att Tessan plötsligt skulle kyssa sin man.

När Fredrik tänkte på det kände han smärtan igen.
Han sneglade på Linda och ångrade att han gått med på att dela bostad med sin jobbarkompis under en semestervecka.
Han hade ångrat sig så fort han gått med på det, men då var det redan för sent.

Det var i början av maj vid trekaffet som Linda tyckt att någon borde ställa upp och dela den vråldyra stugan på Saltön med henne.
– På Saltön händer allting på midsommar.
– Du får väl skylla dig själv som hyrt kåken, sa Barbro djärvt.
Hon hade bara ett halvår till pension.
Alla var utleda på debattämnet: hur Lindas semester skulle organiseras. Arbetskamraterna orkade knappt upprepa sina motiveringar om familjer, plastbarn, hundar, forsränning, glasbruksresor och Mallorca.
Den enda som inte sa något var Fredrik som stirrade ut på Heden.
Tessan hade ringt honom på försäkringsbolaget fem över nio samma morgon och föreslagit att de skulle äta lunch på stan. Helt officiellt! Han hade jublat i sitt hjärta.
Äntligen.

Hon hade beslutat att de skulle ses på Kometens veranda. Han häpnade. Kometens veranda där alla gick förbi vid lunchtid.
Tessan som var så noga med att ingen skulle få syn på henne i Fredriks sällskap.
Alla skulle se dem nu. Vad var några års förnedrande kärlek i smyg när ett minst trettioårigt lyckligt äktenskap väntade.
På tiorasten hade han rusat upp till Twins på Arkivgatan och köpt en knallröd skjorta. En farlig skjorta. Hon hade aldrig ringt till jobbet förut, bara på hans mobil. Hon ville säkert gifta sig på något udda ställe. Monte Carlo? Le Mans?
Fredrik log mot tvillingarna bakom disken. Eller var det bara en?

Han kom fem minuter för tidigt, men hon var redan där.

Hon såg sensuell ut även när hon var sur som nu.

Fredrik sprang fram till bordet och försökte kyssa henne, men hon sköt undan honom.

De beställde kokt lax med dillstuvad potatis. Mineralvatten.

Hon såg inte skjortan.

– Jag har bestämt mig för att inte träffa dig på två månader. Sedan får vi se.

Fredrik vek ihop pappersservetten i åtta delar, reste sig upp, lämnade restaurangen och korsade Södra Vägen i hög trafik och mot röd gubbe.

En tidningsbil lyckades tvärnita och signalerade ilsket, men det märkte inte Fredrik.

Han gick med långa steg över Heden och hejdade sig inte förrän han satt vid sin dator på försäkringsbolaget.

Efter en stund gick han ut på toaletten och bytte till sin vanliga skjorta.

I fikarummet klockan tre försökte Linda övertala honom. Han var den enda hon inte hade bearbetat, eftersom alla kände till hans hopplösa förhållande.

– Fyratusen är allt du behöver betala för en lång midsommarvecka i en perfekt semesterbostad på Saltön.

– Ja visst, sa Fredrik. Tessan har tagit time-out från mig den här sommaren. Så det går himla bra.

Han reste sig, ställde sin tekopp på vagnen och lämnade matsalen. Arbetskamraterna följde honom med förundrade ögon.

– Det var som fan, sa Linda.

– Det funkar aldrig att vänta på en gift människa, sa Barbro. Om de inte lämnar maken eller makan efter två månaders dubbelliv kommer de aldrig att göra det.

– Hur kan du veta det, du av alla människor?

Barbro hade ett tungt osminkat ansikte, brun polotröja och hundhalsband.

– Jag har varit den andra kvinnan i tjugonio år.

När tåget körde över järnvägsbron som löpte parallellt med vägbron till Saltön slet Linda av sig sin freestyle, lutade sig över Fredrik och tryckte näsan mot tågrutan som ett litet barn.

– Nu kommer vi. Give me five!

Fredrik smålog trött. Han var van vid vuxna kvinnor.

Utanför Turistbyrån tvärstannade Linda.

– Du får stå här och vakta bagaget, så går jag in och hämtar nyckeln. Alla kommer att tro att vi är gifta. Det är kul.

– För vem?

– För alla som ser när jag bedrar dig. Med Marcello till exempel. Eller om jag hittar någon lokal stjärna.

– Kul, jättekul, svarade Fredrik medan han studerade trutarna på kajen. En saknade ett öga.

Fredrik kände sig som om han saknade sig själv. Var han en grönsak utan Tessan?

– Andra huset efter torget, hojtade Linda. Det skall stå Blomgren på dörren. Alltså Blomgren som i blomma. Är det inte gulligt? På midsommarnatten får jag inte glömma att lägga nio pojkar under huvudkudden som min gamla mormor brukade säga.

Sara studerade skylten: Restaurang Lilla Hunden. Den hängde något på sned.

Skylten var av plåt och föreställde en svart terrier i silhuett som i en saga av Elsa Beskow. Byggnaden var långtifrån sagolik.

Lilla Hunden med sina fluffiga gardinuppsättningar dominerade hela bottenvåningen av ett trist tvåvåningshus med grå eternitplattor. Om inte övervåningen funnits kunde man trott att huset var en tillfällig barack uppsatt inför ett krig eller i väntan på ny stadsplan.

Gardinerna var pastellfärgade, men de små blinkande lamporna som inramade fönster och dörrar glimmade i rött, grönt, gult och blått. Här och var på väggarna satt små svarta silhuetter i form av hundtassar, ben och hundkojor.

När Sara upptäckte att kassaapparaten var målad med svarta prickar som de hundra dalmatinerna skrattade hon högt. Det hade hon inte kunnat göra i sin gamla miljö i Göteborg knappt en månad efter dödsfallet.

Men Axel älskade när Sara var glad. Fortfarande.

Han hade ofta varit bekymrad när Sara var nedstämd, för det betydde självklart att hon träffat någon annan, någon yngre, smalare, rikare, kanske en studierektor.

Sara lämnade snabbt sin nya arbetsplats och fortsatte mot kiosken eftersom kyrkklockan slog elva och hon skulle träffa sin hyresvärd, en kvinna med raspig och ovänlig telefonröst.

Någon kvinna befann sig dock inte vid pressbyråkiosken, men en mörkhårig senig och kortvuxen man som stod lutad mot ett stängt tombolastånd och rökte en cigarrett som han höll inåtvänd mot handflatan. Han såg bra men slarvig ut.

Sara köpte en tidning och ett grönt äpple. Hon hade inte bråttom.

Medan hon läste rubrikerna på förstasidan förnam hon en rörelse i sin närhet.

Mannen som kunde vara jämnårig med Sara, kring trettio, hade lösgjort sig från anslagstavlan, trampat ner fimpen i en rabatt och betraktade nu Saras svarta sjal som täckte ena axeln.

– Hyra vinden.

Sara försökte se honom i ögonen. Hon var ändå lärare.

– Hyra vinden? upprepade hon.

Han tittade hastigt på hennes ansikte men återvände till axeln. Sedan skramlade han med en nyckelknippa och började gå.

Sara följde efter.

Det var en kort sträcka, i stort sett bara över torget. Huset var just det hon tittat på tidigare när larmet gått till en gammal Volvo utanför porten.

När Herr Tyst öppnade just denna port försökte hon fånga hans blick.

– Är det du som är hyresvärden?

– Morsan.

Sara sträckte fram handen.

– Sara.

Han tog hennes hand. Han var klart småhänt jämfört med Axel.

– Hej.

Hon gick bakom honom uppför trapporna.

– Vad fan heter du? skrek hon.

Han vände sig förskräckt om.

– Magnus.

Slutligen återstod endast en halvtrappa som ledde till en vindsdörr. Han låste upp den och gick före in i ett tråkigt möblerat rum med vacker havsutsikt över ett snedtak av plåt som vette mot hamnen.

Sara gick fram till fönstret medan Magnus öppnade en garderob.

– Garderob.

Hon vände sig om och smålog mot honom. Han såg italiensk ut, som gubbarna de brukat träffa på semestern. Inte tänka på det.

Han tittade på hennes näsa.

Hon pekade på en ful turistsäng.

– Säng?

Han lyfte på ögonbrynen och såg henne som av misstag i ögonen, men han log inte.

Han såg verkligen bra ut, fast han hade afasi.

– Hyran? Hur hög var den nu igen? frågade hon fast hon visste det.

Han funderade en stund medan han iakttog hennes skor.

– Fråga morsan, sa han och lämnade rummet.

Sara såg sig om. En trinett, hyfsat fräsch med två kokplattor, ett tomt kylskåp med frysfack, ett slagbord och två stolar. Vem skulle sitta på den andra?

Sängen kunde avskärmas med ett draperi.

En fåtölj och ett skrivbord, en grönmålad bokhylla full med små porslinsfigurer och torkade blomarrangemang.

Hon gick ut för att hämta sitt bagage. Han hade lämnat nyckeln i dörren och den tog hon med sig sedan hon räknat fönsterrutorna (två). Lika bra att göra det nu ifall hon skulle glömma det innan hon somnade.

Två timmar senare steg Sara in på Restaurang Lilla Hunden.

Den var antagligen öppen, för en enda gäst satt vid ett bord och åt medan han med läsglasögonen långt ner på näsan granskade börssidorna i Göteborgs-Posten.

Han tittade inte upp när Sara kom in.

Inredningen var så ful att den var charmlös, dock inte så ful att den var trendig.

De pastellfärgade gardinerna var knutna och fastsatta nedtill på väggen med gröna rosetter mönstrade med blå papegojor och golvplankorna var täckta av en blank vinröd plastmatta. Ett trettiotal svarta smalbenta femtiotalsbord med små blå dukar på diagonalen. En konstgjord tegelvägg. Fotbollsvimplar, sedlar, flaggor, vykort på väggarna. Nygamla bioaffischer på dörren. På varje litet fyrkantigt bord en krukväxt av plast, en rosa begonia. Över borden hängde röda lampskärmar av glas med mycket starkt ljus. Alla var tända.

Sara gick fram till den ödsliga bardisken. Inte en människa, bara ett par fyllda askfat bredvid kassaapparaten.

Hon gick ut genom svängdörren till köket. På ett stekbord låg en kvarglömd grå biff. Annars intet liv.

Bakdörren vette ut mot en gård och där satt en ung man i kockkläder och rökte på en plaststol bredvid en jättelik soptunna. Han såg pigg ut.

– Hej, sa Sara. Jag skulle träffa krögaren. Kjell Albert Nilsson.

– Kabbe äter, sa kocken och granskade henne genom cigarrettröken.

– Då kanske jag kan vänta här tills han kommer, sa Sara. Jag skall börja jobba här.

– Annars sitter han i matsalen.

Kabbe Nilsson hade avancerat till kaffet men fastnat vid börssidorna. När Sara presenterade sig tittade han upp för ett ögonblick.

– Jaså, sa han. Jag trodde du var yngre. Du lät yngre på rösten.

Sara tog i och log blixtrande mot honom fast hon plötsligt kände sig mycket gammal och trött.

– Du skall ju bo på Johannas vind. Det är nära. Praktiskt, för då kanske du klarar att passa tiden.

– Hur vet du det? frågade Sara. Var jag bor?

Hon log fortfarande fast det började kännas ansträngande.

Han drack ur kaffekoppen och tittade på klockan.

– Jag kanske inte skall störa mitt i tidningsläsandet. När skall jag börja?

– Du får tiderna av Lotten, min fru. Hon sköter sådana saker. Dina arbetstider. Det är noga med punktligheten. Hon talar om var du skall klä om någonstans. Rasterna. Det är noga med hygienen. Och passa tiden. Annars blir hela verksamheten lidande. Då går för fan hela krogen omkull igen om personalen inte sköter sig.

– Hur betalas lönen ut?

– Fråga Lotten, sa jag. Hon håller i sådana saker.

– Jaså vad håller du i då?

Han vek ihop tidningen.

– Jag håller i de stora sakerna.

Sara drog sig mot dörren. Kabbe ägnade henne en snabb svepande blick.

Hon tittade ut genom fönstret i hopp om att finna några riktiga blommor utanför som jämförelse.

Strax utanför fönstret stod Magnus lutad mot en gammal Volvo och tittade i marken.

Just som Sara såg ut tittade han upp och in genom rutan och var mycket nära att möta hennes blick.

– Det skall bli roligt att jobba här, men plastblommorna ser för jävliga ut.

När Sara lämnade Restaurang Lilla Hunden till tonerna av fyra små bjällror som satt på insidan glasdörren var Magnus försvunnen. Det var kanske han som berättat för krögaren var hon bodde. Rart egentligen.

– Dags att cykla hem, sa Ragnar Ekstedt. Magen talar sitt tydliga språk.

Emily log och lyfte armarna över huvudet.

– Så synd, sa hon och lade huvudet på sned. Jag kunde ha tagit med mig nyrostat kaffe i ståltermos och några laxsnittar om jag vetat att du skulle komma hit.

– Så så så.

Han skrockade.

Hade hon gått för långt i intimitet eller menade han rentav att han själv kunde haft den goda idén att ta med sig några enkla herrsmörgåsar?

Men hur skulle han ha kunnat räkna ut att hon befann sig ovanpå ett stup i skogen. Och hon han? Var det Gud som ordnat detta möte? Hon kastade en skygg blick mot himlen.

Hjärnan kokade.

Han reste sig och borstade av sig metodiskt och noggrant. Några gröna blomblad, en halv käringtand, lysande gul. Hon följde hans händers lugna kraftfulla rörelser över skjorta och byxor. Så log han mot henne, lutade sig fram och klappade henne på handen.

– Adjö då, lilla vän.

Ragnar hade knappt hunnit försvinna nedför branten förrän Emily började sjunga och dansa.

– Lilla vän, han sa lilla vän. Jag är en liten vän, en liten vän.

Hon virvlade runt och hennes åttiofyra kilo följde villigt med i samba, rumba och långsmala hopp. Var kom alla fantastiska steg ifrån?

Hon hade inte ens tagit danskurs per korrespondens fastän hennes pappa hade erbjudit henne en sådan strax innan hon fyllde fjorton. Emily hade tackat nej för hon var orolig för vad som kunde stå utanpå kuvertet från dansinstitutet i Stockholm. Hon hade inte lust att få fler öknamn i skolan än hon redan hade. Döende svanen kanske de skulle säga eller rentav Dancing Jumbo.

– Så synd, hade pappan sagt, det kunde ha varit bra för dig. Du kunde kanske nästan bli graciös som en balettdansös. Synd att du fått min kropp och inte din mammas.

Emily var av samma uppfattning, men om livet som mager madame bestod i en tillvaro med magnecyl och neddragna persienner halva månaden var hon inte lockad.

Under hela barndomen och ungdomen hade Emily mått som fisk i vatten bland intressanta människor, särskilt om det innebar att äta och dricka gott i deras spirituella sällskap.

Sedan hade det tyvärr blivit god mat i ensamhet istället. Inte lika spirituellt.

Inga gäster. En trött äkta man.

– En svensk äkta man som står i affär hela dagarna vill inte träffa andra människor när han äntligen kommer hem.

Det var vad Blomgren sa varje gång hon ville bjuda hem spännande människor, sommargäster till exempel.

– Vad skulle de ha att säga, som vi inte redan vet? Var inte så barnslig, Emily.

När den spröda kvinnan Lovisa Schenker, Emilys mor, skulle instruera den tillfälliga hjälp i köket de brukade anlita till större middagar blev hon som en annan människa. Adjö mollusk.

Hon lämnade sjuklägret med sprudlande energi. Borta var vankelmodet och de halva meningarna. I stället var hon klar och bestämd i sin ordergivning.

Emily brukade stå gömd tjuvlyssnande i grovköket med förundrad min, ivrigt knaprande på blockchoklad och kokos.

Lovisa Schenker älskade avancerad matlagningskonst. Ögon och kinder glödde över kastanjepurén.

Hon var ivrig men strukturerad när inköpen av råvarorna från Göteborg planerades.

Vissa delikatesser kom per järnväg från Arvid Nordquist i Stockholm.

– Kostar det så smakar det, sa Lovisa.

– Dessvärre kan man inte ha kalas jämt, sa hennes man sorgset och då är det inte kostnaderna jag tänker på i första hand.

Hela huset levde upp inför middagsbjudningarna. Emily tyckte att mattorna skrattade och tavlorna log.

Lovisa var expert på aladåber, consomméer, gratänger och suffléer. Hjälpdamerna som stod för handräckning och enklare rutingöromål lydde henne blint. Det var samma Saltökvinnor som följande dag kunde iaktta den hjälplösa Lovisa när hon var tvungen att ta taxi den halva kilometern från banken för att hon inte hittade vägen hem på grund av huvudvärk och yrsel. Sitt personnummer lyckades hon aldrig lära sig.

Men hon hade hundratals komplicerade recept i huvudet från de gourmetkokböcker hon studerade femton dagar i månaden när hon var sängliggande i svårartad migrän och andra opreciserade åkommor.

Som bokmärke i lektyren använde hon alltid ett tidningsurklipp föreställande Albin Månsson. I unga dagar hade hon varit bjuden på kryssning till Stavanger i sällskap med Albin Månsson och han hade lärt henne skilja på svensk och amerikansk löjrom. Det var innan doktor Schenker dök upp, rörande ung. Snäll, lagom begåvad men rund. Men Albins fascinerande virilitet och målmedvetenhet hade han inte.

När hon upptäckte att hon valt fel var det för sent. Att man kan få huvudvärk av dåliga val.

Festerna var räddningen.

Vid middagarna älskade Lovisa att ta emot komplimanger och att se andra äta. Doktorns vikt steg stadigt för varje år och hans röst lät allt tunnare när han instruerade patienter med högt blodtryck att hålla igen på fett och sötsaker.

Men han var Saltökvinnornas älsklingsdoktor. Han hade ett sätt att tala med dem som fick dem att känna sig kvinnliga, vackra och rentav smala.

Lovisa drömde om Albin och Emily avgudade sin far.

Det var fadern som försiktigt gjorde Emily uppmärksam på att modern njöt av sin dotters sätt att vräka i sig onyttig mat, fast hon ständigt klagade på barnets feta figur.

– Det här liknar ingenting, Emily. Du går inte i ett enda av mina klädesplagg och dina är på tok för stora för mig. Det borde naturligtvis vara tvärtom. Disciplin. Kan du stava till det, lilla vän?

Det kunde Emily verkligen. Hon var bäst i stavning i klassen och hade fått diplom vilket hennes mamma inte ens hade tittat på.

Doktorn kramade sin dotter ibland men aldrig sin fru.

Och Lovisa hade aldrig rört sin dotter mer än av misstag en gång när åskan gick och de befann sig på en segelbåt.

– Kära Emily, sa fadern. Mamma vill vara yngst och smalast av alla. Hon kan inte bli yngre än du. Låt henne heller inte väga mindre.

Emily tog en kaka till.

En söndagsmiddag veckan efter konfirmationen förkunnade Emily att hon skulle vilja utbilda sig till lärare. Då skrattade hennes mamma vilket var mycket ovanligt.

– Lärare som är så små, grå och trista. Vet du vad! Där går väl ändå gränsen till och med för dig.

Det blev praktik på posten efter studentexamen. Thomas Blomgren uppfyllde Emilys liv hela sommaren till den grad att hon gick ner sju kilo.

Men så fort de gift sig och flyttat in i egen lägenhet med sagolikt kök med avocadogrön kyl och frys, gick hon upp igen. Hon hade blivit hemmafru mot sin pappas vilja.

– Du som är så begåvad.

Blomgren uppskattade visserligen Emilys kokkonst, men tog aldrig mer än en portion.

– Jag får faktiskt inte plats med mer.

– Kan du inte uttrycka dig lite mer poetiskt?

– Jag är proppmätt.

Paula var knubbig som baby, tjock som förskolebarn, kraftigt överviktig och mobbad i skolan.

Skolsköterskan ville skicka henne till en dietist.

– Hennes morfar är faktiskt läkare, men det kanske inte syster känner till? undrade hennes mamma.

– Inget fel på flickan, sa morfar. Det växer bort. God mat, frisk luft och motion har ingen dött av. Kärlek är också bra har jag hört.

– Måste vi ha så mycket kakor hemma? undrade Blomgren. Flickan blir ju frestad hela tiden.

– Jag tänker inte neka henne något, svarade Emily. Paula skall inte vara olycklig som jag var.

Och är, tillade hon inne i sitt eget huvud, men den rösten var så obehaglig att hon måste äta ett hembakat danskt wienerbröd med hemkokt jordgubbssylt för att hon inte skulle höra den så tydligt.

I den vevan tynade Lovisa mycket sakta bort med sin feta make sittande hopsjunken och hjälplös på sängkanten. Han försökte läsa högt ur Hagdahls kokbok, men hon orkade inte lyssna längre. Hur gammal hade Paula varit då? Det mindes hon inte ens. Hon hade i alla fall varit för liten för att vara med på begravningen.

Emily hade själv gjort sjuttio snittar till eftersittningen i församlingshemmet.

Alla hade gått åt.

På eftermiddagen gick Emily frimodigt nedför stigen, allt mer hemtam i naturen för varje timma. Hon tänkte på bär- och svampplockningen med fadern i barndomen.

– Det finns inget farligt i skogen, Emily, bara man bär sig vettigt åt.

Hon hittade en tjock död trädgren som hon kunde använda som vapen mot eventuella huggormar. Med hjälp av käppen slog hon sig fram genom de taggiga snåren som omgav motionsgården och med blodrispiga ben och bankande hjärta gick hon in i servicebutiken som fanns i motionsgårdens källarplan. Hon handlade Mariekex, Coca-Cola Light, nio bananer, energidryck och en hel kartong med kexchoklad. Natten kunde bli kall.

Som tur var förvarade alltid Blomgren två filtar i bakluckan för den händelse han skulle passera någon olycksplats utefter vägen när han varit i Göteborg och hämtat varor. Det hade han lärt sig på Röda Korsets hjärt- och lungkurs.

– Det är ju löjligt, hade Emily sagt, när vi har en läkare i familjen. Pappa avskyr amatörer. De bara ställer till det.

Emily betraktade bilen med ömhet. Hon hade tidigare aldrig haft något speciellt förhållande till bilen mer än att den var en praktisk uppfinning som kunde frakta folk och saker mellan två punkter. Nu när hon återvände från shoppingturen till den gröna herrgårdsvagnen kändes den som en mycket kär vän. Hon gav bakluckan en vänskaplig klapp innan hon öppnade den och började bädda.

Hon kände sig märkligt upphetsad när hon rev sönder bilkartan och täckte rutorna med kartblad över Polen och Lettland.

Det började bli hemtrevligt.

Hon satte på bilradion. I de lokala nyheterna pratades ivrigt om ett tidigt fall av svårt fästingbett som drabbat en jordbrukarhustru i Skee.

Emily vred knappen från lokalsändningarna till P2 och en orgelkonsert från Berlin.

Hon lade sig ner på sin nya säng och kopplade av. Hon hade lärt sig att lyssna inåt.

Emily försökte föreställa sig folkskolläraren Ragnar Ekstedt utan kläder.

Det var ingen tråkig syn. Säkert hade han alltid nystrukna vita bomullskalsonger och lagom med hår på bröstet. Blomgren hade för mycket. Någon annan man hade hon inte sett på nära håll utan kläder, fast hon hade haft lust minst fyra gånger det året Blomgren fyllde femtio och de tillbringat två varma veckor på Kos, lågsäsong.

Egentligen hade Blomgren fyllt år under högsäsong men de hade väntat med resan till en röd vecka.

Johanna gick upp på vinden och låste upp dörren till uthyrningsrummet med sin extranyckel efter att ha knackat hårt tre gånger.

Magnus hade tydligen gjort vad han var tillsagd, för hyresgästen hade uppenbarligen flyttat in.

På golvet stod en stor ryggsäck av någon sorts buffelskinn. Johanna rynkade på näsan. Säkert en vegetarian, men Johanna hade henne gudskelov inte i maten. Hon lyfte på ett par pocketböcker som låg vid nattygsbordet. Väldigt liten stil. Värdelöst.

Kylskåpet var fortfarande tomt och det fanns inte en affär som sålde livsmedel på Saltön en söndag, men det kunde ju inte Johanna hjälpa.

Hon låste efter sig och gick ner och öppnade dörren till Magnus rum för att få en rapport om hyresgästen, men det var tomt. Bandspelaren, TV:n och radion tycktes tävla om vem som kunde spela högst.

– Undrar just vem som skall betala nästa elräkning, sa Johanna till George Michael som satt på väggen och blängde, innan hon stängde av apparaterna.

Hon gick med höga strutssteg mellan kläderna på golvet.

Kristina kom in i tobaksaffären för att fråga efter nya Elle och Baskermannen tittade dystert på henne där han stod och bläddrade i en Playboy.

– Elle, sa han, är franska? Fint skall det vara.

– Behöver du läsa tidningar när du har Månsson?

Orvar skrattade fräckt.

– Han är ju på fabriken vet du väl, svarade Flickan. Han är alltid i fabriken på söndag eftermiddag. Han var här och köpte tidningen på vägen.

– Har Blomgrens lagvigda kommit tillbaka?

Baskermannen vände sig till Orvar.

– Det är självklart att hon inte har. Hon har varit borta några timmar bara. Förstår inte att brorsan hänger med huvudet för en sådan småsak.

– Hon kommer när hon är hungrig, sa Flickan.

– Hon är väl inget barn heller.

– Emily kommer aldrig tillbaka, sanna mina ord, sa Baskermannen och lade diskret en lottokupong som ett bokmärke i Mens Health.

Kristina hostade lätt.

– Så ni har inte Elle då?

– I Göteborg finns den säkert.

Kristina köpte tyska Brigitte och gav Baskermannen ett löftesrikt ögonkast innan hon gick ut.

Kristina släntrade in på Lilla Hunden och beställde kaffe och en Sarah Bernhardt light medan hon utträkat bläddrade i sin tyska modetidning.

Plötsligt hörde hon Lottens glada och gälla röst bakom disken när hon gav order till en ny personal.

Kristina var inte avundsjuk. Det kändes verkligen befriande att inte behöva arbeta.

I detsamma kom hon ihåg att de skulle ha gäster på kvällen.

Hon tackade sin svägerska för kaffet och lyckades få syn på den nya personalen innan hon gick. En lång och smal mörkhårig kvinna med rena drag, osminkad, högst trettiofem, såg ut som en lärare eller bibliotekarie.

– Hälsa Kallegubben, ropade Lotten.

Lotten var ensam om att kalla Karl-Erik Månsson för Kallegubben. Men så var hon också hans favoritsyskon.

Fredrik och Linda hälsade på Blomgren, en dyster person med små vita färgprickar och bruna åldersfläckar på händerna.

Han gick ljudlöst före dem över gårdsplanen mot lillstugan, en friggebod som de hade hyrt för en vecka. De tittade på varann, men sa inget.

Blomgren låste upp.

– Fönstren blir klara i morgon. Om det inte regnar.

– Det regnar väl aldrig på Saltön, skrattade Linda.

– Det är klart att det regnar här som på andra ställen. Hur skulle det annars bli någon gröda?

Det fanns en primitiv dusch, en slang som var fastsatt under ett träd på betryggande avstånd från torkvindan. Den utbyggda friggeboden bestod av ett pentry och två rum. Man måste gå genom det stora rummet för att komma in i det lilla, som Fredrik blixtsnabbt lade beslag på.

– Det var ju så vi sa, sa han, men vi kan dela hyran lika. Det är OK för mig.

Han lade sig på sängen och tog upp en pocketbok ur fickan.

– Skall du inte packa upp först?

Linda började hänga upp små slinkiga fodral i neonfärger.

När ingenting hände kastade hon en kudde på honom.

– Är du tio år?

– Nej, men glad, vet du inte vad glad är. Det är fem dagar till midsommarafton. Kom skall vi brottas.

Fredrik stoppade pocketen i fickan.

– Att de inte har tänkt på att sätta in en dörr i den här dörröppningen, sa han och gick.

– Du hänger väl med på krogen ikväll? ropade Linda efter honom. Det är mycket roligare att gå in om man är två. Sen kan vi skiljas åt. Före midsommar skall jag inleda årets sommarromans.

Blomgren satt vid trädgårdsbordet och drack en kopp svagt kaffe.

– Är allt till belåtenhet?

– Lite mer klädhängare tror jag att Linda önskar sig, men det är väl sånt som kvinnor jämt önskar sig.

– Vad kvinnor önskar sig hänger på en spik i himlen, sa Blomgren.

Hans ögon rann.

– Ja precis. Absolut, instämde Fredrik så hjärtligt att Blomgren var på väg att le men det blev inget.

– Fyll helst inte hela soptunnan första dagen. De var här och tömde i torsdags så nu dröjer det flera dagar till nästa tömning.

– Jo jag undrar en sak: längst ut på udden utanför badplatsen är det inhägnat och en jättefin brygga som det står privat på. Varför får man inte gå dit?

– Det är Ambassadörens. Det är privat.

– Ambassadören, vad är det för en gynnare? Kan man prata med honom? Jag vill bada där.

– Det blir svårt för han är död. Det är hans son som har huset och bryggan. Den gamle Ambassadören står staty i parken. Det är han som betalt båda sjöräddningsbåtarna som ligger i hamnen. Därför badar vi inte där.

– Men sonen, han som har bryggan, vad gör han då? Vad heter han?

Blomgren ryckte på axlarna.

– Han heter också Ambassadören, men han är i Stockholm när

han är i Sverige. Han har inte varit här på fyra år. Han bor i Japan.

– Är han ambassadör i Tokyo? Vad heter han?

– Han är inte ambassadör. Han heter Ambassadören.

– Bra, då klättrar jag över och lånar bryggan.

– Inte om du skall bo kvar hos mig.

Blomgren blängde mot vinden. Hans ögon tårades.

Ljuset över gränderna var milt i kvällssolen och Fredrik gick en rundvandring nästan utan att tänka på Tessan, fastän han mötte flera kvinnor i hennes storlek.

Dessutom två randiga katter (hon hade haft en katt när hon var liten) och en moped (hon kunde köra motorcykel).

Eftersom han beslutat sig för att rycka upp sig bestämde han sig för att gå och äta utan att fråga Linda om råd. Utanför Restaurang Lilla Hunden stod en kort man i trettioårsåldern och såg sydländsk ut. Han putsade oändligt långsamt framlyktorna på en rostig Volvo med en rutig kökshandduk.

– Lilla Hunden är det ett bra matställe?

Mannen ryckte på axlarna.

– Finns det något annat menar jag?

Mannen ryckte åter på axlarna och började polera dörrhandtaget.

Fredrik gick in på Lilla Hunden, beställde en dagens med munter min och satte sig ner för att läsa utan att ägna plastblomman någon uppmärksamhet

Denna höll på att rivas i golvet av en kvinna som kom inifrån köket och gick tvärsigenom lokalen.

Fredrik tittade upp. Hon var minst en decimeter längre än Tessan och hade rakare axlar och mörkare hår. Dessutom var hon yngre.

Han fortsatte att läsa och hoppade inte till när bjällrorna klingade.

Det var Sara som stegade i väg till telefonkiosken i hamnen och slog numret till sin gamla pappa i Stockholm. Han svarade direkt.

– Hanssons Hälsa.

– Jag har flyttat nu, men det hjälper inte. Jag tänker på Axel ändå.

Pappan drev hälsokostaffär på Söder. Nu gav han genast sin dotter små visa råd om fotbad, havrekli, meditation, massage, morötter och promenader i frisk luft med kraftigt pendlande armar och djupa andetag.

Sara började gråta.

– Jag hör inte, sa hennes pappa. Blåser det mycket där du bor? Stoppa fetvadd i öronen i så fall. Bättre stämma i bäcken.

– Massa hälsotjafs hjälper inte mot sorg, pappa.

– Jodå. Vill du ha annat att tänka på så flytta hit och hjälp mig att sälja ortopediska sandaler. Jag har ett jättelager. Tänkte helt fel i vintras när jag beställde. Om du stod utanför affären och sålde sandaler skulle de ta slut på två veckor. Nu säljer jag inte en enda. Rättare sagt inte ett enda par.

Sara sa adjö och lade på.

Antagligen fanns det ingen som kunde hjälpa henne, utom möjligen tiden, om inte den också var överreklamerad.

Det blåste verkligen, motvinden var så hård att det var omöjligt att gråta.

Smärtan var nästan behaglig när hon började gå västerut med vinden rakt i ansiktet.

Vita och gula trähus i oregelbundna rader klättrade i gränderna, överallt vindpinade små fruktträd och välskötta stenpartier. En hemgjord trafikskylt som pekade åt höger berättade om simskola och stugor att hyra men hon fortsatte rakt ut mot stranden.

Husen glesnade och hon passerade en campingplats med husvagnar, tält och stugor till uthyrning. Säsongen hade tydligen börjat trots att det var en vecka kvar till industrisemestern.

Ett trettiotal bilar stod i första raden, bakom dem husvagnarna, av vilka de största saknade hjul men hade både trädgård, flaggstång och brevlåda.

Stigen fortsatte slingrande mellan klipporna och längst ut såg hon röda sjöbodar, ett hopptorn och längre ut en fyr.

Längre ut än till hopptornet kunde man inte komma på udden

för ett stort område var avgränsat med staket med taggtråd ovanpå. En lång brygga stack rätt ut i havet och längst ut på den fanns det ett litet torn på vilket det stod PRIVAT med så stora bokstäver att det gick att läsa ända från badklipporna.

Stigen steg upp på ett backkrön och när hon kom ner på andra sidan upptäckte hon ett timrat hus som låg dolt i en frodig glänta. Huset var grått och omgivet av en nästan sanslös mängd blommor i olika färger. Som en sagoträdgård.

En äldre mager man i tropikhjälm och lång grön oljerock var djupt koncentrerad på en rabatt och reagerade inte när Sara gick förbi på stegen tätt intill stengärdsgården.

– Gokväll farbror! ropade Sara. Vilken fin trädgård.

Det kändes ursprungligt, lantligt och rätt.

Mannen vände sig sakta om och betraktade henne med skarpa men blå ögon. Han hade ett vackert utmärglat och starkt solbränt ansikte. Kanske var han sjuttio år.

– Hej hej, sa han och smålog innan han återvände till sitt arbete med jorden.

Sara kände sig varm.

Plötsligt kom hon till insikt om att mannen som sagt hej hej var den första som varit vänlig mot henne sedan hon kom till Saltön.

– Hej hej, ropade hon i vinden när hon fortsatte stigen som snart blev osynlig uppe på berghällen.

– Han sa hej hej! Han sa hej hej, sjöng Sara och orden drunknade i vinden.

– Vänta bara tills stockrosorna kommer, sa mannen med lika vänlig röst till en skalbagge.

MÅNDAG

Solen stod redan högt när den nådde Johannas sovrumsfönster och väckte henne strax före sju. Hon vred på huvudet för en dubbelkoll med klockan i kyrktornet. Hon hade sovit i ett sträck hela natten; det måste vara vinets förtjänst.

Hon hade fått en flaska körsbärsvin av hamnkapten för att hon skulle passa hans hus och katter under fyra veckor. Han avseglade alltid till Skagen i god tid före midsommar och sommargästinvasionen.

Två trevliga kroppsbyggare från Göteborg skötte hans jobb under tiden. Just i juli gällde arbetet inte så mycket vattendjup och navigation som att driva in avgifterna för båtplatserna i gästhamnen och försöka se till att merparten ölburkar, spritflaskor och plastdunkar hamnade i någon av de sexton containers som stod uppställda på bryggan istället för i havet. Det gällde också att hålla entrédörrarna till toaletterna och duscharna i servicebyggnaden fria från sovande människor. Och att innan förmiddagssolen blev för varm gå runt och spruta vanilj i alla hörn där herrar som inte hittat toaletterna under natten hejdat sig en stund.

Allt det där klarade pojkarna från Göteborg med den äran. Vind- och väderprognosen behövde de inte ens sätta upp på anslagstavlan för båtarna som kommit till Saltön lämnade inte bryggan förrän semestern var slut. Allehanda kläder hängde till tork i riggarna medan seglen låg ordentligt instuvade under däck och motorerna var plomberade med stora hänglås.

Redan två dagar före midsommarafton låg båtarna i sexdubbla led i gästhamnen, vilket i många fall ledde till förbrödring mellan besättningarna. I andra fall utvecklades motsatt förhållande. I samtliga fall var det helt omöjligt att använda båtarna i det syfte de var tänkta för.

När Johanna sagt några väl valda ord till katter och blommor i hamnkaptenens ungkarlslya på söndagskvällen hade hon upptäckt att flaskan med körsbärsvin stod och tittade inbjudande på henne. Hon hade aldrig haft sina föräldrars fallenhet att ta till brännvin när livet kärvade, men nu kändes det plötsligt självklart att tömma hela flaskan under loppet av en vemodig kväll med midsommar i faggorna. Att sprit kunde vara så gott. Plus att den skänkt henne en så lång natts sömn.

Hon tog ett par Treo i förbigående varefter hon drack några koppar svart kaffe stående på balkongen medan hon tänkte ut olika formuleringar hon skulle använda när hon sa upp sig. På tisdagen skulle det ske – det hade hon bestämt.

– Gör aldrig något stort en måndag, Johanna.

Det hade hennes mamma inpräntat i äldsta dottern. Samt att man aldrig skall niga för någon, undantaget vid kistor i samband med begravningar av nära anhöriga.

Modern hade känt till mer än Johanna fattat som ung. Sex år i Saltö folkskola sa inte allt om kunskap. Enda gången Johanna nigit hittills var på sin mammas begravning i Saltöns kyrka.

Att tala med Månsson på jobbet en måndag var ändå utsiktslöst. Han inledde alltid arbetsveckan med fruktansvärda utskällningar av dem som råkade stå närmast till. Frampå eftermiddagen, det vill säga efter en god lunch på Hotell Saltöbaden med Rotary-kamraterna, normaliserades Månsson så långt han kunde och sedan var ju veckan nästan slut. Tisdag skulle uppsägningen ske.

Klockan nio på morgonen skulle hon knalla in på Månssons kontor med en självsäker fasad. Visst var det hon som hade övertaget.

Just som Johanna skulle gå till jobbet beslöt hon sig för att väcka Magnus och fråga om han hade kommit överens med hyresgästen om när hyran skulle betalas. Kanske hade hon varit för hård mot sin känslige son. Hon slängde den tomma starkvinsflaskan i sopnedkastet och tog med en mugg rykande kaffe när hon knackade på hans dörr.

Efter en stunds bultande öppnade hon dörren och blev stående på tröskeln. Hennes händer darrade så hon måste sätta ner kaffemuggen på golvet.

Rummet var perfekt städat. Sängen bäddad så prydligt som i ett hotellrum och fönstret stod på glänt.

Johanna slog händerna för ansiktet.

Emily hade haft en hård natt i bilen; sömnen stördes ideligen av otäcka drömmar. De långa vakna perioderna var fyllda av ångest, skräck och svett.

Underkläderna och blusen var dyblöta. Kanske hon borde börja med hormontabletter. Visserligen hade hennes pappa varit en högt respekterad distriktsläkare, men han visste faktiskt inte allt om kvinnors hälsa. Han hade fortfarande receptblock och FASS, men vad visste han om nya rön? Östrogen tänkte hon skaffa på annat håll.

Det fanns anonyma metropoler. Göteborg till exempel. Sådana tabletter skulle säkert dämpa hennes ymniga svettningar och säkerligen öka sexlusten dessutom, vad hon nu skulle med den till.

Två gånger hade Emily vaknat av sina egna ångestskrik och hon var vid två tillfällen fullständigt övertygad om att någon rörde sig utanför bilen. Vilddjur, människa, väsen. Hennes skyddade världar: flickrummet i läkarvillan, likaväl som Blomgrens mexitegelvilla med tjuvlarm, höll på att rämna och det fanns inte kanelbullar nog att täppa igen sprickan.

Hon kände den mörka klyftan öka, en djup ravin med en spricka som hade ett eget liv och obönhörligt växte. Den bestämde över henne och det fanns ingen väg tillbaka nu när hon hade sett och bejakat den för första gången. Emily darrade. Den här insikten var hon rädd att mista, hur skrämmande den än var. Hon kände sig nära en sanning. Kanske kunde livet få en liten mening innan hon fyllde femtio. Bråttom, bråttom.

Emily hade aldrig påstått sig vara hundraprocentigt ofelbar.

Hon hade varit fruktansvärt ledsen för att deras dotter Paula inte haft en enda nära vän under hela sin uppväxttid, trots att hon var så söt och så begåvad, trots att hon kom från en trevlig miljö med trygghet och ett färgkoordinerat eget rum. Emily hade diskret försökt köpa små väninnor genom att bjuda deras mammor på smörgåstårta, men allt hade känts ansträngt och fel för samtliga inblandade. Projekten hade strandat och inte ens smörgåstårtorna hade gått åt.

Men Emily bäddade in sitt barn mellan sina valkar och menade att världen visserligen var ond men att Paula skulle skyddas till varje pris. Från rädsla, från rädsla.

Nu hade hon själv blivit rädd.

Var det inte klimakteriet, så var det panikångest. Hon försökte andas djupt, men det satt ett lock någonstans på vägen.

En koltrast landade på en sten och tittade på henne med huvudet på sned och en liten mask i munnen.

– Ja du, sa Emily.

Det enda visdomsord hon egentligen fått av sin egen mor utöver matrecept var rådet att byta underkläder två gånger om dagen, eftersom risken alltid finns att man hamnar på ett operationsbord när man minst anar det.

Våldtäkt, mord, knivar i mörkret, blod, spetsiga tänder.

Hon försökte sätta ord på sina rädslor för att förminska faran. Emily älskade ord och hade knappt haft ett stavfel under hela sin skoltid. Hon hade anförtrott sin lärarinna redan i småskolan att hon hade tänkt bli lärarinna själv och fröken hade tittat snällt på henne. Fröken hade också haft tjocka ben.

Gastkramning, gråsuggeben, hösnuva och harm …

Hon rabblade upp olika hemskheter som ett mantra och lade märke till vilken omogen röst hon hade. En ljus flickröst i en medelålders korpulent kropp.

Sommarmorgonen var redan het och hon hörde en humla surra där hon låg med händerna i kors över bröstet och sömnigheten svidande bakom ögonlocken. Hon hade kontrollerat att alla dörrar i bilen var låsta, även bakluckan, och hon kände glesa tårar strömma nedför kinderna. Hon var ett tjockt litet barn på rymmen, men ingen tröstande pappa kom med smörgåsar och varm choklad.

Till slut somnade hon, svettades och drömde att två män utan ansikte sköt upp bilen högst upp på berget och längst fram till kanten på stupet. Där stod den och gungade några gånger medan de skrattade hårt och sedan knuffade de ner den för branten med Emily i.

Medan hon störtade hörde hon deras knivskarpa skratt.

När hon vaknade av att höra sig själv snarka efter en timmes tung sömn låg hon i samma ställning men kände sig piggare. Hon var inte värdelös och inte heller värnlös.

Hon hade lämnat Blomgren efter ett långt och tråkigt äktenskap. Det kan man kalla modigt.

Bara han insåg att detta inte var en tillfällig nyck.

Hon skulle ha svårt för att orka med hans förmodade ältande om ägodelar. Det fanns en risk att en blomgrensk långbänk inför skilsmässan skulle göra henne så utmattad att hon gick med på att flytta hem igen. Hans stränga rättfärdiga blick.

Ingenting skulle stoppa henne.

Kanske hade hon blivit feminist?

Morgonen kändes riktigt lovande, men hon blev förskräckt när hon såg sig i spegeln. Badrummet hemma i villan var förskonat från dagsljus genom en svagt smultronmönstrad gardin och lysröret ovanför handfatet var mjukt softat.

Ljuset i bilen var skoningslöst. Runt munnen syntes spår av chokladen hon ätit under natten. Hon måste skynda sig att fräscha upp sig innan Ragnar kom.

Innan Ragnar kom.

Varför skulle han komma? Han hade inte sagt ett ord om det. Hur kunde hon ta en sådan sak för given. Så barnsligt. Det var hennes pappas fel som präntat i henne att allt skulle gå så bra för Emily. Det hade det inte alls gjort.

Ändå hade Emily inpräntat samma dumheter i Paula.

Nu var hon ändå övertygad in i minsta kroppsvrå. Hon visste att Ragnar skulle komma och att han skulle säga att hon var vacker. Vacker eller kanske till och med intagande, skön, fulländad, strålande, oemotståndlig.

Emily var Askungen. Ragnar var Prinsen.

Något för Patetiska Centralbyrån att bita i.

Emily skrattade högt. Hon var fri och tyngdlös.

Kristina vaknade av odören av dygnsgammal vitlök. Stanken kom från Månsson, för själv hade hon avstått från de gratinerade kräftorna och hållit sig till brödet och osten. Under brödernas tråkiga samtal hade hon drömt sig sex år framåt i tiden och allt roligt hon skulle hitta på som ung och snygg förmögen änka, men drömmen verkade alltmer avlägsen. Hon hade fortfarande inte hittat någon vettig video som speglade hennes situation.

Inte förrän klockan tolv hade hon fått gå och lägga sig. Det var oartigt av henne att inte sitta uppe och lyssna på sin kloke make och hans bror, påstod hennes make, även om hon ingenting begrep. Se så intresserat hans yngre broder lyssnade och tog in visdom och affärsknep.

Varför slapp då svägerskan komma med?

Därför att Lillemor var en riktigt duktig liten kvinna som hjälpte sin man med bokföringen om kvällarna. Hon hade verkligen huvudet på skaft.

Om det inte låtit så långtråkigt hade Kristina genast anmält sig till en kurs i bokföring.

Karl-Erik låg på rygg men sov skrämmande ljudlöst. Plötsligt öppnade han ett öga och kastade en vaksam blick på sin fru. Därefter sträckte han ut armen och klappade henne belåtet på hjässan.

– Du var duktig igår som satt kvar när lillbrorsan och jag pratade affärer. Du skall se att du lär dig vett och etikett så småningom. Rom byggdes inte på en dag.

Kristina kröp närmare.

– Kan vi inte åka till Rom. Och åka gondol, det har jag alltid drömt om.

– Nu glömmer du visst att jag har en hel fabrik att ta hand om. Den har jag byggt upp med egna händer. En fabrik snyter man inte ur näsan.

– Men det var väl din pappas fabrik som du fick överta?

– Du talar som du har förstånd till, min lilla hönshjärna. Nu skall vi ha lite roligt innan pappa måste läsa börssidorna.

Fredrik smög sig genom Lindas rum klockan åtta. Han hade vaknat när hon dansat in i stugan i en air av rök och sprit strax före fem. Mycket Marcello-snack. Hon blev lite sur när han avböjde en whisky för att fira soluppgången (solen hade varit uppe flera timmar) men sedan hade hon tydligen somnat.

Till hans förvåning sög hon på tummen. Han tänkte aldrig dela bostad med en främling mer. Han var verkligen inte intresserad av människors hemligheter.

Det var det bästa med Tessan att hon var så smart och hade levt så länge att hon skaffat sig ett elegant och ogenomträngligt skal. Hon var till exempel alltid redan sminkad när han vaknade då de övernattat tillsammans på semestern.

Fredrik hade varit uppriktigt intresserad av henne och kommit henne alltför nära. Så korkat; det måste vara därför hon skippat honom. Inte för att han var ful och fräknig. Han var ett hot och han borde väntat ut henne och inte vara så ivrig. Han hade noterat detta flera gånger i fikarummet på försäkringsbolaget där kvinnorna dominerade. De var ofta livrädda för manlig psykologisk skärpa.

Den friska försommarluften slog emot honom. Han andades lätt och kände sig stark, manlig och sund när han gick barfota i Blomgrens gräs.

Han hade rullat upp jeansen och hängt en grå kavaj utanpå det vita linnet. Så vild och filosofisk hade han aldrig sett ut i stan. Han funderade på att låta skägget växa och skicka ett fräckt vykort till Tessan. Till hennes hemadress.

Tanken gjorde honom lycklig och han hälsade översvallande

på sin gråmelerade hyresvärd som satt vid trädgårdsbordet med en kaffekopp i handen och stirrade tomt ut i luften med blanka ögon.

Förmodligen var han ungkarl eller änkling. Att han bet sig fast i ett så stort hus. Antagligen hans föräldrahem. Vilken framtid, ett så inskränkt liv i ett rutigt hus.

Linda hade sagt att Blomgren var tobakshandlare. Säkert satt han och funderade över de nya cigarrettpriserna.

Förresten måste han faktiskt ha en fru för det stod EGEN HÄRD GULD VÄRD på en bonad i friggeboden. En sliten mager skärgårdsfru som såg likadan ut som Blomgren själv efter trettio års äktenskap. Hon jobbade väl tvåskift i någon kräftkonserveringsfabrik eller vad de nu hade för industrier i den här hålan. Några höga skorstenar hade han inte sett. Kanske framställde de helt enkelt tillbehör till krockkuddar; det var ganska vanligt på landsbygden.

Med badbyxor och sololja i höger kavajficka och en pocketdeckare i vänster började Fredrik visslande leta efter en bra badplats som inte tillhörde Ambassadören. På midsommar tänkte han uppträda i en djup och klädsam solbränna, låt vara med vissa fräkniga inslag.

En gång på spårvagnen hade han hört två tonårsflickor prata om honom. De trodde att han var Kenneth Branagh. Efter det hade han sett alla filmer med Kenneth. Flickorna var inte helt ute och cyklade, fast Fredrik hade snyggare näsa.

Fredrik följde skyltarna mot trampolinen och njöt av att känna stickiga grässtrån, släta stenar och torra lavar under sina bara fötter. Plötsligt fick han syn på en djup skreva mellan två klipphällar och i den låg oväntat ett grått trähus omgivet av en nästan himmelskt fridfull trädgård med blommor i de mest sagolika färger. Han stannade till och kände igen gullviva, mandelblom och prästkrage från sin barndoms midsommarängar utanför Kungälv. Han nynnade en Taube-visa.

En mager äldre man i halmhatt och uppkavlade oljebyxor låg på knä och rensade en rabatt. Han lyfte på huvudet och gav Fredrik ett snabbt och ointresserat ögonkast.

– Tjena, sa Fredrik.

Mannen återgick till sitt arbete.

– Vägd och funnen för lätt, konstaterade Fredrik.

Han hejade som kompensation på en bofink eller vad han antog var en bofink.

Till Saras förvåning fann hon en burk Coca-Cola och en kanelbulle på golvet i farstun när hon öppnade dörren för att gå ut. Hon hade inte uppfattat hyresvärdinnan som en duttande natur, men man kan bedra sig på folk.

Sara hade förgäves letat efter en öppen affär när hon kom, men endast funnit en pressbyråkiosk med dagligvaror som tvål, aceton och Mariekex.

Hon hade ägnat värdinnan en sur tanke som inte givit henne det startpaket vartenda anständigt charterhotell erbjuder sina gäster. Nu insåg hon att oginheten måste ha berott på lantlig blyghet.

Att hon hade så svårt att känna igen tillbakadragenhet måste bero på hennes egen framfusighet, en följd av en sund och fördomsfri uppväxt. Hennes föräldrar hade sprungit långdistans och varit vegetarianer långt innan det blev trendigt. Solroskärnor och vetegroddar hade Sara intagit med modersmjölken och på morgnarna hade föräldrarna spankulerat nakna i hemmet.

Mamman var skolvärdinna och patrullerade med svängande armar på olika skolgårdar på Söder när hon inte tröstade barn som bråkat eller slagit sig. Hon brukade trösta barnen genom att dunka dem i ryggen och ropa:

– Upp och hoppa. Det kunde varit värre. Du kunde ha blivit halshuggen!

Tjugo minuters daglig morgongymnastik framför öppet fönster var ett måste.

Saras mamma fick cancer i levern samtidigt som hon vann 100.000 på en penninglott. Fadern, som arbetat i förpackningsindustrin hela sitt liv, använde pengarna till att köpa en hälsokostaffär i samma kvarter som de bodde i. Men hans hustru hade tappat intresset för Blutsaft och rysk rot.

Samtidigt gick Sara på Lärarhögskolan i Göteborg och bodde i ett studentrum i Kallebäck. Eftersom hon var enda barnet reste hon hem till Stockholm varje helg. Alla pengar gick till det.

Det var hennes egen idé att bli lärare. Det var i alla fall vad hon inbillade sig fast hon under hela sin uppväxt fått höra om alla orättvisor i samband med moderns krossade lärarinnedrömmar.

När modern dog hade Sara nio dagar kvar till sin examen.

Hennes pappa kom inte till examenshögtidligheten för han hade kommit över en jättesändning med så gott som äkta ginseng från Bulgarien till rena vrakpriset.

Han tänkte byta namn på Hälso-Hansson till Evig Ungdom så fort han blivit änkling.

Han hette faktiskt inte Hansson.

Exakt tre veckor efter mammans död hade Sara träffat Axel.

Vem skulle hon träffa nu? Ingen var nog bäst.

När hon ringt sin pappa och berättat att Axel var död hade han rått henne att dricka buljong med vitlök.

– Det driver ut.

– Driver ut vad då, pappa?

– Han var för gammal för dig. Nu kom det en kund.

Sara stoppade colaburken och kanelbullen i fickan – vilken perfekt frukost på en klippa – och gav sig av mot havet.

Vid pressbyråkiosken stod Magnus och rökte och när Sara kom gående släntrade han över torget tills deras vägar korsades. Han doftade tvål och deodorant och var nyrakad.

Skjortan var vit, möjligtvis struken och knäppt ända upp i halsen. Han var kortare än Sara.

– Promenad?

– Jag tänkte det. Bohuslän är vackrast om morgonen. Orörd natur.

– Vissa saker är alltid lika vackra, jättevackra, sa Magnus med blicken fäst på Saras gympadojor.

– Vilken lång mening.

Magnus såg sårad ut och vände sig bort.

– Hej hej, sa Sara mycket högt och gick i väg med extra långa och kraftfulla steg.

Alla muskler tänkte hon använda. Det måste vara bra mot sorg.

Emily hade bestämt sig för att Ragnar skulle komma klockan tolv, så hon blev förvånad när han inte gjorde det.

Halv ett började hon frysa trots stark sol och nästan molnfri himmel.

Hon öppnade handskfacket och hittade körjournalen. Blomgrens senaste anteckning förkunnade:

”990616 tankade 42,8 liter vid IKEA. Oljebyte (bästa oljan) Tre rabattmärken.”

I marginalen kunde han ha skrivit att det var hans hustrus födelsedag den sextonde juni. Inte. Köpa smycke? Nej då. Inte Blomgren.

På fyrtioårsdagen hade hon fått en roddmaskin.

Hon skrev med rund och stadig stil trots att fingrarna kändes stela: ”Jag fryser nu när klockan snart är ett, men jag tänker inte frysa så att jag ger upp. Det skall jag komma ihåg.”

Hon slog ihop boken och när hon tittade upp såg hon Ragnars milda anletsdrag där han stod och tittade in genom rutan.

Hon skyndade sig att öppna dörren och rätta till kläderna.

– Jag fick uppfattningen att en bil stod gömd här i buskaget så jag tyckte att det var min plikt att undersöka saken. Jag måste erkänna att jag blev överraskad när det var en bekant som befann sig i den.

Bekant! Varför sa han inte Min Längtans Blåa Blomma.

Emily smålog.

– Det är faktiskt min bil. Jag har parkerat den här. Lite diskret för att inte störa bilden av vår fantastiska svenska natur.

Han såg förbryllad ut.

Hon ville så gärna byta samtalsämne, men när han stod där så lugnt och betraktade henne blev hon stum.

– En ovanlig parkeringsplats, anmärkte han och studerade det täta snåret runt bilen, men säkerligen har du dina skäl.

Hon log tacksamt.

– Får jag offerera en halstablett? Vinden är oaktat värmen ganska vansklig för stämbanden.

Hon grävde med knubbiga skära fingrar i den lilla asken och lyckades till slut få tag på en pastill.

Hoppas att han tänkte kyssa henne.

Plötsligt gick han fram mot kanten av stupet där han tog av sig sin stålgrå vindtygsjacka och bredde ut på en sten.

– Kom min sköna dam, utropade han, låt oss sitta här och beundra utsikten medan vi pratas vid.

Han hade knappt avslutat meningen förrän hon satt bredvid honom.

– Jag har lämnat min man. Jag tänker inte återvända.

– Verkligen. Har ni begåvats med några barn?

– Vi har en vuxen dotter, men hon bor i Afrika. Vi har egentligen aldrig haft något gemensamt, min make och jag. Min far är läkare och Blomgren har en liten tobaksaffär som han ärvt efter sin pappa.

– Blomgren?

– Det är min man. Schenker som jag sa förra gången är faktiskt mitt flicknamn.

– En freudiansk felsägning?

– Kanske det.

Hon kröp närmare Ragnar. Han var trygg.

– Vi har varit gifta i många, många år, men nu skall jag gå min egen väg.

Ragnar hade blicken långt bort mot havet.

Plötsligt blev hon rädd att hon tråkade ut honom.

– Det är ju midsommarafton på fredag. Det är alltid så vackert på Saltön då. Hoppas du stannar till dess?

– Ja, det är nog min avsikt, såvida inte mina växter är färdigpressade före fredagen. Jag har några intressanta tistelsorter i min mobila växtpress och jag vill helst inte att de skakar sönder på cykeln.

– Självklart inte. Jag har också tänkt börja samla växter igen som man gjorde i skolan. Jag hade sextiotre stycken.

– Innan växterna är färdigpressade ger jag mig alltså ogärna av. På pensionatet har jag ställt växtpressen på skrivbordet, med en särskild anmodan till städerskan att inte röra den.

– Fast Ibrahim kan inte läsa svenska så bra.

Hon ångrade genast sitt uttalande när hon såg hans förskräckta ansiktsuttryck.

Han tittade på klockan.

Tänkte han lämna henne?

– Idag har vi sommarsolståndet, en dag för blandade känslor.

Så fint han uttryckte det, men dessvärre kastade han en ny blick på klockan. Hon blev verkligen stressad.

– Du vill kanske komma hit upp på berget och fira midsommar med mig? Jag kan skaffa matjessill och gräddfil. Inlagd sill är annars min specialitet. Gräslök naturligtvis och färsk svensk potatis med dill och smör. Nyplockade jordgubbar med vispgrädde, hur jag nu skall kunna vispa den. Lite citron i, det är hemligheten. Men visp, var finns det visp? Ja, det problemet kan jag säkert lösa. Vi kanske kan sitta på en filt och se soluppgången?

När han såg på henne med road min, rodnade hon.

– Vi får väl se hur det blir med den saken.

Ragnar reste sig upp och borstade av sig.

Hon stod och såg hans kropp försvinna i snåret. Han vände sig inte om.

Tänk om hon kunde gå ner tolv kilo till på fredag.

Blomgren hade för länge sedan druckit upp kaffet, men gitte inte hämta nytt. Han satt fortfarande och stirrade på soptunnan bakom grindstolpen när han hörde sitt namn skrikas med gäll röst. Ögonblicket efter stod Johanna på grusgången framför honom med vitt uppspärrade ögon.

– Blomgren, jag tror att Magnus har gjort något förfärligt med sig.

Blomgren reste sig och lade armen om Johannas smala rygg.

– Sätt dig Johanna. Du ser ju alldeles uppjagad ut. Berätta för mig vad som hänt.

Hon tyckte själv att det lät dumt när hon började stamma om

den bäddade sängen och det städade rummet och plötsligt brast Blomgren ut i ett hostande skratt medan hans ögon svämmade över.

– Du vet inte mycket om karlfolk, du Johanna.

Hennes mungipor gick ner ännu mer än vanligt.

– Nehej, det kanske jag inte gör.

– Magnus gick förbi här för en kvart sen och han var både nyrakad och fräsch. Jag kände knappt igen honom. Hack i häl på eran hyresgäst gick han och det kan jag säga dig att av daga tänkte han då inte ta sig i brådrasket. Han hade bestämt andra tankar i huvudet.

Johanna slog armarna om halsen på Blomgren. De rodnade häftigt båda två och hon drog sig undan.

– Du kanske vill ha en kopp kaffe? Eller har du bråttom till jobbet?

Hon gled ner i soffan.

– Nej vi börjar först efter middagen för det har varit en läcka i packhallen. De är där och sanerar nu. Men de timmarna lär vi få ta igen snart om jag känner Månsson rätt.

Blomgren försvann in i huset.

Johanna torkade tårarna för att inte tjocka Emily skulle få något att skratta åt.

Det var skönt att sitta i någons trädgårdssoffa och hon blundade i solen och lyssnade till måsarna som cirklade över kajen på andra sidan spireahäcken som blommade vitt och löftesrikt. Det doftade verkligen sommar.

Om Magnus var kär i den tråkiga hyresgästen hoppades hon innerligt att känslorna skulle besvaras, även om hon hade hoppats på en yngre, gladare, sötare svärdotter och framför allt en från rätt sida bron.

Men minsta romans som fick Magnus att bädda sängen var välkommen. Hon hade länge funderat över varför han aldrig presenterat någon flicka för henne, men nu skulle faktiskt Johanna för första gången våga gå ut och roa sig på egen hand.

Hon kunde börja med midsommarafton, vilken rolig start på ett nytt liv.

När Magnus hade varit en liten pojke hade de gått tillsammans till dansen och där hade de alltid träffat bekanta, även om Johanna hållit sig på sin kant.

Magnus var blyg och inbunden till sin natur, åtminstone bland främlingar. Claudio kunde mest spåras i sonens utseende.

De senaste tio åren hade hon känt sig tvungen att duka fram sill och lättöl och jordgubbstårta till sig själv och till Magnus. Ibland kom han hem, ibland inte. Att ge besked i förväg var det inte tal om. Ändå skulle hon aldrig utsätta honom för att komma hem till en tom lägenhet på midsommarafton om han fick en sådan idé.

Men fick han en tjej kunde det bli ordning. En fast tjej.

Frågan var bara vad Johanna själv då skulle hitta på så här hastigt påkommet, utan umgänge och pengar. Hon öppnade ögonen och betraktade sina händer i solskenet. De såg torra och slitna ut.

I detsamma kom Blomgren ut med en liten rund blommönstrad kaffebricka med kaffekanna, två koppar och kanelbullar.

– Var har du Emily?

– Inte hemma. Hon jobbar väl.

– På en måndag – jag trodde bara hon jobbade på pensionatet på helgerna.

– Det är väl ändrat då. Eller också är hon någon annanstans.

Blomgrens ögon tårades. Han böjde sig ner och justerade vinkeln på parasollet.

– Undrar om det blir bra väder till midsommar? frågade Johanna hastigt. Jag tänkte gå och titta på dansen på allmänningen vid hamnen. Det har jag inte gjort på många år. Det gör jag för att Magnus inte har gått i sjön.

Hon tittade spjuveraktigt på Blomgren och han smålog tillbaka.

– Brukar ni gå dit?

– Nej inte sen Paula var barn. Vi brukar sitta här i bersån och äta sill och titta på folk som går till och från dansen. Dragspelet hörs bra hit, särskilt om det är min broder Orvar som spelar.

– Så trevligt det låter.

– Emily vill hellre att vi bjuder hem gäster, men det är så mycket folk omkring mig i affären att jag tycker det är skönt att bara vara två när jag är ledig. Så har jag alltid känt det, i ungdomen också. Det tycker Emily är trist.

– Hon vet inte hur bra hon har det. Om jag hade en man som du skulle jag aldrig vilja bjuda hem någon.

Blomgren småskrattade och fyllde på mer kaffe, fast kopparna nästan var fulla.

– Tänk att du och jag var klasskamrater. Minns du att vi var bänkkamrater på våren i tvåan?

– Ja kanske det, kanske. Jag träffade faktiskt fröken Agnes häromdagen. Hon var inne i affären och frågade efter ett andrahandskontrakt.

– Konstigt, hon bor väl i en etta på Björkåsen.

– Minns du hennes knäppkängor? Jag trodde att hon var från stenåldern. Det var hon ju inte alls. Hon var väl yngre när vi gick i hennes klass än vad vi är nu. På tal om klockan måste jag nog i väg till affären nu. Det kan vara för mycket för Flickan på morgonen. Tonåringar är så trötta, har du märkt det? Jag minns aldrig att jag var trött.

När Johanna lämnat Blomgrens berså strövade hon ner mot hamnen. Hon kände sig fri, en föraning om vad som komma skulle efter uppsägningen. Hon kunde gå hem och lägga sig avklädd på balkongen och sola om hon ville eller helt enkelt gå in till Märtas Bageri och fika. Hon kunde köpa båtfrukost som var julisatsningen för seglare: två wienerbröd och obegränsat med kaffe för femtio kronor. Gick åt som smör, sa Märta som åkte till Mauritius varje höst.

Johanna stannade obeslutsam och tittade på en tysk motorseglare som var beredd att försöka lägga till när en annan vankelmodig figur kom strövande på kajen, slog sig ner på en bänk och tog upp ett nikotintuggummi.

Johanna som aldrig tilltalat främlingar satte sig försiktigt bredvid och vände sig mot den unga blondinen med de trumpna läpparna.

– Skall det vara gott det där?
Kristina ryckte på axlarna.
– Får inte röka för min man.
Johanna skrattade.
– Har du man redan? Du är väl inte så gammal.
– Snart tjugotvå, men min man är femtionio. Luktar vitlök gör han också.
– Är han inte från Sverige?
– Jodå. Du då, är du gift? Eller änka? Det finns mycket änkor på Saltön, det har jag märkt.
– Nej jag har alltid bott ensam. Men jag röker inte så värst ändå. Det är för dyrt. Förresten ljuger jag när jag säger att jag bor ensam för jag bor med min vuxna son. Idag har han stigit upp och bäddat fast klockan ännu inte är tolv.
– För min mamma fick jag ligga hur länge jag ville på söndagsmorgnarna. Det får jag inte nu. Jag önskar att hon var här, men det blåser för mycket på Saltön, säger hon. Och solen är för stark. Man blir rynkig till och med i skuggan, säger mamma. Hon gillar inte min man heller. Hon tycker att han är en gammal tjock idiot.
– Är det du som gift dig med Månsson?
Kristina skrattade.
– Men hallå, jag skall köra upp till motionsgården nu. Kan du inte hänga med? Å snälla, gör det, vad det skulle vara roligt. Vi behöver inte springa om du inte har nån overall. Vi kan gå stigen istället och så kan jag visa hur Månsson ser ut när han försöker jogga. Jag har aldrig någon att prata med.
– Är det på andra sidan bron menar du?
Kristina nickade.
– Ja men jag har bil. Har du aldrig varit där?
Johanna log plötsligt, blygt med små vita tänder.
– Kör till, sa hon.
Kristina skrattade.
– Kör till! Sånt sa alltid min morfar när jag var liten. Det låter liksom tryggt och hemtrevligt. Mysigt faktiskt.
Hon kände sig lätt om hjärtat när Johanna klev in i bilen.

– Nu slipper jag prata för mig själv. Det brukar jag alltid göra.

Hon stängde av sin gula mobiltelefon och lade den i sin ryggsäck.

– Vi skall väl inte gå långt? frågade Johanna. Jag var aldrig scout. Inget hej och hå och sånt.

– Nej nej, inget hej och hå. Vi går bara och pratar. Vad är du född i för tecken?

Emily kom på sig med att oroa sig för Blomgren. Bara han kom ihåg att ta sina Losec. Hade han hämtat ryamattan på kemtvätten? De skulle semesterstänga efter midsommar, det kände han nog inte till. Krukväxterna ville hon bara inte tänka på. Och systemet på Saltön stängde alltid tidigare dagen före midsommarafton, för att det inte skulle bli en massa onödiga spontanköp. Hade han reda på det?

Emily brukade ringa till tobaksaffären och påminna Blomgren om sådana saker.

Hon satt på exakt samma ställe där hon och Ragnar suttit men nu var hans jacka och förtrollningen borta. Hon tittade ner på trafiken – fyra dagar till midsommar – knappt några bilar i någondera riktningen. Sommargästerna som redan anlänt hade kommit under den gångna helgen och den stora invasionen väntades egentligen inte förrän på torsdagen.

Hur kunde hon oroa sig för Blomgren? Hon tog upp plånboken och betraktade bilderna på honom och Paula. Blomgrens snipiga näsa och vattniga ögon, den vaksamma blicken.

Och Paula då som hade det vanliga uttrycket: Ja, här sitter jag och det är ditt fel. Tur att det finns en Gud.

Emily stoppade ner plånboken igen. Varför oroa sig för Blomgren. Han höll väl på med sina fönster eller klagade på att sommargästerna kastade för mycket sopor.

Javisst ja, sommargästerna måste ha anlänt nu (rätt åt honom) och läst Emilys skötselråd som hon satt upp på insidan av friggeboden.

Emily kände sig lite gladare. Frågan var hur hon skulle kunna handla mat och brännvin till sitt midsommarkalas med Ragnar Ekstedt.

Måtte tistlarna vara våta.

Kanske kunde hon muta någon på motionsgården att handla. Hon flyttade sig tjåstande ett tjugotal meter nerför branten så hon såg en bit av stigen, just där två och en halvkilometersspåret gjorde en tvär gir.

Hade hon tur kom det förr eller senare någon hon kunde lita på, kanske någon av doktor Schenkers undergivna gamla patienter.

Till sin häpnad hörde hon nästan genast ljudet av röster och fick syn på ett egendomligt par: Fabrikör Månssons lilla enfaldiga fru som fick hela Saltön att kikna av skratt bara hon visade sig och i hennes sällskap Johanna Bitter.

Det var Emily och hennes bästa väninna Lotten Månsson som hittat på ett nytt efternamn åt Johanna. Ett av många. Fröken Öken var också ett passande namn.

Ibland kom Emily på sig med att sakna sin gamla bästis, men sen Lotten gift sig med Kabbe Nilsson, krögaren på Lilla Hunden, hade umgänget ebbat ut.

Tänk om det varit Lotten som gått på motionsstigen istället för de här två existenserna.

Den där Barbie-kopian visste väl åtminstone vad hon ville eftersom hon gift sig med Saltöns rikaste man – men Johanna, vilket förspillt liv.

Hennes karaktärslöse son Magnus som varit klasskamrat med Paula gjorde Emily på dåligt humör bara han visade sig.

Paula hade släpat hem honom flera gånger när de gick i lågstadiet. Precis som de andra flickorna i klassen var hon svag för hans sydeuropeiska utseende och långa böjda ögonfransar. Att han inte hade något att säga märkte de inte ens.

Emily hade plockat undan Paulas spargris och smyckeskrin så fort Magnus var på besök i huset. Inte för att det hänt något men bättre att stämma i bäcken.

Egentligen var det ju synd om pojken. Johanna bevakade honom som en hök hela uppväxten. Den mamman var ett allmänt skämt bland föräldrarna i klassen.

Pojken hade inte fått följa med på friluftsdagarna när de åkte skridskor i viken, för Johanna trodde inte att isen skulle bära hennes gullgosse, som ändå måste ha vägt minst av pojkarna i klassen.

Han fick aldrig åka med på utflykter, inte ens följa med på skolresan till Danmark i nian. Undra på att han blev som han blev. Det gick rykten.

Emily kunde inte uppfatta vad Johanna och unga fru Månsson pratade om, men roligt hade de där de drog sig in i skogen. Hur kunde någon ha roligt med Johanna Bitter? Karlskräck hade hon också och pupillerna hoppade hit och dit när man försökte se henne i ögonen om man hade oturen att stöta ihop med henne i någon affär.

Eftersom Emily var väluppfostrad försökte hon ändå alltid utbyta några vänliga fraser om väder och vind även om hon avskydde vederbörande.

Men Johanna brukade knappt svara. Bara stå där och se förorättad ut med sin seniga hals.

Emily mindes plötsligt att en av de otaliga gånger när Paula bett att Magnus skulle få stanna på middag, hade Paula plötsligt utropat mitt i varmrätten:

– Magnus fyller år idag. Vi kan hurra!

Emily hade blivit alldeles ifrån sig.

– Men kära någon, då skall du inte sitta här hos oss, då skall du väl vara hemma hos din egen mamma. Skall ni äta något trevligt ikväll? Något grillat kanske? Skall du ha barnkalas till helgen?

Paula hade blängt på henne och Blomgren hade sparkat henne på benet.

Magnus hade bara skakat på sitt svartlockiga huvud med näsan över dillköttet. Men plötsligt hade han kastat en nervös blick på väggklockan, rest sig upp, mumlat ett tack, riktat till Emilys vänstra axel och gått sin väg.

Stackars pojke. Tänk vilka fina kalas Paula hade fått arrangera på sin födelsedag. Kalas ända upp till trean, sedan var det party som gällde. Blomgren hade tagit hem allt vad som fanns i girlandväg från affären och de hade pyntat i dagar i förväg. Paula hade fått precis vad hon ville.

Märkligt nog hade hon ändå alltid hittat något att klaga på. Men då åkte Emily genast till Göteborg och bytte. Oj, jag hade fattat fel, rosa skulle det vara. Men titta nu är jag här igen, det skulle inte vara rosa heller utan kanariegult…

Och inte hade hon haft någon bästis som andra flickor.

Någon att ringa till så fort man kommer från skolan. Någon att fnittra med, gråta med, prata killar och kläder och föräldrar med. Som Emily och Lotten Månsson gjort.

Och som om inte detta problem räckt hade hon träffat den där blekfete pastorn från Örebro.

Och som inte det heller räckte hade Gud hoppat in i huvudet på Paula.

Vad var det för en Gud som fått Paula att skänka mormors briljanter till missionen och sitta och tälja visselpipor mitt i Afrika med en besserwisser från Örebro?

Ragnar Ekstedt låste sin cykel och tog fram extralåset ur jackfickan och fäste det runt en staketstolpe. Hamnen låg framför honom, men han var varken intresserad av hav, bryggor eller båtar.

Han böjde sig ner och studerade ett stånd med knallgul fetknopp som lyckats få fäste i en bergsskreva.

Ragnar Ekstedt log och kände sig väl till mods.

Han var på semesterhumör.

Han var själv inte klar över varför han fastnat på Saltön på sin årliga cykeltur. Normalt brukade han aldrig stanna mer än tre dagar på någon ort, hur vacker och växtrik den än var.

Nu hade han plötsligt bestämt sig för att tillbringa midsommaren på Saltön och han kände sig smått omtumlad över att den storvuxna kvinnan bjudit honom på ett slags picknick på själva midsommarafton.

Han hade tillbringat alla midsommaraftnar i sitt eget sällskap alltsedan hans mor dog.

Inte för att det var något fel på det sällskapet, men nu kunde han tänka sig lite omväxling.

Emily Schenker verkade både renlig och kultiverad, men han hade ett intryck att hon försökte göra sig mer spännande än hon var. Det behövdes inte alls. Naturligtvis begrep han att hon inte bodde i en bil.

Hon hade varken de smutsiga naglarna eller det torftiga språket som är så framträdande hos människor som bor i en bil.

Däremot var det möjligen korrekt att hon tillfälligt lämnat sin make.

Han beslutade sig för en rask promenad utefter stranden mot klippreservatet, där det fanns många intressanta lavar som normalt hörde hemma i ett fjällandskap och inte i Bohuslän.

I vitmossans fukt tyckte han sig skönja hönsbär och böjde sin gängliga gestalt och synade dem noga genom en lupp. När han var så nära marken upptäckte han fler intressanta saker. Han reste sig belåten med knäppande knän.

Dags för motion.

Han sträckte ut stegen och tog djupa andetag på sin vandring västerut.

Snart upphörde bebyggelsen och klipplandskapet tog vid. Vinden tog i och riste i flaggstången som stod på ett betongfundament uppe på en klippavsats. Nedanför lade han märke till ett litet grått hus med en trädgård där en lång och mager äldre man rofylld rensade i en rabatt.

Avunden intog Ragnar och han insåg som ofta de senaste åren att han borde haft en trädgård, ett eget hus, ett hem, en härd, allt präglat av en kvinnas hand. En äkta kvinnas hand.

Det var egentligen absurt att han fortfarande bodde i ett hyresrum hos en släkting medan föräldrahemmets möblemang var magasinerat alltsedan moderns död nio år tidigare.

Tiden bara gick.

Terminerna hade varit fyllda av skolarbetet och sommarloven hade han ägnat åt cykelutflykter och exkursioner. Studieplaner hade ersatt varann, examina hade travats på höjden och läsår hade lagts till läsår. Växter till växter. Han hade nu nitton herbarier och innehållet var även katalogiserat i hemdatorn.

Han gnuggade sig på näsans röda glasögonmärken.

Det var inte barn han saknade – för sådana hade han bestämt att avstå från redan under pedagogikstudierna. Hans egen barndom hade inte varit speciellt harmonisk, vilket på intet sätt innebar att han trodde att andra hade haft det bättre.

Enligt Ragnars mening var dagens samhälle fientligt mot varje ung individ som strävade efter att växa upp till en arbetsam och hederlig medborgare. Han bidrog så gott han kunde genom sin yrkesutövning för att ingjuta vett och sans och inte minst hopp och tillförsikt i det uppväxande släktet.

Det var obestridligen något annat som fattades.

Den där vänliga och moderliga kvinnan, det var något med hennes sätt att lojt röra sina armar och händer, sin härliga kropp. Hon doftade någonting också, något mystiskt som definitivt inte fanns att köpa på taxfree på Polen-färjan som han ganska flitigt frekventerat under tidigare mer hormonstinna år.

Under den gångna vårterminen hade han inte rest till Polen överhuvudtaget.

Ragnar Ekstedt bestämde sig för ett uppfriskande kallbad och kastade snabbt av sig sina kläder och småsprang med höga vita ben den sista biten nedför klipporna mot trampolinen. Han hade tagit guldmagistern.

Fredrik rannsakade sitt inre medan han tog sig fram med bröstsim i det klara blå havsvattnet.

På minussidan hade han färska sår efter en lång och penibel kärlekshistoria och det pinsammaste av allt var att han nästan inte hade slutat att hoppas att det skulle bli bra igen. På minussidan befann sig också hans gamla föräldrar som han inte hade någon kontakt med.

På plussidan fanns ett tämligen enahanda men relativt välbetalt arbete på försäkringsbolaget och inte minst ett rätt trevligt ungkarlshem, med hypermodern CD-spelare direkt på väggen, silverfärgad micro och ett engelskt skrivbord som han ärvt efter sin mormor. Ett gott huvud, ett någorlunda tilltalande fast fräknigt utseende.

Enligt uppgift förvillande lik Kenneth Branagh.

Han kände igen tjejen som solade sig från gårdagsbesöket på Lilla Hunden.

Hon och han var faktiskt ensamma på badplatsen frånsett en satt svartmuskig kille i trettioårsåldern som stod fullt påklädd vid en klippkant med händerna i fickorna. Honom kände Fredrik också vagt igen. Det var väl så i ett så här litet samhälle. Hur stod de egentligen ut?

Det var något tilldragande över den unga kvinnans gängliga gestalt. Hon var lång och smal och blek med mörkt hår. Hon såg spansk ut.

Han gick fram till henne.

– Hej, är du härifrån?

– Nej är du?

Motfrågan i iskall ton kom som ett piskrapp och i nästa sekund reste hon sig och samlade ihop väska och skor och började demonstrativt gå därifrån.

Fredrik blev förvånad. Han visste inte om att han kunde ha den effekten på folk. Han ansågs väl som en ofarlig och fredlig figur? Lite flörtig som nu, men en sympatisk storstadsgrabb. Vem trodde hon att hon var egentligen?

Han satte sig på en sten för att soltorka. Hon kanske hade hört fel, trott att han sagt någonting fräckt.

– Snart är det midsommar! ropade han efter henne.

Hon vände sig om och blängde. De var antagligen helt enkelt skygga härute. Han kom kvickt på fötter och rusade efter henne.

– Förlåt att jag frågar, Fredrik Skanz heter jag, men jag vet inte vart man tar vägen på midsommar härute och nu är det bara några dagar kvar …

– Ja, inte fan vet jag.

Sara skyndade i väg och Fredrik var tvungen att springa och hämta sina kläder för att hinna fatt henne och se vart hon skulle ta vägen. Bara några meter efter henne gick med ljudlösa steg den korta mörka mannen. De verkade inte känna varann.

Fredrik fick lust att ringa till Tessan. Han fingrade på guldkedjan med racerbilen som han fått av henne första gången han följt med på ett rally.

Detta dög inte. I vredesmod försökte han öppna kedjan för att slänga den i havet och naturligtvis klarade han inte att få upp den utan att ha en spegel till hands.

Han slet och drog och kände smärta och sveda i sitt solbrända skinn.

Han var mycket irriterad på sitt otillfredsställda sinnestillstånd.

Intensiv pocketläsning räckte inte till. Han måste finna något som slukade honom med hull och hår.

Med långa steg passerade han Sara utan att lägga märke till henne.

Den heta eftermiddagssolen drev ut människorna till havsbandet.

På bryggorna sprang ungar och hundar i röda flytvästar med blå band och längst ute i viken syntes ett tjugotal segelbåtar slött länsande med randiga spinnakers.

Strax utanför badviken kajkade ungar från trakten i tio optimistjollar runt en ledare som ropade order i en tratt från en gummibåt med motorn på lågvarv.

Olika melodier från skilda musikanläggningar blandades i glad kakofoni medan dykare ljudlöst gled ner i havet från en amfibiebåt utanför fyren.

På Hotell Saltöbadens veranda dukade man för after beach med små korvskivor och extrapris på stor stark.

Sara bredde ut sitt badlakan på en häll precis intill bryggan och gjorde sitt andra försök att sola i fred.

Blickarna från Magnus hade följt henne nästan hela dagen plus det klumpiga närmandet från den rödhåriga göteborgaren. Hon hade längtat efter ödsliga stränder och ensamma solvarma hällar, men de enskilda oaserna var de mest utsatta.

Nu när hon var omgiven av hundratals badande och solande familjer och ungdomar kände hon sig betydligt mer skyddad.

Ett litet barn med göteborgsidiom rusade förbi med en halvsmält glass.

– Mamma, Hampus la sand i min glass. Säg till han.

Sara log för sig själv. Så underbart att inte vara lärare; bara några år till i skolan så skulle hon säkert ha mästrat och korrigerat omgivningen även på loven. Hon hade njutit av att alltid veta bäst, enligt Axel, var fanns han nu?

Hon låg på rygg med slutna ögon och kände att hon börjat vänja sig vid doften av salt och tång. Hon hoppades att det skulle kännas lika bra året runt. Kanske skulle hon bli kvar här i hela sitt liv. Tanken kändes orealistisk.

Hon hade mer riktat in sig på att planera livet för ett halvår i taget, rättare sagt för en termin i taget.

Om hon trivdes på Lilla Hunden, om hon fick bekanta, till och med vänner bland urbefolkningen – ponera att hon blev så rotad att hon glömde att det fanns ett annat liv? Hon var lyhörd och hade lätt för att snappa upp dialekter och kunde säkerligen bli hjärntvättad och manipulerad av saltöatmosfären, därmed berövande sig själv möjligheterna och kraften att ta sig från inskränktheten och provinsialismen. Halvblind av solljuset trevade hon efter penna och papper i sin flätade badkasse för att anteckna faran, när en skugga föll över henne.

Krögarfrun Lotten, hon som gjorde allt smått.

Lotten böjde sin korta stadiga kropp i en farlig vinkel och betraktade Sara med ohöljt intresse.

– Det är väl du som är nyanställd hos oss?

Sara satte sig upp och drog hastigt på sig sin t-shirt. Hon nickade.

Lotten bredde ut en randig frottéhandduk intill Sara och satte sig ner med benen i kors.

– Du jobbar på midsommarafton, bara så du vet.

– Ja, just precis, det sa Kabbe.

– Det är verkligen bra för dig att Kabbe och jag kunde hjälpa dig så att du fick ett jobb.

– Tack.

– Det är sannerligen inte lätt att få jobb på Saltön i dessa tider, så det är tur för dig att Kabbe och jag behöver folk till midsommar. Det är alltid mycket att göra under högsäsongen, så man måste vara frisk och stark. Helst ung också. Men du kanske har ork ändå.

– Ja för fan.

– Det är inget du undrar då?

– Nej i så fall kan jag ju fråga när jag är på jobbet. Här på bryggan tycker jag att jag kan betrakta mig som ledig.

Sara tittade på armen, men där fanns inget armbandsur så hon sträckte överdrivet på halsen för att kunna se kyrkklockan vars urtavla hon ändå inte kunde avläsa utan linser.

Lotten spanade ut mot sjön med handen som en skärm över ögonen.

Sara samlade ihop sina saker.

När hon skulle gå grep Lotten tag i hennes t-shirt.

– Jo, du vet Kabbe …

– Ja?

– Du känner väl till att Kabbe och jag är gifta?

– O ja.

– Jag vill att du skall veta att vi är väldigt lyckligt gifta.

– Så trevligt.

– Det är det verkligen. Så även om han pratar med andra kvinnor och tittar på till exempel deras bröst, så menar han absolut ingenting med det.

– Naturligtvis inte.

– Just det. Bra att du fattar, för det är ingen idé att inbilla sig något. Han vill inget, fattar du?

– Ja, för fan.

I kvällningen surrade mängder av små knott kring bilen och Emily hörde några ringduvor kuttra bakom motionsgården där varubilarna brukade stå. Hon började känna sig rastlös tills hon kom på att hon måste städa bilen.

Hon drog ut all inredning som inte var fastsvetsad och bredde ut allting prydligt på marken och borstade och polerade.

Hon log när hon skakade mattorna över ljungen i kvällssolen.

Hon fick offra en del mineralvatten på pappersnäsdukarna när hon gjorde ren instrumentbrädan, men det var det värt.

Under tiden funderade hon på den instundande natten. Hon befarade nya kallsvettiga ångestdrömmar. Hur länge skulle hon kunna bo kvar här?

Om någon upptäckte henne skulle de säkert skicka Blomgren och om det hände vid fel tid på dygnet när hon var svag, skulle hon inte orka spjärna emot.

Han kunde ta fram något hundlikt vädjande i sina griniga drag. Det hände vid sällsynta speciella tillfällen. Hon hade aldrig kunnat motstå den hundblicken. Det kände Blomgren till.

Ibland gick han att avläsa på samma sätt som Paula när hon var liten och tältade på gräsmattan. Emily tyckte alltid att det var tappert av Paula när hon nu inte hade några väninnor. Paula sa högtidligt godnatt till sina föräldrar och sedan travade hon i väg med matsäck och filtar. Vid ett-tiden på natten kom hon gråtande in för att katten vägrat att ligga i sovsäcken. Denna vädjande hundblick, exakt som faderns. Hennes runda ögon hade blinkat ofrivilligt medan hon tröstat sig med bullar och varm mjölk i mammas knä.

Nästa dag hade Blomgren byggt ett eget litet hus åt katten och Emily hade sytt små rutiga kafégardiner till huset och stickat en filt för att Emilys katt skulle trivas inne i tältet i sitt eget lilla hus.

Emily satte sig på stenen där Ragnar Ekstedts jacka legat då hon hörde ett häftigt prasslande i ett snår. Hon stelnade till utan att veta vad hon var rädd för, när hon plötsligt fick se två rådjurskid stappla runt i gräset på smala ben.

Visserligen hade Emily sett Blomgren jaga i väg rådjur som försökt äta upp hans tulpaner i trädgården, men detta var något annat.

– Nästan som David Attenborough, viskade Emily.

En hänförande primitiv lyckokänsla for igenom hela hennes kropp.

Nu gällde det att bejaka de naturliga känslorna.

Hon andades djupt med sitt nya öppna sinne och såg genast vilda erotiska scener för sin inre syn, hur hon med ett fruktansvärt begär slet kläderna av Ragnar Ekstedt och dominerade honom totalt under en lång glödande kärleksakt i gläntan bakom bilen.

Ingen mesig Mozart i bakgrunden, inga tända ljus, bara måsars hungriga skrin, brunstiga rådjur (hur de nu lät?) och kvistar som bröts.

Emily rodnade av sina egna tankar, men hon var övertygad om att hon var på rätt väg. Det måste absolut vara detta som innebar att förverkliga sig själv.

Hon var pånyttfödd för att följa sina instinkter.

Åren i äktenskapet hade gjort henne svag och förvirrad. Kakor till Röda Korsets basar, mazariner till Hem och Skola, monogram på sina egna handdukar och allehanda små grå göromål för att uppfylla Blomgrens trista önskningar.

Allt ett hinder för det sanna livet. Det naturliga njutningslivet.

En timma senare lade hon sig lyckligt flämtande i sitt nystädade bagageutrymme.

Hon föll omedelbart i tung och drömlös sömn som inte bröts förrän ett par försiktiga knackningar hördes på bilrutan.

Hon satte sig förvirrad upp och stirrade på honom där han stod lite förlägen. Han hade en kartong jordgubbar i handen.

Han harklade sig.

– Jag gjorde för ovanlighetens skull ett impulsartat inköp när jag var på väg hem från min kvällspromenad och vem vore lämpligare att dela en ask jordgubbar med än Emily Schenker? Så resonerade jag.

Han såg henne rätt in i ögonen.

Jag förstår inte varför allt gått så snett, sa Emily och betraktade dystert sina utsträckta tjocka ben.

De satt på Ragnars jacka och såg ut mot havet.

– Nej, det är givetvis meningen att äktenskapet skall hålla livet ut.

– Det är inte den största besvikelsen, det märker jag nu när jag har tid att rannsaka mig själv på djupet.

– Hm.

– Blomgren har ju sitt. Han begär inte bättre. Men Paulas urspårning önskar jag vid Gud att jag kunde göra något åt. Visserligen gör hon väl en viss praktisk nytta i den där gudsförgätna afrikanska byn, men hur går det med henne själv? Vad händer med min lilla Paula? Afrikanarna blir ju bara fler och fler. Kyrkoherden är ordensbroder till min far och han säger att vi måste vänta ut henne. Det blir bara värre om vi ingriper. Hon är ju snart trettio år.

Från Ragnar kom ett litet instämmande ljud.

– Hon har skaffat sig en ny röst. Du skulle bara höra. "Se hur du har tvingat pappa till ett förljuget liv i din lilla ankdamm. Pappa som är så from har du helt stängt inne! Han hade kunnat uträtta stora saker för mänskligheten med sin sanna humanitet! Men du, du kan inte ens stava till humanitet och altruistiskt tänkande. Det är patetiskt."

– Stava, jag har alltid kunna stava. Jag fick stavningspris i skolan.

Ragnar tog hennes hand.

– Vad jag är glad för det. Rättstavningen är sannerligen ett bortglömt moment i dagens samhälle. Att stava fel tyder på moralbrist. Man behöver bara studera annonserna i en dagstidning för att få kväljningar.

Ragnar skakade på huvudet.

– Paula är så vacker – hon har Blomgrens näsa och ögon och hon har alltid varit hans ögonsten, men annars har hon mina anletsdrag och dessvärre har hon också ärvt min tjocka kropp.

Äntligen var Ragnar Ekstedt på kända marker. Hur många gånger hade han inte framgångsrikt tröstat sin korpulenta mor när hon fått gliringar i mjölkaffären?

– Tjocka kropp, vad är det för avundsjuka och ondsinta människor som inbillat dig något sådant? Jag hoppas innerligt att du inser vilken makt och styrka du åtnjuter med din högst förtjusande lekamen. Dina böljande länder.

Emily log osäkert och betraktade sina knän.

Ragnar vidrörde hennes kind och log.

Hon måste behärska sig för att göra rösten stadig.

– Paula hade en utstakad och lovande framtid framför sig när de här dumheterna med missionen kom över henne. Om det ändå varit statskyrkan. Och den där enfaldiga fästmannen. Han kan till och med tala i tungor. Det är beklämmande. Paula kunde fått vem som helst. En gång blev hon utbjuden av en riktig marinbiolog. En sådan älskvärd ung man. Han har doktorerat på sill nu. Jag bjöd dem på Janssons frestelse och öl och en liten snaps på Johannisört när de varit på bio. Vi hade det så trevligt. Det tyckte Blomgren också. Vilken svärson det kunde blivit.

– Afrika är dock en mångfasetterad världsdel med en mycket intressant flora.

– Min pappa hade tänkt att Paula skulle få ta över doktorsvillan när hon bildat familj. Nu vill han inte ens fråga för han är väl ängslig att hon skall dra dit frimicklare som kokar konstig soppa och går i bönehus och skämmer ut oss allihop.

Ragnar tittade diskret på klockan.

– Vad har jag gjort för fel? Jag hjälpte henne med läxorna, hon har fått allt hon pekat på, hon fick bestämma färgen på alla bilar Blomgren köpt, hon fick en egen telefon av guld när hon började sexan och söndagsmiddag på linneduk varje vecka. Kalvstek och gräddsås med gurka. Hovdessert.

Det ryckte till i Ragnars käkparti.

– Kalvstek, mumlade han.

– Och där satt jag och såg på allsång från Skansen på TV ...

Ragnar ställde försiktigt undan den tomma jordgubbskartongen, sträckte fram armarna mot Emily och såg henne allvarligt i ögonen medan han började klä av henne.

– Ljuvlig, mumlade han. Ljuvliga Emily. Som en hovdessert.

– Vem talar du med egentligen?

Karl-Erik Månsson kom in i tvättstugan för andra gången och i hörnet på en hög otvättade lakan satt fortfarande hans fru i en urmodig rosa mysdress och talade i sin mobil.

– En väninna och du känner inte henne.

Karl-Erik böjde sig blixtsnabbt fram och slet till sig telefonen i hopp om att få höra en mansröst i andra ändan, men örat smärtade av en gäll kvinnoröst.

Kristina tog tillbaka mobilen.

– Det är billigare att ringa i den vanliga telefonen, särskilt om du skall prata så länge.

Karl-Eriks röst var hes.

Kristina sköt igen dörren med foten efter honom.

Johanna hade förlängningssladd och satt på en låg pall med fötterna på balkongräcket och med en kaffekopp fylld av hjortronlikör.

– Jag frågade bara hur du överhuvudtaget kunde falla för den gamla stofilen. Livet är inte bara pengar. Fete Månsson – jag skulle inte gifta mig med honom för allt smör i Småland.

Kristina kände sig mer till freds för varje förtroende hon fick ge sin nya väninna, fast det där om Småland förstod hon inte alls.

– Johanna, lova att inte berätta det för någon, för detta är absolut hemligt, top secret, men uppriktigt sagt: Jag visste kanske inte vad jag gjorde, för det gick så fort. Det har jag inte sagt till någon. Ingen mer än du Johanna vet att jag nästan ångrar mig.

– Jag säger inget till någon, vem skulle det vara. Till golvmoppen Lisa? Till margarinet Bregott? Till djur- och naturexperten i lokalradion?

Johanna svepte kaffekoppen i ett ljudligt drag.

– Vi var fyra arbetskompisar från Kartongpack i Göteborg som åkte till Stenungsbaden och dansade en fredagskväll, fast det egentligen var moget då. Vi var så himla tända på att ha kul allihop och vi delade en sån där treliters vinkartong på tåget så vi var väl rätt bladiga eftersom vi inte hade ätit på hela dagen och bytt kläder och sminkat oss på jobbet.

– Det var ett dansband i gula kavajer som spelade, Sven-Ingvars typ. Räkfrossa och vitt vin. Du kan tänka dig själv. Att vi var i form. Och så satt där fyra män, och då menar jag män, mogna män i snygga kostymer. Inte de där vanliga svettiga killarna i min egen ålder som rapar och snusar hela tiden och måste ha i sig nio-tio öl innan de vågar dansa överhuvudtaget. Och då kan de inte.

– Det syntes lång väg att här var det gubbar med dubbelsteg.

Johanna masserade höger tinning. Det var ansträngande att försöka se den okända världen framför sig. Hade hon missat något?

Hon sträckte sig efter likörflaskan.

– De var så roliga de där gubbarna också, för plötsligt kom servitrisen och gav oss var sin white lady och de där fyra herrarna lyfte sina egna glas och skålade för oss ... De hade bjudit oss alltså och sen reste de sig snabbt som ögat alla på en gång och kom och bjöd upp oss alla fyra.

– Du menar inte detta!

Rumstempererad likör var en lisa för magen om man slapp kaffet.

– Precis då var det en gammal klasskompis till Camilla som vinglade fram till henne fast dansen redan hade börjat. Han försökte tjuva henne, men hennes kavaljer bara föste undan honom med en riktig smocka så han flög över dansgolvet i en stor båge. Vilket tryck. Det var så himla manligt tyckte vi och det var faktiskt Månsson som var så där brutal.

– Och sen gick han över till mig. Han sa att jag var klart snyggast av alla fyra. Han visste nog att jag hade varit med i finalen till Miss Räka i Marstrand förra sommaren. Han var så himla moget rolig och sa att jag inte liknade en räka alls. Gud vilken humor han hade på den tiden.

– Går det verkligen ut på det? frågade Johanna, vem som är mest lik en räka? Det har jag aldrig hört talas om.

– Det är en skönhetstävling och jag blev nummer fyra. Av flera hundra.

– Så de tre som kom före dig var mer lika räkor än du?

– Månsson dansade i alla fall jättebra och så befallde han orkestern att sluta med den där fåniga Det var dans bort i vägen för han ville dansa tango. Tango – jag blev livrädd ...

– Livrädd?

Johanna ryckte upp en blomsterpinne ur balkonglådan med begynnande blommande indiankrasse och började peta ner nagelbanden.

– Men jag kunde dansa tango som om jag varit på TV, förstår du, för det var Månsson som förde. Vet du vad föra är? Fanns det på din tid? Han bara bestämde och jag hängde med. Och så viskade han i mitt öra att vi skulle vara gifta inom ett år, för han var skild.

– Vad svarade du på det?

– Ingenting, såklart... Jag bara log hemlighetsfullt och sen tog han ut mig på en lång promenad. Då hade vi dansat en hel timme som i en gammal svartvit svensk eftermiddagsfilm, sådan som folk tittar på när de är bakfulla. Månsson och jag gick ner till stranden och tittade på båtarna och på den där flamman i petrokemiska i Stenungsund som brann så romantiskt.

– När prinsessan Alexandra gifte sig hade de fyrahundratusen marschaller i Köpenhamns hamn. Det har jag läst.

Johannas likörflaska var tom och hon ställde den bakom en frigolitkruka med brandgula tagetes. Inte för att Magnus var tillräckligt intresserad av sin mamma för att snoka, men det var lika bra att han fortsatte att tro att hon var ofelbar.

– Karl-Erik tog av sig slipsen och stoppade den i fickan och vattnet var alldeles blankt i gästhamnen. Vi gick där på bryggorna och han nynnade på en gammal låt från kriget. Strangers in the night heter den. Det var precis som på film.

– Ja, du har sagt det.

– Och så tittade vi på olika båtar, en massa dyra tyska jakter och en massa norska också och längst ut låg det en jättestor vit båt med blå sammetsgardiner för fönstren med äkta guldtofsar. ”Den här båten tar vi!” sa Karl-Erik bara och så tog han mig i hand och tänkte hoppa ombord.

– Är han så rolig. Det trodde jag sannerligen inte. Hoppa ombord på främmande båtar. Det måste jag berätta i matsalen!

– Du har ju lovat att hålla tyst. Allt är hemligt. Det var nämligen hans egen båt. Han låste upp dörren till kajutan och innanför fanns det en äkta bar. Och så drack vi champagne och då föll han på knä på heltäckningsmattan och så sa han: Snart skall du bli fru Månsson.

Johanna gäspade.

– När du nyktrat till fattade du väl att det var fel.

– Nehej, det gjorde jag inte, för han tog med mig på så underbara små forntyska restauranger och gav mig massor av öl och jättedyra märkeskläder och han är nästan inte tjock mer än själva magen. Fast han är lite fetare nu. Jag började inte ångra mig förrän strax före bröllopet och då kunde jag inte med att säga något. Inte till mamma heller. Absolut inte till min mamma, eftersom hon varnade mig hela tiden.

Johanna försökte få bort jorden från nagelbanden med hjälp av en rostig spik. Ingenting blev bättre.

– Ingenting blir bättre.

Kristina gjorde ett uppehåll.

– Vad menar du?

– Som man bäddar får man ligga. När krukan är tom brister den. Liten tuva stjälper ofta stora lass.

– Har du fått solsting?

– Människan spår och Gud rår.

– Tyst, Johanna: nu kommer hemligheten. Nu kommer det. Håll i dig om du kan. Månssons pappa dog på sin sextiofemårsdag och det gjorde Månssons farfar också. Och hans pappa med. Alltså på själva födelsedagen. Det har jag hört från två säkra källor. Månssons mamma och Månssons syster Lotten. Är det inte fantastiskt? Jag räknar dagarna.

TISDAG

Blomgren föste undan en främmande gulstrimmig katt som satt på kullerstensgården och slog med tassen efter en fluga.

Sedan Paula flyttat hemifrån hade de aldrig haft katt hemma. Numera avskydde Blomgren alla katter.

När Paula var liten hade han ibland kallat henne för Maja Gräddnos, för att hon var så söt och tyckte så mycket om vispgrädde. Numera tyckte Paula att det var syndigt att äta vispgrädde när den kunde drygas ut med vatten och skänkas till svältande barn.

Katthuset hade Blomgren eldat upp. Sommargäster med bortskämda jamande innekatter i korg med handtag fick honom att nysa.

Han öppnade baksidesdörren till tobakshandeln och gick in med tunga steg.

Han hade sovit dåligt. De båda gångerna han trots allt slumrat till hade han vaknat av telefonsignalerna, lyft luren och sagt namnet på sin hustru, men det fanns ingen i andra ändan.

– Emily, svara Emily, kom hem Emily, vad har jag gjort, Emily, allt skall bli bra, Emily, det gör inget att du är fet och fläskig och förbaskat tjatig, Emily. Allt skall bli som förr, som när vi var unga och nygifta.

Han hade ätit frukost stående och stirrat in i det öppna kylskåpet och inte brytt sig om att torka upp korvsmulorna som hamnat på golvet.

Han tände lysrören i affären trots att morgonsolen lyste rakt in genom skyltfönstret och när han gick in på sitt lilla kontor upptäckte han att det kommit ett fax.

– Emily, mumlade han trots att tanken på en faxande Emily var lika omöjlig som snö på midsommarafton. Man kan ju inte faxa bullar och gräddsås.

Midsommarafton var det snart ja. Inte kom den lägligt. Hur skulle han kunna planera för midsommar när han knappt orkade tänka en timma framåt. Han gick mot faxen med tung andhämtning.

Det var ett gratulationsfax från Stockholm med blommor och ballonger på.

Grattis Blomgrens efterträdare. Ni har sålt en lottokupong med en vinst på 1,3 miljoner. Grattis.

– Jaha, jaha.

Blomgren drog ut understa lådan i skrivbordet där de färdiga mallarna fanns.

Han fyllde i siffrorna och hängde ut glädjeplakatet i fönstret, sedan han strukit över ”Efterträdare” och skrivit dit ”Tobak” istället. Han tänkte inte gå i graven som en enkel efterträdare.

Blomgrens Tobak har sålt den vinnande lotto-kupongen som kammade hem 1,3 miljoner! Vi gratulerar vinnaren.

Han ställde upp butiksdörren på vid gavel och tog in dagstidningarna och knöt suckande upp snöret som satt runt bunten.

Han vevade ihop snörstumpen och lade den i skolådan under kassaapparaten.

Han hämtade fönsterputsmedlet på toaletten och torkade av glasdisken.

Han sopade golvet med borste och gick sedan ut och sopade med den stora piassavakvasten utanför ingången och tömde papperskorgen. Det märktes på det växande avfallet i rännstenen att sommargästerna kommit. Förhoppningsvis skulle det också märkas i kassan.

När han sopat klart var han helt genomsvettig, kände sig rent sjuk och svalde två Alvedon medan han sjönk ner på en av pallarna i spelhörnan och stirrade tomt på vykortsstället som han glömt att ställa ut. Korten var gulnade och krulliga i kanterna men sommargästerna tyckte bara att det var pittoreskt.

Emily låg i Ragnars famn och talade om sitt liv.

– Det hemska är att så arg som jag var på min lata och inbillningssjuka mamma i alla år och nu kan jag längta efter henne så att jag blir tokig. Det är nästan så att jag längtar efter att få dö bara för att få träffa henne och sitta och prata om allting. Till och med om olika matlagningsrecept. Då var jag ju bara hånfull och irriterad och arg för att hon var så smal.

– Prata, prata, sa Ragnar.

– Vad säger du, älskling?

Ragnars läppar var hårt slutna men vid hennes ord svällde en ådra på hans vänstra tinning.

– Jag tänkte, sa Emily, att jag skulle ordna det lite trevligare åt oss i bilen. Några färgglada tyger som ett fint överkast, kanske från Laura Ashley. Sommarblommor i en liten vas kan göra mycket. Man kan stänka rosenvatten från apoteket på textilierna och så kunde vi skaffa någon fin bakgrundsmusik. Man kan ju sätta in kassettband i det där hålet du vet.

– Mmm, sa Ragnar.

Han verkade plötsligt intresserad igen och log när han tittade på henne.

– Så kunde jag skaffa det där bandet när de tre tenorerna sjunger i Hyde Park. Du tycker väl om klassisk musik? Pavarotti får mig att tänka på kärlek så jag känner att det gör ont härinne i bröstet. Känn, Ragnar.

– Ja det känns fint.

Johanna ställde klockan som vanligt. Hon var bakfull, rödmosig och svettig i hårbotten när hon ringde och sjukskrev sig för första gången i sitt liv.

Hon hällde upp en kaffekopp kall vinglögg ur en gammal tetrapak (så fort man skaffar sig vanor!) och ringde till Kristina. Samtalet började segt men blev fnittrigare allt eftersom glöggen sinade i koppen.

– Jämt när vi pratar hör jag att du dricker kaffe, precis som min mamma, jublade Kristina. Du skulle träffa min mamma. Ni skulle ha så mycket att tala om. Brigitte heter hon. Fast det är väl jag som är din bästa väninna? Alla mina gamla arbetskamrater, tjejerna på Kartongpack, känns bara barnsliga nu. Vi hade ändå nästan tappat kontakten, Karl-Erik fick förresten så ont i huvudet när de kom hit och låg och fnittrade på sängen. Fast jag tyckte det var kul.

Johanna fick röda fläckar på sina magra kinder när hon talade med Kristina. Det var ett nytt och spännande sätt att umgås, men hon blev ändå trött i öronen. Och något tokigt måste det ändå vara med denna unga kvinna som var gift med den man Johanna avskydde allra mest. Kristina var som en glad blank veckotidning fast billigare. Och så rörande uppmuntrande. Kristina ansåg absolut inte att Johannas liv var färdigt ännu vad erotiken beträffade.

– Min mamma träffar jättemånga spännande killar. Yngre också.

Johanna erfor ett nytt intresse i sin ringrostiga kropp och själ. Också där var alkoholen behjälplig.

– Klart du skall ha kärlek, Johanna. Du vet Arja: Säg ja till livet. Det piggar upp, förstår du. Fråga mig. Och man får bättre hy. Du kan inte ana vad många kvisslor jag hade på högstadiet.

– Men det är så längesen, du var inte ens född. Förresten kanske Hans-Jörgen inte ens är intresserad längre. Plötsligt träffade jag Claudio. Och då gick det som det gick. Som man bäddar får man ligga.

– Nej då. Magnus är ju vuxen. Nu är det dags för dig att tänka på dig. Jag skall lära dig listiga knep. Vi kan fråga mamma också. Hans-Jörgen har säkert suttit i sitt mögliga bibliotek och väntat på dig i alla dessa år. Men gå inte för rakt på sak. Kringelikrokar skall det vara. Karlar är så in i vassen lättskrämda. Ja, inte Månsson förstås.

– Men jag begriper inte vad skall jag ha honom till mer än sex. Jag har ju levt ensam i alla år. Visserligen har jag ju tänkt träffa någon hela tiden, men inte innan Magnus flyttar. Klart att Hans-Jörgen skulle kunna visa mig vilka böcker som är bra, men det behöver man ju inte gå till sängs för att få reda på. Det räcker med att skaffa ett lånekort. Helt gratis.

– Du har glömt hur roligt det är, Johanna. Och det har hänt massor med sex sen du var ung, det är jag säker på. Det finns jättemånga läckra hjälpmedel. Månsson har fullt med kataloger i bastun som du kan få. Men först måste du ha något annat på dig. Något dyrt. Du är så smal och fin. Jag har en jättesnygg röd viskoklänning. Karlar blir som tjurar när de ser rött, fast tvärtom.

– Tänk om Månsson kommer hem. Det är bättre att du kommer hit med klänningen, men du kanske kan ta med dig en vinare?

– Visst, inga problem. Skall vi dricka den tänkte du?

– Ja inte har jag tänkt koka höns i den.

Tre timmar senare gick Johanna med nytvättat välborstat hår, violblå mascara i flera lager på ögonfransarna och sin gula munkjacka ovanpå Kristinas tunna röda klänning till Saltöns bibliotek som låg i en gammal vit träkåk intill skolan. Hon hade något segervisst i gången när hon stegade in på biblioteket som var modernt inuti med datorer, videotek och myshörna för barnen med enorma kramkuddar i form av mumintroll. Johanna kände knappt igen sig.

Hon hade letat rätt på sitt gamla lånekort, men var inte säker på om det gällde.

Det var tyst och tomt bakom disken när hon kom in och Hans-Jörgen syntes inte till någonstans.

Vid fönstret satt Baskermannens pappa och spelade schack med frisörens gamla morbror och i tidningshörnan satt två unga män med sydländskt utseende och samtalade ivrigt över en tidningsartikel.

Johanna fann ganska snart den skönlitterära avdelningen och började på bokstaven A i hopp om att hitta en passande roman. Då och då sneglade hon bort mot disken och plötsligt kom mycket riktigt Hans-Jörgen och slog sig ner i en röd snurrstol utan att se sig om.

Han såg okammad och lite torr och sliten ut.

När han satt sig på en skrivbordsstol som han nästan flöt ihop med tog han på sina glasögon som han placerade långt ner på näsan. Johanna kunde inte minnas att han haft glasögon när de varit unga. Han hade en mellanbeige kofta utanpå en blekgul skjorta som var uppknäppt i halsen. Hon skymtade ett guldhalsband i öppningen och en likadan guldlänk runt handleden.

Johanna kände hjärtat bulta. Hon var inte van vid att gå i klänning.

Hon hade inte nerver att stå kvar och leta på A och B utan gick fram till en snurra med olika aktuella böcker. Ovanpå snurrhyllan satt en konstgjord midsommarstång i miniatyr och ovanför den stod det Sommarläsning på en skylt textat med gröna bokstäver.

Johanna undrade om det var Hans-Jörgen som textat skylten.

Hon tog en halstablett och slätade till håret. Resolut plockade hon en bok från hyllan utan att ens lägga märke till titeln och gick fram till Hans-Jörgen.

Han tittade upp från datorn och sken upp.

– Nej, men Johanna så roligt.

Han log innerligt mot henne.

– Så kul att se dig. Det var då länge sen du var här!

De småpratade om vädret och om året som gått och om några skolkamrater.

– Ingen som är död i alla fall, summerade Johanna glatt.

– Länge sedan jag såg dig här. Inte för jag trodde du var död.

– Jag tänkte börja låna böcker och läsa nu igen, när Magnus har blivit stor och klarar sig själv.

– Vilken god idé. Ja, det är en fin son du har. Vad tänkte du läsa? Vad är det du håller i handen?

Johanna höll fram "Pålitliga perenner" och båda föll i skratt. Hans-Jörgen såg henne i ögonen.

Johanna fick röda fläckar på kinderna.

– Jag bara tog första bästa, sa hon, men det här är nog inte vad jag vill ha.

Hans-Jörgen skrattade lågt.

– Nej det är väl lite tidigt. Jag menar, vi är ju inte pensionärer än.

Instinktivt eller för att Kristina tipsat om det sträckte Johanna upp båda armarna över huvudet och skakade ut håret. Av Hans-Jörgens blickar förstod hon att klänningen var genomskinlig i motljus precis som Kristina sagt.

– Nej en roman vill jag ha. En kärleksroman. Med lyckligt slut.

– Det var inga dåliga krav du har, i alla fall inte om du skall ha en bra roman och inget strunt. I god litteratur är det minsann ont om riktigt lyckliga slut.

– Jaså? Men det vill jag i alla fall ha. Alla skall få varann på slutet. Det var förresten länge sen jag läste ”Borta med vinden”.

– Ja, den är säkert inte utlånad. Vi har tre gamla exemplar om jag inte minns fel.

Hans-Jörgen hämtade ”Borta med vinden” och en nyare bok som han tyckte skulle passa Johanna bra, ”Mormor gråter” av Jonas Gardell som Johanna försiktigt synade.

– Lever du ensam fortfarande? Jag menar du och Magnus? frågade Hans-Jörgen och Johanna nickade.

– Du kanske vill komma hem på kaffe på min balkong i kväll? frågade hon. Magnus är aldrig hemma.

Hans-Jörgen tvekade.

– Det är inget alls besvär, sa Johanna. Jag bakar så ofta att jag får slänga det mesta. Frysen är proppfull. Bara man öppnar dörren trillar bullarna ut.

Hon skrattade gällt.

Hans-Jörgen skrattade också, fast lite mindre.

– Kom ikväll, sa Johanna. Efter jobbet. Om du hellre vill ha vin så ta gärna med dig en flaska. Jag menar något du tycker om.

Hans-Jörgen svarade inte, men tittade först på klockan och sedan bort mot schackbordet. I detsamma kom en dagmamma in med fyra hoppande barn.

– Får man låna bilderböcker och ta med på stranden?

– Nu skall du få ett nytt modernt lånekort innan du går, sa Hans-Jörgen till Johanna. Ett med måsar på.

Johanna gick tvärsigenom rabatten med rosa petunior och in i tobaksaffären för att köpa ett telefonkort.

Blomgren såg på henne med förtjusning. Hans ögon var torra.

– Varför är du inte på fabriken, Johanna? Du är väl inte sjuk? Du ser sannerligen inte sjuk ut. Som en söt konfirmand.

– Äsch, sa hon och kände den vanliga avunden mot Emily som hade en så omtänksam och artig man. Jag är ledig idag. Har varit på biblioteket. Det finns faktiskt mycket man kan läsa. Har du telefonkort, Thomas?

Blomgren ryckte till över att höra sitt förnamn.

– Visst har jag det, Johanna.

Han lutade sig fram över disken med den gamla gula kobratelefonen i handen.

– Men bry dig inte om det. Du får ringa gratis på min.

Johanna log och lutade sig över disken. Kristina hade rätt. Det var kul att ha en tunn klänning på sig.

– Tack, tack, men jag tänkte ha ett kort till midsommarafton. Du vet om man måste ringa efter en taxi.

– Taxi? Vart skulle du åka taxi?

Johanna försökte le hemlighetsfullt.

– Hade du tänkt gå till dansen, kanske?

– Ja kanske. Om jag inte stannar hemma och läser böcker. Jag är rätt intresserad av att läsa.

– Då kanske du läste skylten utanför? Om miljonvinsten på Lotto. Den har jag sålt, fast jag vet inte till vem.

– Då får jag väl gratulera då. Du är jätteduktig, Thomas.

Från kiosken i parken ringde hon Kristina.

– Äntligen. Hur gick det, Johanna? Var han som du mindes, Hans-Jörgen? Är du tänd på honom? Kramades ni? Kände du något?

– Javisst, jag menar jag tror det och jag har bjudit hem honom i kväll. Konstigt att alla år jag skött Magnus har jag inte brytt mig om män ett enda dugg, bara väntat tills tiden är inne, men nu skall det bli riktigt kul. Jag har så mycket att tänka på nu. Jag skall säga upp mig också. Det kanske får bli i morgon för idag är jag ju sjuk.

– Ja ja, berätta om Hans-Jörgen istället. Hade han något hår kvar? Var det färgat?

– Det är klart det inte var. Hans-Jörgen är en naturlig man. Fast han sa inte hur dags han kommer. Varför gjorde han inte det? Men han såg ut som han ville komma direkt, det gjorde han. Förbannade låntagare som kom och störde oss. Jag skulle behöva lugna ner mig lite. Synd att inte klockan är tolv så vi kunde ta en öl på Lilla Hunden.

– Inga problem. Vi kan tulla i källaren hos mig. Det är flaskor både högt och lågt. Verkar som om Månsson inte hört talas om Bag-in-box.

För första gången sedan sin bröllopsdag kände sig Emily vacker.

Ögonen strålade, håret var glansigt och hon hade knappt markkontakt när hon gled in på motionsgården och betalade för bastu och dusch.

Det måste synas på henne vad hon just varit med om. Hon rodnade vid tanken.

Flickan som jobbade hade orange tröja och ett trettiotal spänstiga flätor i huvudet. Hon var nog inte från Saltön.

Emily luktade på insidorna av sina underarmar (mansdoft!) och gick in i omklädningsrummet som var nystädat och tomt. Hon gnolade på en Diana Ross-låt medan hon klädde av sig.

Kläderna lade hon på golvbrunnen i duschen – det fick bli handtvätt eller rättare sagt fottvätt. På Via direkt skulle receptionisten nog blivit häpen. Medan hon löddrade in håret med silverschampo började hon sjunga ”Teach me tiger …” men avbröt sig fnissande. Någon tiger var han ändå inte. En tam tiger från Kolmårdens djurpark i så fall.

Hon fortsatte med en fri komposition:

”Jag är kär i Ragnar, i Ragnar är jag kär, han älskar mina former, han tar mig som jag är …”

Hon hejdade sig och såg sig om när hon tyckte sig höra ett ljud. Nej, det var tomt i omklädningsrummet.

Hon tänkte på hur han tagit henne den andra långsammare gången. Alla kroppsdelar på Ragnar var långsmala och bleka. En aristokrat. De bruna fläckarna brydde hon sig inte alls om. Det var klass på dem också. En äldre aristokrat.

I bastun lade hon sig platt på ryggen på en lav och smekte långsamt in bodylotion över hela kroppen. I omklädningsrummet fick hon sitta på en bänk för att frisera sin glesa hårväxt men i ivern körde hon nagelsaxen rakt in en valk. Skrattande såg hon blodet sippra nedför magen.

Hon svepte handduken om sig och dansade runt.

– Ragnar, Ragnar, du är min.

Sara bestämde sig för ett morgonbad som inledning på arbetsdagen. Hon klädde sig snabbt och gick med långa steg genom staden och mötte genast Lotten – kanske borde hon skaffa cykel.

Hon fortsatte längs stigen förbi det grå huset med den vackra trädgården.

Hon passerade trampolinen och hejdade sig inte förrän längst ut på den spetsiga klippan, från vilken hon dök på huvudet. Inget magplask.

En underbar chock när huvudet träffade vattenytan. Hon simmade så långt hon kunde under vattnet med lugna simtag och vidöppna ögon. Hon hoppades att hon skulle möta Axel mitt i det stora djupa gröna och såg för ett ögonblick rakt in i hans milda ögon. Han hade gjort henne modig.

När hon kom upp till ytan ruskade hon på huvudet så att håret lämnade ansiktet. Med dunkande puls simmade hon mot horisonten. Havsytan låg skimrande i morgonsolen, inte en krusning, inte en vindpust.

Sältan var mäktig, ensamheten total, men hon kände till att hon inte kunde simma från sina egna tankar och vände därför plötsligt tvärt och började simma mot land just när den oroliga iakttagaren på land tänkt ropa.

Hon blev inte förvånad när hon fick syn på Magnus då hon steg uppför den rostiga badtrappan mellan trampolinen och hopptornet, försiktigt för att undvika att trampa på de vassa vita havstulpanerna. Gröna alger svepte runt hennes fötter. Dem kunde Axel ha målat av.

Han stod lutad mot hopptornet med sin vanliga dyrkande min. Det började verkligen bli irriterande. Hade han inget jobb? I sin blåvitrandiga kortärmade tröja såg han ut som en gondoljär.

– Kallt, sa han.

– Inte särskilt. Väldigt skönt faktiskt.

Hon tog på den avmätta lärarinneminen. Gå-över-skolgården-minen.

Han sträckte ut en lång solbränd arm täckt av svart lockigt hår.

– Titta, sa han.

Hon följde riktningen med blicken.

En liten motorbåt tuffade ut ur hamnen.

– Min, sa han och log med vita tänder.

– Jaså du har båt. Kul. Helvete. Nu måste jag för fan dra.

Hon plockade ihop sina saker. Det fick bli gatlopp igen. Hon måste absolut skaffa sig en cykel.

Magnus stod kvar.

– När brukar lunchruschen vara som värst? frågade Sara Lotten när hon kom ut från det lilla personalutrymmet iförd Lilla Hundens gula jeansskjorta med en cockerspaniel på ryggen. Hon hade sina privata svarta jeans.

– Oftast vid lunch, sa Lotten och himlade sig.

Sara tittade efter henne genom det runda fönstret som var ogenomskinligt av imma. Köket osade av stekt fläsk. Stekt fläsk på kusten när solen stod högt på himlen hela dagen och fisken nästan hoppade upp ur havet. Sara suckade.

I restaurangen satt två kvinnor och snattrade, alltför olika för att kunna vara mor och dotter, men roligt verkade de ha.

Den äldre magra kvinnan satt halvt bortvänd men när hon sträckte sig efter ketchupflaskan upptäckte Sara att det var hennes hyresvärdinna, fast hon hade en slags röd aftonklänning istället för de vanliga paltorna. Den yngre var ljus med ännu ljusare slingor och hade en åtsittande turkos klänning med djup urringning. Deras gälla flams hördes ända ut i köket. Nu borde Lotten se upp med sin man.

Den unga kvinnans skratt var porlande, friskt och hämningslöst, hyresvärdinnans påminde mer om ett utdraget gnäggande.

Vad kunde de ha så roligt åt?

Lotten återvände till köket samtidigt som en äldre man i blå overall och vit keps kom in och slog sig ner vid fönsterbordet.

– Fransson sitter vid ditt bord, sa Lotten till Sara. Han skall ha dagens, ett stort glas mjölk och fyra centiliter vodka.

– Skall jag inte ta upp någon beställning då?

Lotten suckade, så en pappersservett lyfte från hennes bricka. I detsamma öppnades dörren, bjällrorna väsnades och lunchgästerna började strömma in. Sara gick för att plocka Franssons drycker ur kylen.

När hon något senare hämtade fiskpuddingen fångade hon kocken Klas blick. Han stod vid stekbordet och gjorde barnsliga grimaser bakom Lottens rygg.

Sara log strålande tillbaks. Så härligt med denna nya arbetsplats så långt från skolans värld.

Fredrik hade helt tappat intresset för vad Linda hade för sig.

Nu upptäckte han att hennes säng var noggrant bäddad och att flera tomma galgar låg slängda ovanpå överkastet.

I samma ögonblick började han helt utan saknad att betrakta hennes rum som sitt vardagsrum. Perfekt.

Han satte sig ner i dörröppningen för att soltorka efter duschen som bestod av en gummislang fastsatt vid husgaveln, en av Blomgrens fiffiga uppfinningar för att Emily skulle slippa spring av sommargästerna i sitt boningshus. Första året Blomgren hade hyrt ut friggeboden hade han låtit sommargästerna duscha i källaren till villan, men Emily hade inte känt sig naturlig när hon gått ner i tvättstugan eller i skafferiet för att hämta sylt till bullbaket. Ovärdigt hade hon sagt till Blomgren. Integritet är en viktig del av en människa, tror du mig inte kan du fråga min pappa.

– Ja, ja, hade Blomgren sagt. Det finns så många åkommor här i världen.

Den primitiva duschen erbjöd solljummet vatten de första sekunderna, därefter kallt och några sekunder därefter så iskallt att konsumtionen blev minimal. Ett perfekt arrangemang.

Fredrik satt huttrande och undrade varför människor utsatte sig för denna plåga, att lämna ett bekvämt sittbadkar, varmluftsugn och stereo i stan för att bosätta sig i en löjeväckande barack en vecka.

När han såg ut över vattnet hade han svaret. Och han var ändå inte enfaldig nog att inbilla sig att han en dag skulle befinna sig i en folkbåt med Tessan halvklädd på soldäck.

Nytt. Nytt liv.

Han hade redan kommit på sig med att fantisera om Sara istället, en allvarlig ung lokal kvinna var precis vad han önskade sig till midsommar.

Det var det enda Linda hade rätt i: att det är en skam och en nesa att vara ensam en midsommarnatt i Sverige.

Kristina och Johanna tog vägen om tobaksaffären där Kristina köpte sockerfritt tuggummi med hallonsmak för att dämpa rödvinslukten. Johanna hängde fnittrande vid hennes arm, men släppte greppet och stramade upp sig när Blomgren kom ut från det lilla pentryt dolt av ett blåvitrutigt draperi. Han såg mörkt på Kristina och därefter vänligt på Johanna.

Hon var röd i ansiktet. Han luktade kaffe.

– Skall du gå och jobba i morgon? frågade han.

– Det skall hon väl. Hon är väl inte sjukskriven, eftersom hon står här, sa Baskermannen och tittade upp från tidningsstället.

– Sköt dina egna affärer du, fräste Johanna.

Baskermannen återvände till tidningarna.

– Det är rätt, sa Blomgren och betraktade henne milt och vattnigt. Det är ju din ensak. För det är väl aldrig du som vunnit på Lotto. I så fall kan du sparka både Månsson och hans fabrik, du vet var.

Han sneglade nyfiket för att se om Kristina uppfattat hans replik, men hon höll på att prova solglasögon och sträckte sig på tå för att nå den lilla hjärtformade spegeln högst upp på glasögonstället.

– Skall jag hämta en stege? frågade Blomgren.

Johanna och Kristina brast samtidigt ut i ett hjärtligt skratt innan de försvann ut i solskenet arm i arm.

– Vad var det med Johanna? frågade Blomgren.

Baskermannen skakade dystert på huvudet.

– Nej jag får gå och hälsa på far min, sa han och lade beslutsamt ihop tidningen.

– Han sitter på biblioteket och spelar schack, sa Flickan.

Blomgrens suddiga ansikte dök upp bakom hennes slutna ögonlock, men ersattes genast av nya spännande husmorsplikter.

Var skulle hon och Ragnar tillbringa midsommarnatten om det blev regn?

Kunde hon göra det hemtrevligt i bilen? Gardiner? Ett romantiskt småblommigt bomullstyg svept över sätena. Vaser med sju olika midsommarblommor ovanpå instrumentbrädan. Vad skulle hon ha på sig? Om de kunde sitta ute skulle hon kanske skaffa en luftmadrass och pumpa upp den och placera den under filten. Hon såg fram mot nästa ställning.

Hur skulle hon få tag på sill och jordgubbar, brännvin? Det fanns visserligen en liten servicebutik, men sortimentet var begränsat. Hon behövde en kumpan.

Emily sörjde den förlorade närheten till Lotten. Kanske kunde hon ringa henne och berätta alltihop och få hjälp. Men kunde hon lita på Lotten? Till Blomgren skulle Lotten aldrig gå och skvallra, men det fanns ju andra människor på Saltön och Lottens tunga var snabb och vass. Och Kabbe, hennes otäcka äkta man, var klart opålitlig. Hela Saltön visste att han sprang efter småflickor, knappt lovliga, och efter vad som sades hade han en övernattningslägenhet nära Liseberg i Göteborg.

Lotten var ändå den mest förtrogna hon någonsin haft.

Emily kunde givetvis omöjligt visa sig på Saltön.

Om ett par dagar skulle hon skriva ett sansat brev till Blomgren. Han höll säkert på att arbeta över i sin banala butik eller målade sina träliga fönster och TV såg han väl också på i lugn väntan på att hon skulle komma hem. Somnade framför allsången på Solliden med sin magra haka slappt mot bröstet.

Hade han mot förmodan någon kontakt med hennes pappa eller med Paula skulle han antagligen bara säga: Var Emily är någonstans – ja, inte vet jag…

Och om de insisterade:

– Emily, var kan hon vara? Hon är väl på sitt nya arbete på pensionatet med sina nya intressanta vänner.

Emily bestämde sig för att slå sig ner vid stigkröken av den korta motionsslingan och se om hon kunde finna en person att liera sig med. På kvällarna brukade folk obegripligt nog springa en runda efter jobbet.

De jagade väl ungdom och figur. Emily visste nu att det var onödigt för hennes egen del. Ragnar älskade varje kvadratcentimeter av Fröken Schenker.

Det var annat än Blomgren som flera gånger uppmanat henne att gå med i Viktväktarna som höll till i Folkets hus varje måndagskväll. Emily hade ju ändå inget att göra på dagarna sen Paula flyttat, mer än baka och äta sina egna bullar förstås. Blomgren skrockade åt sin eget lustighet.

Reklamlappen från Viktväktarna hade han satt på kylskåpet med fyra magneter som föreställde köttbullar.

Han sålde sådana magneter i affären. Tre kronor styck. Fyra plastköttbullar för elva och femtio. Sånt älskade sommargäster. Fick de en svettig kola på köpet hamnade de nästan i extas. Å vad de gjorde goda affärer på de dumma ortsborna.

Plötsligt reste Emily sig kapprak upp.

Tänk om Blomgren tog livet av sig.

Hon hade varit så fast i övertygelsen att han skulle leva sitt vanliga gamla liv, möjligen hade hon varit rädd för att han skulle äta för lite och bli ännu magrare, men inte svälta ihjäl.

Hon hade inte ens haft en tanke på att han skulle skjuta eller hänga sig. Nej inte skjuta naturligtvis, så kraftfull var han inte. Hänga sig, var då; i källaren, om det var tillräckligt högt i tak, nej knappast. Naturligtvis skulle det ske i tobaksaffären. Han var alltför hänsynsfull för att besudla hemmet.

I det där lilla tråkiga fikarummet bakom draperiet som utestängde nyfikna blickar. Där skulle det ske.

Hon blundade hårt för att slippa se honom framför sig, patetiskt hängande, svängande i sina dacronbyxor mellan reklammaterial för Lotto, julskyltningar, påskbonader och travar med kaffefilter.

Men bilden kändes realistisk och stannade kvar.

Hon började bita på knogarna som hon inte gjort sedan hon var barn. Det blödde från båda händerna och hon gnydde nervöst och hade svårt att sitta still. Det knakade till i vänsterknäet när hon äntligen började ta sig ner till stigen i kvällssolen.

Hon fortsatte allt snabbare över stigen och till slut nådde hon andfådd den gröna telefonautomaten i motionsgården.

Hårbotten var svettig, hon mådde illa och försökte ta långa djupa andetag medan hon stoppade in telefonkortet i automaten. Det var tre måsar på bilden.

Blomgren var visserligen en tråkig träbock, men det fanns ingen anledning till att han skulle ta livet av sig. Tur att hon hade bilen så han inte körde rakt in i en bergvägg som glasmästaren gjort förra vintern när han fått veta att hans fru var sjuk.

Att cykla rakt in i en bergvägg är säkert inte dödligt.

Hon försökte skratta men kände sig oroligare för varje sekund.

När Johanna kom hem stod det en kartong jordgubbar på köksbordet och hon hörde duschen strila och genom vattenbruset ett glatt gnolande. O sole mio? Nej hon måste ta fel.

Hon satte sig vid köksbordet och stirrade på jordgubbarna. Hon räknade dem. Hon började få ont i huvudet.

– Tjenare morsan!

Magnus såg glad ut på munnen men vädjande på ögonen när han tittade ut i köket omsluten av en gul frottéhandduk med Stadshotellets emblem.

Han pekade stolt på bärkartongen innan han försvann in i sitt rum och hon hörde stereon gå i gång.

Johanna hade lust att sticka in huvudet och fortsätta samtalet nu när allt var så hoppfullt och ljust, men för att lyckobubblan inte skulle spricka tog hon istället två Alvedon innan hon började duka en kaffebricka med vinglasen av kristall som skulle vara lätt att bära ut på balkongen när Hans-Jörgen kom.

Hon hade själv lust att ta en dusch men det fick vänta tills Magnus gav sig i väg (han skulle väl ut nu när han duschat?). Annars skulle han bli misstänksam.

– Morsan är knäpp. Nu duschar hon på kvällen. Det är nog klimakteriet.

Kristina sov salongsruset av sig och efter en håglös sittning i bubbelpoolen tog hon på sig fräscha kläder i olika pastellfärger. Hon var trots allt en karamell och hade lätt kunnat bli Miss Räka om hon ansträngt sig lite mer på catwalken på Marstrand. När hon speglat sig från olika vinklar hörde hon bilen tuta sina karaktäristiska Månssonsignaler, fem långa och två korta som Månsson trodde att han var ensam om i världen.

Han rätade på ryggen när han stigit ur bilen och slätade till polisongerna.

Hon gick honom till mötes och uppmärksammade den misstänksamma rynkan som dök upp i hans panna så fort han såg henne.

Han gick mot henne och trummade med fingrarna på hennes axlar och rösten var uppfordrande.

– Får pappa veta vad lilla gumman haft för sig hela dagen? Har du köpt något nytt spännande nagellack?

– Jag har planerat för sommargästerna. Ett städschema i nio punkter har jag gjort som de kan följa och en inventarieförteckning på allt vad som finns.

Han stirrade på henne.

Kristina sprang in i huset och hämtade sina kollegieblockspapper med bakåtlutad barnslig skrivstil och visade upp dem med ivriga händer.

Månsson hade satt sig i en knirrande rottingstol och skrattade faderligt åt ett stavfel. Han myste och pussade hennes nästan ofattbart långa grönmålade naglar. En i taget. Tio små söta gullpussar.

Kristina stod i givakt.

– Du gör fina små försök, lilla gumman, men du skulle naturligtvis ha frågat först. Alltid, alltid fråga pappa först. Den här gången har du faktiskt ansträngt dig alldeles i onödan. Vi skall inte hyra ut överhuvudtaget.

Först flämtade hon till. Sedan flög hon upp på honom och kysste honom, plötsligt passionerad.

– Å, jag visste att du skulle lyssna till slut.

Han viftade bort henne.

– Lizette kommer hem från Australien över sommaren. Det är hon som skall bo där.

Han blev förskräckt när han såg hennes ögon mörkna. Ibland kom han på sig med att undra om han kanske underskattade henne.

Hans röst blev ansträngt hurtig.

– Du och Lizette kommer att få roligt ihop. Ni är ju nästan jämnåriga. Jag kommer att bli avundsjuk på allt ert fnissande som jag inte hinner delta i, det känner jag på mig.

Han smiskade henne lätt när hon vände sig bort.

– Kommer hennes mamma också?

– Självklart inte. Hon bor med sin nya man i Sidney för alltid. Har du inte fattat det? Henne behöver du då inte vara svartsjuk på. Hon är mycket äldre och rynkigare än du. En gammal kärring, över femtio.

Kristina gick mot huset och stängde altandörren efter sig.

Månsson satt kvar i stolen och stirrade håglöst i intet.

– Jag får nog ta mig en grogg, sa han till slut. Kanske rör jag en draja till Kristina. Om inte det hjälper kanske hon vill ha något till midsommar från Ekströms Glitter och Guld.

Tystnaden medan de åt Kristinas valhänt stekta makrill var ansträngd.

Månsson blickade ner i den trasiga fisken och tänkte på sin förra fru som hade vetat exakt vilken mat han tyckte om, nämligen svensk husmanskost. Hon var en mästare på att steka makrill. Dillsås och potatis. Han skänkte henne en hånfull tanke. Säkert var det inte lätt att finna rätt råvaror mitt i vintern i Australien. Fanns det överhuvudtaget makrill i Sydney? Och tanten kunde ändå inte engelska. Det hade hon inte kunnat när de var gifta i alla fall.

– Det är vinter i Australien nu.

Kristina himlade sig.

Månsson hatade tråkig stämning vid middagsbordet.

Han räddades av telefonen.

– Varför har vi inte en sån där butler? Nåja, jag får väl svara själv då, lilla goding.

Han slängde servetten i golvet.

Kristina passade på att kasta sin fisk under en TV-tidning i papperskorgen och fyllde sedan kvickt på sitt vinglas medan hon hörde Månssons myndiga röst från hallen.

Han skrockade och skakade på huvudet när han återkom till matsalen.

– Det var en galen kärring på fabriken. Johanna heter hon, en mager skrika. Jag kan knappt hålla mig för skratt egentligen för hon sa faktiskt upp sig. Herregud, nu när det för en gång skull är mycket att göra och jag håller på att ta in extra folk så kommer hon och säger upp sig.

– Varför får hon inte göra det för?

– Hon har ju jobbat där sen hon var liten tös. Gamla kärringar som säger upp sig. Det är patetiskt som de säger på TV.

– Vad sa du till henne då?

Kristina var så ivrig att hon glömde sin välbevarade sura tonårston.

– Jag sa till henne att komma igen i morgon när hon är nykter. Du vet, jag är faktiskt som en pappa för mina arbetare. Precis som för dig, lilla Dolly!

– Jag heter för fan inte Dolly.

Kristina lämnade rummet med sin mobiltelefon i handen.

– Nej, men du kunde hetat. Du vet vad jag menar.

Han hörde badrumsdörren stängas och lutade sig fram över bordet och drack snabbt ur hennes vinglas.

Johanna hällde olivolja i badkaret. Hon hade läst att huden blir mjuk och glänsande precis som rykande nykokt pasta när man häller olja på den.

Medan hon låg i badet funderade hon över sig själv och kunde inte begripa vad hon tänkt och gjort alla dessa år. Varför hade hon inte tröttnat på sitt jobb? Varför hade hon inte längtat efter en karl? Var hennes osnutne lille son nyckeln till allt? Om han gifte sig med den där människan som hyrde rummet skulle de säkert flytta till stan, kanske rentav till Göteborg. Det fanns inte en människa från stan som klarade en vinter på Saltön. Problemet var bara att Magnus säkert skulle vilja att Johanna flyttade med, men det måste han väl inse att Johanna inte kunde lämna Saltön.

Johanna blev förbannad och kastade badsvampen på dörren. Så egoistisk han var, fast hon hade offrat allt för hans skull.

Hon sträckte ner sin långa pinniga arm utanför badkarskanten och trevade efter pappersmuggen med konjak som stod på badkarsgolvet. På tre-fyra dagar hade hon druckit ur varenda spritflaska som stått dammig och åldrats på översta skafferihyllan.

Alkoholen var också ett uppdämt behov.

Tidigare hade hon inte smakat överhuvudtaget. Alltid äcklats av föräldrarnas brännvinsrus på lördagskvällarna när hon växte upp.

Enda gången hon druckit för mycket var kvällen med Claudio när Magnus blev till. Hon hade alltid trott att graviditeten haft samband med drinkarna.

När hon tänkte efter noga var detta en positiv sak med alkoholen. Magnus var ju hennes liv.

Men nu hade hon skaffat kondomer. Inte hos Blomgren naturligtvis. Kristina hade varit inne och köpt åt henne i pressbyråkiosken. Johanna hade väntat utanför orolig att någon skulle ertappa dem. Någon vän som exempelvis Blomgren. Eller Hans-Jörgen själv. Han som skulle få dem vid ett lämpligt tillfälle. Säkert hade han inte vett att skaffa egna, intellektuell som han var.

– Jag är ju inte från stan, Johanna, hade Kristina sagt och kommit ut med fyra olika modeller.

Hon var road av uppdraget.
Johanna hade lagt dem under kudden.
Kanske Hans-Jörgen ville ha en sängfösare först. Hon visslade Tatuerarvalsen när hon steg upp ur det oljiga vattnet och drack återstoden av konjaken direkt ur flaskan.
I badrumsspegeln konstaterade hon att ögonen fått en främmande och spännande glans. Johanna dansade ut ur badrummet och ut på balkongen i bara trosorna. Hon kände sig förväntansfull och ung.
Hon räknade med viss svårighet trutarna på kajen.
De var nio.
Nio trutar på kajen.

Saras fötter kändes som ömma bollar i sandalerna när kvällen kom. Underligt; hon hade alltid varit van att gå och inte ens suttit mycket som lärarinna utan rört sig fritt i klassrummet. Fast arbetsdagarna hade varit kortare förstås.
Det här nya arbetet var kanske inte riktigt vad hon väntat sig. Kocken Klasse var hennes räddning, eftersom Lotten var som hon var och Kabbe ännu mer som han var. Sara kände hans ogenerade blickar överallt på kroppen.
– Är du singel? frågade han slemmigt när hon hämtade växel till kassan. Singel i stan?
Hon skakade på huvudet.
– Det här är väl för fan ingen stad.
I detsamma kom Lotten utrusande ur köket och gav Sara ett hårt ögonkast.
– Precis sådan information jag vill ha, sa Lilla Hundens krögare. Då kan du jobba hela kvällen på midsommarafton när vi håller öppet längre. Det har faktiskt hänt att nyanställda bett att få gå tidigare. Opassande.
När Sara jobbat färdigt för dagen luktade hon på ärmen till den gula serveringsskjortan. Svett, rök och matos. Undrar om hon hade tillgång till tvättmaskin hos Johanna.
När hon kom ut på den solvarma strandpromenaden fick hon syn på Magnus som stod lutad mot ett träd.

Sara tänkte fråga om tvättmaskin, men avstod vid tanken på att han skulle erbjuda sig att följa med henne in i en mörk tvättstuga. Hon var verkligen uppretad. Överallt fastnade det kavaljerer runt henne. Som flämtande dreglande hundar i vartenda gathörn. I detsamma fick hon se den rödhåriga mannen från Göteborg som tittade flörtigt på henne. Kunde ingen fatta att hon ville vara i fred. Hon längtade tillbaka till storstadens anonymitet. Hon hade tänkt gå hem men vände med ens på klacken och gick med långa steg mot badklipporna.

Hon hade kvällssolen rakt i ansiktet när hon lämnade den täta bebyggelsen. Hon tog av sig sandalerna och klipphällarna var varma under hennes svullna och röda fötter.

Insekter surrade i skrevorna. Från hopptornet hörde hon vattenplask och skrattande barnröster. Hon kände sig smärtsamt ensam och ändå gick hon så målmedvetet just för att få vara behagligt ensam.

Hon drog av sig skjortan när hon gått förbi sista huset och glömde bort att det fanns ytterligare en byggnad, det anspråkslösa vackra grå huset med den sagolika trädgården.

Hon blev stående.

Mannen i det grå huset var mycket mager men med rak hållning. Hans fingrar var långa och djupt solbrända liksom ansikte och hals.

Han såg henne inte där han stod på en stege i färd med att spika fast en hästsko ovanför dörren.

– Godkväll, ropade Sara.

Mannen fortsatte att spika och Sara blev stående utanför grinden och tittade på. Han spikade harmoniskt och rakt på spikarna utan missar.

När han tagit den sista spiken ur munnen och spikat fast den gick han nedför stegen och först därefter vände han sig mot Sara och svarade.

– Gokväll själv. Sannerligen en vacker sommarkväll.

– Ja för fan, sa Sara och tog på sig skjortan.

Mannen betraktade henne uppmärksamt.

– Det var stora ord.

Sara skrattade nervöst.

– Jag svär inte normalt. Jag är till och med lågstadielärare egentligen. Fast jag är servitris nu på Lilla Hunden. Det är konstigt nog min man som svär och inte jag.

Mannen såg eftertänksamt på henne medan han stoppade ner hammaren i en sinnrik ficka i kakibyxorna.

Sara blev röd i ansiktet.

– Som sagt. Jag svär inte alls.

– Ja, inte gör det mig något. Det är ju din man som svär.

Sara pressade sig mot grinden för att komma så nära den trevliga trädgården som möjligt, medan mannen stod orubbligt lugn utanför sitt hus och tittade upp i ett körsbärsträd.

– Min man svär inte. Han svor. Han är nämligen död. Och när han dött, det hände ganska nyss, då kände jag på natten att jag skulle få något efter honom. Den första tiden trodde jag att jag skulle kunna måla för han var konstnär, men det var fel. Ju mer jag försökte, desto mer insåg jag hur utsiktslöst det var. Värdelöst. Färgen stannade inte på duken ens. Men plötsligt när jag stod i rummet för grovsoporna och gjorde mig av med alla målargrejorna hörde jag mig säga: ”För helvete, det går fan inte att fortsätta så här. Ta mig djävulen.” Och nu trillar svordomarna ur mig av bara farten. Det är verkligen inte som jag anstränger mig. Då skulle det bli helt fel. Det är Axel som sitter i mitt huvud och pratar. När han har lust. Han vill fan inte bli bortglömd.

– Verkar jobbigt att svära så mycket. Kanske vill du ha ett glas flädersaft? frågade mannen och pekade på grinden.

Den gav inte ett ljud ifrån sig.

Hon sträckte fram handen.

– Jag heter Sara.

– Det förvånar mig inte, sa mannen och gick bort till bersån där det stod en lång rad plastmuggar och en stor plåtkanna. Längre bort stod flera bikupor på rad.

– Jag heter MacFie.

Emily svalde när hon hörde hans torra röst i telefonen.

– Blomgrens Tobak.

– Hej, det är jag. Emily. Du kanske håller på att räkna kassan?

Han andades tungt. Hon kunde höra det i luren.

– Emily, var fan är du någonstans? Och var är bilen?

– Vi är ... på samma ställe faktiskt.

– På samma ställe. Var då någonstans?

– Snällt att du frågade efter mig först. Före bilen menar jag.

Hon kände igen hans irriterande sätt att sucka.

– Hallå, är du kvar?

– Ja, jag är kvar. Är det en kurragömmalek? I så fall är jag inte road. Kom hem snälla Emily.

– Nej nej, men det spelar faktiskt ingen roll var jag är. Jag har lämnat dig. Det vet du. Det sa jag till dig. Jag skulle bara höra efter hur det var med dig.

Han skrattade glädjelöst.

– Om du var intresserad av hur det är med mig skulle du vara kvar här.

Det var hennes tur att sucka.

– Du kommer väl ihåg att affärerna stänger tidigare och att systemet är stängt på midsommarafton.

Han drog ljudligt efter andan.

– Kommer du hem till midsommar?

– Nej, nej, det gör jag verkligen inte. Jag ville bara påminna dig ifall du skall ha någonting hemma ...

Det var onaturligt tyst. Efter en stund förstod hon att han lagt på. Hon torkade sig i ansiktet med en pappersnäsduk och började gå därifrån när hon hejdades av en skarp signal som betydde att hon glömt att ta ut telefonkortet.

Hon tog ut det och studerade de tre måsarna på kortets framsida.

– Det var inget bra kort det här, sa Emily till sig själv och kastade det i en papperskorg fast det återstod femtiotvå markeringar.

Hon kände sig fruktansvärt trött när hon med tunga steg gick uppför sluttningen till sitt hem på fyra hjul. Hon var övertygad om att Ragnar tömt ut sina krafter för den här gången och att hon skulle få uppleva en ensam natt på berget, så hon beslöt sig för att lägga sig tidigt.

Hon hade skaffat sig rutiner och innan klockan var åtta och solstrålarna fortfarande kändes heta lade hon sig i baksätet för natten.

Just som hon skulle sluta ögonen kom hon på att hon inte ens tänkt kexchoklad. Kärlek.

Hon hade andra mål i livet. Hon fanns.

Fast det är klart att i framtiden skulle hon bjuda Ragnar på sin chokladmousse eller sin franska chokladtårta som fullkomligt dröp av belgisk choklad, osaltat smör och tjock len vit vispgrädde.

Han skulle beundra hennes kokkonst.

Hon skulle lyssna till all hans visdom och kunskap.

Om det blev bröllop så skulle hon välja Aten eller något annat kulturellt ställe. Ragnar mådde säkert bra av att få berätta mycket. Kanske talade han forngrekiska; det måste hon fråga. Han som var så bildad och klok kanske kunde tala förstånd med Paula.

Hon föll i sömn och drömde att det var översvämning av blod på golvet i tobaksaffären när hon vaknade av upprepade knackningar på rutan. Det hade tydligen regnat i flera timmar. Hon hade svårt att urskilja den knackande personen.

– Jag blev inte ens rädd, skrattade hon när hon låste upp och öppnade bildörren.

Hans jacka luktade vått ylle men vad gjorde det när han med självklar äganderätt tog henne i sina armar.

– Snart får du väl ge mig egen bilnyckel, skämtade han och tog av sig sina immiga glasögon och placerade dem försiktigt på instrumentbrädan.

Han var verkligen oemotståndlig. Emily slöt ögonen och tog emot allt vad hon kunde innan hon bestämde sig för att det var hennes tur att ge.

Efteråt låg de sida vid sida och tittade upp i biltaket och lyssnade på regnets hemtrevliga smattrande. Emily log. Hon var sjutton år. Fet, fin och sjutton.

– Så bra det känns. Jag känner mig så stark och så vet jag att Blomgren lever och arbetar också.

– Hur vet du det?

– För att jag har ringt honom. Det var väl duktigt, Ragnar. Och i morgon skall jag vara en riktigt duktig flicka igen, för då skall jag ringa Paula i Afrika och försöka få henne att förstå att jag måste leva mitt eget liv. Och så skall jag berätta om dig. Att jag träffat en underbar man med djupa kunskaper.

Ragnar tittade på sitt armbandsur.

– Nej nu måste jag allt ge mig av.

Han öppnade snabbt bildörren och krånglade sig ut, varefter han började klä sig i ösregnet.

– Tycker du inte att det är bra att jag ringer Paula? Jag kommer inte att säga att vi bor i en bil förstås.

– Gör som du vill, lilla Emily.

– Kommer du tillbaka ikväll, Ragnar?

Hon hasade sig ur bilen och tryckte sin nakna kropp mot hans bruna ylletröja och gröna manchesterbyxor.

– Nja, sa han. Det tror jag kanske inte. Det får inte bli för tätt och intensivt.

Hon stirrade skräckslaget på honom.

– Men det var ju du själv som kom hit. Det var inte jag som bad dig.

Hon rös och sträckte sig efter en pläd i bilen och svepte om sig.

– Nåja, lilla vän. Vi får väl se hur det blir med den lilla angelägenheten. Men du har kanske mycket att stå i inför vårt midsommarkalas?

Hon log varmt mot honom. Att han kom ihåg.

Tänk om han hade erbjudit sig att bidra med något också. Inte för utläggens skull utan för omtanken.

– Sill, jordgubbar och grädde skall jag nog klara, sa hon. Det blir däremot lite jobbigt för mig att ta mig till systemet och handla midsommarbrännvinet.

Han klappade henne på huvudet.

– Men då får vi väl vara utan starka drycker. Vi klarar oss nog ändå, tror du inte? Naturlig glädje, det är ju den allra bästa. Det säger jag ofta till mina elever i samband med luciafirandet och våravslutningen. Valborgsmässoafton också naturligtvis.

– Jag ville också så gärna bli lärare en gång. Verkar det dumt?

– Absolut inte, lilla vän. Du skulle säkerligen bli en riktigt duktig liten lågstadielärarinna.

Emily suckade utan att sluta le.

Hon måste skaffa sig en langare.

Sara satt i bersån och drack flädersaft och beklagade sig över alla män på Saltön som förföljde henne och försökte tränga in henne i olika hörn.

MacFie täljde på en pinne till sitt hönshus.

– Det är inte det att jag inte tycker här på Saltön är vackert. Förlåt, jag menade inte att såra dig. Här är så bra. Det är helt enkelt jävla vackert, men jag får ju för fan aldrig vara i fred. Jag vill inte vara isolerad heller... Om ändå Axel hade levat. Fy fan vad egotrippad han var. Hade han avstått från all alkohol och gått en enda jävla kilometer om dagen hade han säkert levat idag.

Sara brast i gråt.

MacFie synade sin pinne. Fem hönor skulle kunna sitta i rad.

– Du får väl starta en fruntimmersförening.

Sara stirrade på honom. Hon torkade ögonen med tröjärmen och log försiktigt.

– Vilken fantastisk idé!

Han började plocka undan saften och Sara kände att hon borde gå. Hon reste sig hastigt.

– Tack för saften. Vi ses en annan dag.

– Sånt kan man inte veta.

Vid grinden vände sig Sara om och ropade gäckande.

– Har du någon gång varit utanför Saltön?

Men MacFie var redan på väg till sina bin.

Hon gick raka vägen tillbaka till Lilla Hunden.

Lotten och Kabbe satt och drack öl under ett parasoll.

– Har du glömt något?

Sara ignorerade Lottens sura och Kabbes giriga ögon.

– Har ni nätverk och sånt här?

– Att va för något. Talar du om hummerfisket så är det långt kvar.

Makarna såg varandra i ögonen och skrattade belåtet.

– Nej jag menar, vissa kvällar har ni ju inte så mycket folk som ni vill, men om ni gjorde extrapris för mindre sällskap, till exempel kvinnliga nätverk eller bara kvinnor i största allmänhet. Först kan de ju lyssna på ett intressant föredrag och sedan äta och dricka till budgetpris. Föredragshållarna kunde prata tjugofem minuter. Sen orkar folk inte lyssna mer, det finns undersökningar om det. Man kan söka bidrag. Vore inte det någonting? Vi kunde kalla det röd avgång. Utan föredrag när jag tänker efter.

– Det låter väldigt bra, sa Kabbe. En flaska Liebfraumilch på elva kärringar. Tio halva grekisk sallad utan fetaost och en dagens soppa. Och så sitter de och skvallrar till halv två. Låter väldigt lukrativt.

Lotten skrattade hjärtligt.

Sara gick därifrån.

– Nu är jag jävligt arg, sa hon till en farbror som knutit fast den grå plastpåsen från systemet på rullatorn.

– Oj då, sa han förskräckt.

Men Sara upptäckte lyckostråk i kroppen. Hon kände sig hälsosamt arg. Inifrån och ut och för första gången på flera veckor var hon medveten om att hon levde. Blodcirkulationen ökade märkbart i takt med hennes smällande sandalsteg. Hon svor högt för sig själv.

Arg och energisk – det var egenskaper som Axel hade beundrat, för själv hade han bara en växel.

Hon ringde på hos sin hyresvärdinna.

– Jag tänkte samla några tjejer torsdag kväll. Prata och dricka vin. Få tiden att gå kvällen före midsommarafton.

– Tjejer? Vill du låna ägg eller socker?

Johannas hår såg rufsigt ut och hennes ansikte mosigt, men hennes attityd var inte direkt ovänlig.

Sara skrattade.

– Nej för fan. Jag råkar bara veta att det är rätt tomt på Lilla Hunden på vardagskvällarna och jag börjar jobba sent den kvällen, så jag tänkte att vi kunde träffas några tjejer. Snacka bara och ha lite kul. Kommer du?

Johanna stirrade oförstående på henne och verkade rädd för att hennes galna hyresgäst tänkte sig in i lägenheten. Hon blockerade dörren genom att placera en hand på varje dörrkarm.

– Det var bara det.

Sara backade.

– Jag somnade visst. Jag väntar besök.

– Det var som fan. Så här sent! Klockan är ju nästan tio. Men det är ju så på sommaren när det är ljust. Då gäller inte vanliga jävla regler.

Johanna gnuggade sig i ögonen. Sara betraktade henne undrande. Hon var tydligen inte van vid att använda mascara.

– Då är du välkommen. Självkostnadspris. På torsdag. Du kan ju ta med henne, den pastellfärgade väninnan jag såg dig med förut. Hon såg ut att behöva komma ut. Vi börjar klockan sju.

Johanna stirrade på Sara.

– Du, har du sett Magnus?

– Inte vad jag kan påminna mig.

Johanna tittade på nummerpresentatören vid telefonen. När Magnus kommit hem med den tyckte hon att det var den onödigaste pryl hon sett, men nu stod den där i alla fall som en liten grym och effektiv sanningssägare. Hon kunde bistert konstatera att ingen hade ringt på hela kvällen. Hade Hans-Jörgen knackat på dörren skulle hon självklart hört det, eftersom det var på soffan hon slumrat in.

Hon gick in i Magnus rum och hittade en flaska vodka med nästan halva innehållet kvar och spetsade ett glas juice med den. Hon hällde i några centiliter vatten i flaskan innan hon ställde tillbaka den på sin plats.

Huvudet värkte men drinken skulle säkert eliminera obehaget. Det vet ju varenda människa hur nyttigt det är med c-vitaminer.

Hon tog på badrocken utanpå kläderna och satte sig på balkongen och tittade ut över torget.

Kanske hade han trott att hon skämtade.

Hon ringde Kristina på mobilen men telefonsvararen var på så hon rapporterade med ynklig röst att ingen Hans-Jörgen hade dykt upp. Kanske borde hon haft svarta kläder istället, mer intellektuella.

Men han hade ju sett så förtjust ut...

Blomgren uppskattade verkligen att det var nerförsbacke från tobaksaffären till hemmet. Han hade aldrig orkat cykla uppför trots att det var tjugoen växlar på cykeln han fått i femtioårspresent av sin fru. Sin älskade fru. Sin tjocka fru. Sin förlupna fru.

– Emily, var är du? frågade han damcykeln som stod och väntade i garaget medan han ställde in sin citybike och kedjade fast den i väggen.

I alla år hade han skyndat sig hem från affären, men den här kvällen hade han dragit ut på sysslorna, städat i pentryt och suttit och bläddrat i gamla travprogram som han inte hade hjärta att slänga. Det hade varit ovanligt mycket folk i affären och nio av tio hade velat veta vem lottomiljonären var. Som om Blomgren visste. Som om Blomgren brydde sig. Han hade knappt svarat dem till slut, men som tur var hade Baskermannen vistats i affären hela eftermiddagen och han hade tagit som sin uppgift att sprida vilda spekulationer. Ingen lämnade affären missbelåten.

Blomgren orkade inte ens gå in i huset. Han sjönk ner i en av trädgårdsstolarna i bersån och stirrade på horisonten.

Hans kaffekopp stod kvar sedan frukosten och han kunde faktiskt inte komma ihåg om han ätit eller ej.

Plötsligt rasslade det till bakom honom och han reste sig halvvägs.

– Emily?

– Får jag slå mig ner? frågade Fredrik. Jag känner inte så många här att prata med, inte här i semesterbyn.

– Semesterbyn?

– Saltön menar jag naturligtvis. Ursäkta mig. Fantastiskt vacker halvö.

– Halvö?

Blomgren stirrade på den rödlätte unge mannen som varit för länge i solen. Nu satte han sig mittemot honom utan att vänta på svar.

– Du ser eländig ut. Är det jobbigt i affären med alla sommargästerna?

– Varken bra eller dåligt.

Fredrik grunnade en stund.

– Jag kanske får bjuda på en bärs. Eller är farbror nykterist?

Blomgrens ögon smalnade och han skrattade glädjelöst.

– Jag är varken farbror eller nykterist.

Fredrik sträckte fram handen.

– Ja jag heter Fredrik, det har jag kanske inte sagt.

– Blomgren, sa Blomgren.

Fredrik gick in i friggeboden och hämtade fyra burköl.

– Dricker du ur burken?

Det gjorde Blomgren.

– Man ser aldrig till din fru. Är hon inte hemma?

– Jag tror inte det.

– Har ni barn också? Det har ni förstås, vuxna antar jag.

Blomgren tittade bort. Fredrik höjde rösten.

– Jag undrar om ni har några barn?

Blomgrens ögon fylldes av tårar.

– Paula. Hon är vuxen. Förlovad. Hon bor i Afrika och frälser afrikaner.

– Jaså oj då, missionärer. Då skall jag försöka låta bli att svära. Jag hade glömt att det brukar vara lite religiöst så här i havsbandet. Jag är en riktig stadsråtta, jag.

Blomgren drack ljudligt.

– En dag skall jag väl också binda mig och bo så här, fast i stan. Villa och Volvo och fru och barn och cykel och en hund.

– Jag har ingen hund, sa Blomgren. Och på tal om fru, var är din egen? Henne har jag knappt sett till sedan ni kom hit.

– Det är inte min fru. Vi är jobbarkompisar bara. Hon är säkert på campingen med någon oljig shejk.

Blomgren skrattade till.

– Ja vem kan man lita på.

– Inte kvinnor i alla fall. Jag har varit ihop länge med en gift kvinna och hon var då inte att lita på. När hon äntligen skulle skilja sig från sin tråkiga man, gjorde hon slut med mig istället. Fast hon kallade det time-out. Men jag begriper nog, jag. Man är inte dum. När man är dumpad då fattar man det genast, i alla fall jag.

Blomgren stirrade på honom och satte ner burken med en smäll.

Ena benet på trädgårdsbordet sjönk ner i gräsmattan.

– Jaså, det är så det går till.

– Hur då, jag fattar inte?

– Att gifta fruntimmer skaffar sig någon annan vid sidan om, medan den äkta mannen sliter och släpar.

– Ja så har jag väl inte tänkt på det, precis.

– Nej, men gör det då. Hur länge höll du och det där gifta fruntimret på att prassla bakom ryggen på hennes äkta man?

– Ja, några år faktiskt.

Blomgren öppnade andra ölen och satte ner också den med en smäll så skummet flödade över.

– Sicken jävla hora.

Fredrik reste sig osäkert upp.

– Egentligen borde jag väl försvara hennes heder.

– Va fan skall det vara bra för; en sån har väl ingen heder att försvara. Vilket fnask.

Blomgren reste sig också upp.

– Har du någon mera öl? Jag tror att jag kan hämta lite knäckebröd från köket. Jag har en rökt makrill också. Äter du makrill?

Fredrik skrattade.

– Jag äter allt utom fet fisk.

Han gick in i friggeboden och tog fram en sexpack öl och tolv miniflaskor med Absolut citron, som han tänkt ha på midsommarafton, men vad fan.

Karl-Erik skruvade på sig i trädgårdsstolen. Att en solstol med steglös fjädring kunde vara så obekväm. Ingenting kändes bra, men han kunde inte sätta fingret på vad som var fel.

Tänk om privatlivet vore lika lätt att styra som fabriken.

Han hatade att inte ha full kontroll och någonstans i trakterna av diafragman visste han att det var just vad som höll på att hända.

Hade han missbedömt Kristina? Fanns det inte ens några enkla och hederliga små våp nuförtiden?

Han hade studerat de unga kvinnorna noga på Stenungsbaden den där kvällen och han hade druckit betydligt försiktigare än de andra grabbarna eftersom han hade ett mål.

Söt skulle hon naturligtvis vara och absolut inte ha tjocka vrister som hans förra fru haft. Var det något han fann oaptitligt så var det just tjocka vrister. En rund mage kunde han klara och knubbiga kinder, men vrister, nej du.

Hon hade lätt för att le, det tyckte han också om. Hans förra fru hade sannerligen inte haft lätt för att le, fast hon var gudabenådad i köket.

Naturlig, glad, söt och formbar. Var det där han begått ett misstag? Formbar var hon nog fan, men han började få en känsla av att det inte var Karl-Erik Månsson som var formgivare och han visste inte vem fienden var som tagit över.

I början hade han trott att det var abstrakta ting som veckopress och kungahus. Men så enkelt var det inte.

Det måste vara en person som gjorde jäntan så jävla obstinat och var fanns denne unge man? Det skulle hur som helst inom kort bli en mycket olycklig ung man.

Han reste sig och började vanka runt på gräsmattan medan han ilsket blängde på sina rhododendronbuskar. Han höll på att bygga upp ett imperium och en fästning och finalen fick inte misslyckas.

Han hade sökt tillstånd för att bygga ett glastorn ovanpå vardagsrummet med utsikt åt alla fyra väderstreck. Om han mot förmodan skulle få avslag hos byggnadsnämnden visste han precis hur han skulle gå till väga. Resultatet skulle bli detsamma. Det skulle bara ta längre tid och kosta något mer.

Men alla sådana bekymmer fick anstå eftersom det fanns ett akut hinder som måste röjas undan. Vem kunde det vara? Han hade gått genom lådorna i Kristinas sängbord – patetiskt, bara smink och veckotidningar och inträdesbiljetten till Stenungsbaden den där kvällen de hade träffats.

Han hade också sökt genom hennes handväska när hon sov. Han hade till och med luktat på hennes ljusblå plånbok. Ingenting.

Plötsligt retade det honom att han inte hade en enda manlig vän att resonera med. Det är ensamt på toppen. Och gruppen där nere som tillbad honom eller avskydde honom inkluderade också hans egen bror.

Karl-Erik rynkade pannan. Han skulle öka bevakningen.

ONSDAG

SARA VAKNADE UTSÖVD klockan fem. Hon låg en stund och inväntade den svarta sorgen som kröp in i henne varje morgon så fort hon var vid medvetande. Axel fanns inte. Förut hade han funnits. Nu fanns han inte.

Hon bestämde sig för att inte ligga kvar och titta på fuktfläckarna i taket. Hon kunde mönstret.

Hon skulle bada i havet, ensam och fri, innan hennes perversa förföljare hann efter henne ut på klipporna.

Sedan skulle hon organisera en fruntimmerskväll på krogen som skulle få samhället att blekna. Hon måste bara övertyga Kabbe.

Hon tog på sig bikini, munkjacka och shorts och joggade till badet med handduken runt halsen.

Så här dags hade hon kunnat bada på närmare håll – för bryggan inne i samhället där soldyrkarna trängts dagen innan och vattenkaskaderna avlöst varann låg nu tyst och öde. Vattenytan var blank och inbjudande, men hon föredrog klipporna och trampolinen därute, kanske för att hon kände en underlig dragning till det lilla grå huset.

MacFie var säkert redan uppe. Undrar om han hade någon fru? Kanske en tandlös syster som hälsade på varje jul?

Han syntes inte till – trädgården låg fridfull i morgonsolen, bin surrade kring blommorna och en sädesärla hoppade runt på brunnslocket.

Sara blev besviken. Ett leende och en hälsning hade känts som en bekräftelse.

Andra gången hon blev besviken var när hon upptäckte att hon inte var först vid hopptornet. Kläder låg på klipphällen och ett bra stycke ut klövs vågorna av en man som crawlade med långa regelbundna tag.

Sara hoppade i och simmade åt andra hållet. Hon höll sig utmed stranden och simmade lugnt medan hon kände styrkan återvända i kroppen.

När hon steg upp ur vattnet var simmaren och kläderna borta, men när hon tittade bort mot skogen upptäckte hon MacFie som gick mot sitt hus iklädd shorts, medan han skakade vatten ur öronen. Han var mycket solbränd och mycket mager.

Hon torkade sig raskt och halvsprang i kapp honom – varför visste hon inte.

– Jag trodde inte ortsbor badade, skrattade hon när hon kommit i jämnhöjd med honom. Jag trodde det var stadsbor som höll på med sånt där.

Han höjde på ena ögonbrynet, men sa inget.

– Idag skall jag prata med chefen om fruntimmerskvällar.

– På så sätt, sa MacFie och gick in genom sin grind.

Han log mot henne. Ändå kände hon sig påträngande.

– Sen kan jag sätta upp lappar runt om på Saltön. Fast först får jag väl skaffa en cykel.

– Det låter som en bra idé, sa MacFie och ställde sig på förstukvisten och vred ur badbyxorna. En stor röd katt kom och strök sig efter hans ben.

– Vad heter den? frågade Sara och ångrade sig i samma stund. Det är väl bara i stan och i barnböcker man har namn på katter och kor?

– Clinton.

Sara skrattade.

– Clinton! Det heter faktiskt USA:s president. Men det kanske du känner till?

MacFie vinkade lätt och gick in i sitt hus.

Bina hade tystnat.

När biblioteket öppnade klockan elva stod Johanna och väntade utanför. Det var inte Hans-Jörgen som låste upp dörren utan en sur gammal tant som hon inte ens visste namnet på.

Johanna gick fram till disken med bultande hjärta och där satt han.

Han tittade inte ens upp från datorn, var djupt koncentrerad på sitt arbete. Hans smala vita händer vilade på tangentbordet och armlänken blänkte när han studerade skärmen.

Johanna hade sminkat sig noga och tuggade på en persiljekvist. Ingen kunde ana att hon druckit så mycket föregående kväll och säkert märktes inte heller vodkaskvätten hon hällt i morgonjuicen. Hon hade Kristinas röda klänning och när hon viskade hans namn såg han upp och log.

– Johanna! Har du redan läst ut Gardell? Vad tyckte du?

Den gamla sura kvinnan utan namn gick fram till disken och började rycka vissna blad från en flitiga Lisa i en plastkruka dekorerad med måsar och en sjöbod.

– Du kom inte igår?

Hans-Jörgens ansiktsfärg djupnade och han harklade sig.

– Nja, det blev inte så förstår du. Det är en del att göra när man äntligen kommit hem från jobbet. Du vet hur det är.

– Men du har väl ingen mer att tänka på än dig själv? Jag har passat upp Magnus i alla år, men nu är det slut med det. Förresten har han gått och blivit kär. Du vet vad kärleken kan uträtta med människor.

Hans-Jörgen log.

– Är det någon annan bok du är intresserad av eller vill du gå och botanisera själv bland hyllorna, Johanna.

Hon stramade upp sig.

– Jag botaniserar nog själv helst.

När hon kom ut slog kyrkklockorna. Hon visste inte varför. Kanske begravning. Hon satte sig på en bänk i parken.

– Mata duvorna, sa hon. Varför matar jag inte duvorna också och skaffar rullator och hopfällbart brunt paraply och vit stråhatt.

Kristina tittade upp när hon hörde kyrkklockorna. Undrar varför de ringde en vanlig tisdag? Det var väl någon gubbe i Månssons fabrik som trillat ner i en silltunna som skulle begravas.

Hon skrattade och gick in för att hämta sololja i badrummet när hon hörde ljudet av Månssons bil. Tur att hon inte höll på med något roligare. Det hände att han kom hem på lunch och överraskade henne, men nu var klockan bara kvart över elva.

Det blev mörkt i rummet när han stod i dörren och hon var redan solblind så hon höll upp handen för ögonen.

– Jaså du tror att jag skall slå dig. Då har du i alla fall vett att inse vilken slyna du är. Nu skall sanningen fram, lilla lycksökerska.

Det första slaget träffade på ögonbrynet och fick blodet att strömma, det andra kom på vänster käkben.

Hon gnydde som en hundvalp.

Karl-Erik höll henne i ett järngrepp om axlarna och skakade henne så huvudet for åt alla håll.

– Vad är det? Jag har inget gjort! Är du skvatt galen, människa?

Hon försökte slita sig loss, men hans högröda ansikte var tätt intill henne.

– Så du erkänner inte!

– Vad då. Jag har tagit en flaska vin i källaren, flämtade Kristina. Det var till mig och en väninna.

– Gör dig inte dummare än vad du är, din sköka.

Han slet loss en hårtofs från hennes hjässa och Kristina sjönk gråtande ner på sängen och höll om huvudet.

– Kondomerna. Jag talar naturligtvis om kondomerna. Var fan är de? Ta fram dem och tala om vad du skall ha dem till.

– De är inte här. De var inte till mig fattar du väl.

– Utan till mig kanske. Nej bättre kan du.

– Vi skulle ha dem till möhippan och blåsa upp dem till roliga ballonger.

Hon brast i gråt.

– Vilken möhippa? Vad heter bruden? Ge mig namn och telefonnummer. Du har trettio sekunder på dig. Exakt. Räkna tycks du kunna. Var det fyra kondomer?

Plötsligt vred sig Kristina loss och tog ett språng för att hinna mot dörren, men Månsson var överraskande snabb trots sin övervikt. Han hann ikapp henne och med ett fruktansvärt vrål pressade han ner henne på sängen med höger knä och vänster arm. Han sträckte ut höger hand och tog den tomma champagneflaskan från nattduksbordet och slog ursinnigt av flaskhalsen mot bordskanten.

Det knastrade i ledningarna, men när Paula äntligen kom till telefonen lät inte rösten mer avlägsen än om hon suttit i Göteborg.

Emily stod tätt tryckt intill telefonautomaten med en frottéhandduk om huvudet.

– Vad bra det hörs, Paula. Det är nästan som om du befann dig här på Saltön!

– Var det därför du väckte mig. För att berätta om telefonledningarna.

– Förlåt jag visste inte att du sov.

– Nej, hur skulle du kunna veta det. Du är väl bara intresserad av dig själv.

– Tänk om du kommit hem till midsommar, Paula, så roligt det hade varit. Kommer du ihåg de där smörbakelserna jag bakade när du var liten som du tyckte så mycket om. Med min egen hallonsylt till. Minns du när vi plockade blommor borta vid gläntan bakom sjöbodarna på midsommaraftons morgon.

– Vad vill du? Jag har ett arbete att sköta. Vi har svältande människor omkring oss. Kroppsligen och själsligen. Jag behöver all vila jag kan få.

– Ja jag ville egentligen ingenting.

Emily började plötsligt gråta.

Hon försökte sluta men det var stört omöjligt. Hela hennes kropp skakade medan hon krampaktigt höll fast i luren.

– Hur är det, mår du inte bra?

Paulas röst hade mildrats något.

– Jag behövde bara höra att du har det bra.

– HAR DET BRA! Hur blind och döv och enfaldig kan en människa överhuvudtaget bli.

– Hej då Paula, jag hälsar väl pappa och säger glad midsommar från dig?

– Midsommar är en förljugen hednisk rit. Postgirot till missionsstationen sitter på ditt kylskåp men du hinner väl aldrig se dörren när du är hungrig.

När Paula lagt på luren började hon gråta.

– Vad jag är trött på Gud och alltihop, sa hon och såg mot britsen där hennes make sov under moskitnätet med svettpärlor på överläppen.

Blomgren beslöt sig för att ta lunchrast utanför affären. Detta hade ytterst sällan hänt trots att han haft möjlighet. Flickan såg nog så barnslig ut men kunde faktiskt klara hela verksamheten i affären kortare stunder, inklusive spelverksamheten.

Det är klart att det blev fel ibland när gubbarna stressade henne med olika sorters trav- och fotbollssystem, lottokuponger och andra spel. Flickan fick röda fläckar på kinderna när hon försökte se den stressade spelaren i ögonen.

– Datorn säger att du har räknat fel, Orvar.

– Räknat fel!

– Du kanske inte har tryckt tillräckligt hårt med pennan. Du måste använda mera kraft. Datorn säger det.

Ett sådant förslag räckte för att försätta travgubbarna runtomkring i spelhörnan i hejdlösa skrattparoxysmer. Även de som stod och hängde med näsan i väggen där de aktuella travprogrammen var fastsatta fällde lustiga kommentarer utan att fördenskull lämna statistik och förutsättningar med blicken.

– Såg du provstarten i TV. Habanera, den sätter jag inte fem kronor på ens, så nervös och hoppig som kusen är, jaså du måste använda mera kraft, Orvar. Hörde du inte vad Flickan sa till dig. Mera kraft, Orvar.

Oftast gick Blomgren raka vägen till mikron och värmde en bit hemlagad paj som Emily hade skickat med honom. Ibland hade hon gjort äkta danska smörrebröd med små förtjusande gurk- och rädisskivor eller syltlök som dekorationer och vid andra tillfällen hade hon skickat med honom en termos med gräddig svampsoppa, spetsad med sherry, till exempel Bristol Cream som hon inhandlat på färjan från Sandefjord.

Svampen – företrädesvis Karl Johan hade hon plockat vid sina specialställen på berget på andra sidan motionsgården.

Det var märkligt att denna feta bekväma kvinna varit en så flitig flanör i terrängen runt motionsgården, tyckte Blomgren. Emily som hade givit klumpigheten ett ansikte och inte ens kunde dansa schottis. Satt som en säck potatis på en stol i ungdomsåren när han släpat med henne till folkdansgillet. I schottis kunde Blomgren sexton turer.

Rännandet i skogen berodde sannolikt på alla promenader i barndomen när hon fått följa med sin pappa i terrängen. Allt hon gjort i sällskap med sin far verkade heligt bara för att han var doktor.

Blomgren hade aldrig begripit sig på sin svärfar. Han undrade ofta om uppblåstheten kom sig av allt fettet på kroppen eller av ren yrkeshögfärd.

Under många hemska söndagsmiddagar hade Blomgren muntrat upp sig med att tänka: Ja där sitter du din gamla feta noshörning, men snart är din tid ute, så doktor du är.

Under tiden hade svärfadern med mässande men välvillig röst undervisat sin måg om hur det stod till i världen, med särskild inriktning på bakteriefloran i tropikerna.

Men maten var god; det kom man inte ifrån. Fast fet.

Blomgren brukade inta sin lunch stående i det lilla pentryt bakom skynket och om det kom in någon kund gick han genast ut i affären även om han fortfarande hade lunchen i munnen och vid ett tillfälle till och med en persiljekvist i mungipan.

Baskermannen påminde honom länge om denna incident.

Flickan var tålmodig. Aldrig att hon blev uppretad för att Blomgren ständigt tycktes ifrågasätta hennes kompetens.

– Bäst att du frågar Blomgren själv, sa hon när Blås-Anna frågade efter påskkort i november. Blomgren vet bäst.

Denna smärtsamma dag hade han ingen lunch med sig och det hade nog inte hänt sedan Emily låg på BB i Göteborg och födde

Paula. Vid andra tillfällen när hon varit borta på resa en eller två nätter till exempel i samband med teaterbesök i Stockholm eller begravningar av avlägsna släktingar, hade hon alltid gjort i ordning lunchpaket i förväg.

Nu parades hungern dessutom med illamående och huvudvärk efter måndagskvällens sena sittning med den unge hyresgästen.

Blomgren beslöt sig för att ta en rask och livgivande promenad genom parken till Puttes korv och bröd. Det fanns både kebab- och pirogbagare på närmare håll, men kebab och pirog var inte mat som Blomgren visste något om. En gång hade han ätit rå fisk från Japan och det tänkte han inte göra om.

Det var vindstilla och knappt ett moln på himlen. På bänkarna i skuggan av de gamla lindarna satt äldre människor och åt glass. Några barn rastade en pudel på gräsmattan och vid flaggstångens fundament halvlåg ett älskande par i det höga gräset dit kommunens gräsklippare inte nått.

Blomgren styrde stegen mot Puttes på andra sidan parken när han fick syn på Johanna som satt på en bänk och såg översiggiven ut.

Blomgren tvärstannade och hungern var bortglömd när han bytte riktning.

Han kände sig med ens både spänstig och manlig när han stegade fram mot henne. Hon märkte honom inte förrän han redan satt sig bredvid henne och lagt armen om henne.

– Inte skall en sådan vacker flicka sitta här och gråta mitt på arbetstid.

Johanna såg upp på honom med rädda ögon.

– Hej Thomas.

Rösten bröts. Hon tog upp ett par vita bomullstrosor ur fickan och snöt sig kraftigt.

– Jag vet varken ut eller in.

– Nej, vem vet det, sa Blomgren utan att ta bort armen.

Mest undrade han varför hon gick omkring med trosor i fickorna. Vad lite man vet om sina medmänniskor, till och med dem som varit ens klass- och barndomskamrater.

– Jag känner mig så värdelös.

– Du! Det är omöjligt. Du som är så duktig. Arbetat och strävat på fabriken i hela ditt liv. Och karaktär har du som behållit din fina figur. Samma som i skolan. Och din pojk har du uppfostrat och skött om.

– Och hur har han blivit!

– Det förstår du nog inte som är kvinna, men alla pojkar måste gå igenom ett och annat innan de mognar. Och den där gången förrförra midsommaren i affären var de helt enkelt bara röksugna. Det var absolut inte Magnus idé heller, det förstod jag direkt när jag pratade allvar med grabbarna om mitt och ditt.

– Vad talar du om, Thomas? Vad har Magnus varit inblandad i?

Hon tappade trosorna i gruset under bänken.

Blomgren tog upp dem och borstade av dem med handen.

– Ingenting. Absolut ingenting – och det var ju så länge sedan. Din pojke är sund och stark – en dag sitter han där med en egen liten familj att ta hand om. Nej du Johanna, ingenting vet man. Se på min Paula som haft båda föräldrarna svansande runt sig och beundrande varje steg hon tog. Pappas ögonsten! Nu har hon bara en pappa och det är Gud. En frikyrkogud.

Blomgrens ögon tårades.

– Säg mig Emily, förlåt mitt huvud pratar som det vill. Säg mig Johanna, varför du inte är på fabriken. Du är ju känd för att inte missa en enda arbetsdag.

– Jag ringde till Månsson igår och sa att jag tänkte säga upp mig. Jag kände att någonting måste hända i mitt liv. Något. Vadsomhelst.

Blomgren begrundade vad hon sagt. Han tog bort armen och satte sig rakt upp på bänken och lade ifrån sig trosorna på bänken innan han tog till orda.

– Men vad skall du göra istället, Johanna? Något måste du väl göra?

Johanna ryckte på axlarna.

Blomgren reste sig upp. Hans kinder blossade. Han tittade ner på gräset och tänkte för ett ögonblick falla på knä bland grässtrån och fimpar. Istället fattade han Johannas båda händer i sina.

– Johanna, sa han. Gå och säg upp dig för evigt hos Månsson om du känner det så och välkommen som biträde i Blomgrens Tobak.

Johanna blinkade.

– Menar du allvar? Flickan då?

– Flickan kan gå. Hon har inget kontrakt. Hon är ung. Hon kan få något annat. Hela världen väntar säger de, nu när vi är med i EU.

– Men jag är så dålig i matte.

– Vi har räknemaskiner Johanna, elektroniska kassaapparater och datorer. Tror du Flickan kan räkna? Eller kunderna. Glöm det – det är bara jag som använder huvudet i min affär.

Johanna log mot honom under lugg. Hon såg ung ut.

– Jag kanske inte kan betala så bra i början, men du får då friare tider och inga värkande axlar. Vill du ha betänketid?

Johanna reste sig och gnuggade ögonen så mascaran spreds över kinder och ögonbryn. Sedan sträckte hon fram sin torra seniga högerhand.

– Tack chefen! Någon betänketid behöver jag icke. Och nu tänker jag gå raka vägen till Karl-Erik Månsson.

Johanna gick med beslutsamma steg genom gränderna. Hon såg allting klart.

På den goda sidan: Hon hade ett nytt jobb och en arbetsgivare som samtidigt var hennes ytterst goda gamla vän. Mer än vän – det kändes som en alltmer växande visshet. Hans-Jörgen, en liten förgrämd bibliotekarie hade bara varit den utlösande faktorn, han som fått henne att minnas att det fanns kärlek. Det var Blomgren som var mannen i Johannas liv.

På den dåliga sidan: Ekonomin och alkoholen. Den senare betydligt mycket lättare att ta itu med. Hon hade kört sitt korta varv i träsket och det hade bara gjort henne destruktiv och givit henne påsar under ögonen. Självklart ingen konst att avstå. Ekonomin var som den var. Vidare på dåligsidan: Inte lätt att erkänna men det var den nya vänskapen med Kristina, ett rent fördärv. De hade absolut inget gemensamt. Nästa gång Kristina ringde och tjatade skulle Johanna göra processen kort.

– Umgås med de dina, flicka lilla, allt annat leder bara i fördärvet.

Johanna hörde sin mammas röst inne i huvudet.

Solen sken på de vita trähusen som kantade gränderna. I många små gårdshus bodde sommargäster vilket innebar att trädgårdarna var överbelamrade med uppblåsta plastjollar, krokodiler och dinosaurier. Surfingbrädor stod lutade mot staketen bredvid trehjulingar, mountainbikes, drakar, dykarutrustning, paddlar, fiskespön, räkhåvar. Johanna undrade ofta hur göteborgarna och stockholmarna fick plats med alla sina prylar i stan. Eller köpte de kanske nya prylar på tappen varje semesterstart och skickade dem till tredje världen när sommaren var slut?

Storstadsbor lär ju vara så medvetna om stora världen.

Hon passerade Stora Hotellet där man redan startat dagens after-beach med en discjockey i hawaiikläder som spelade hög musik för loja vitklädda tjugoåringar med paraplydrinkar.

Johanna passerade tryckeriet som redan hade semesterstängt, bilskolan som satsade på internat med nya teorimetoder över sommaren och färgaffären som hade en liten trottoarförsäljning med utgående nagellack och blandade after sun-produkter.

Vägen planade ut och blev bredare. Trottoarerna försvann och kullerstenen ersattes av asfalt när hon närmade sig fabriksområdet.

Det var sista veckan före semesterstängning för flera industrier och två veckor till semestern för båtbyggarna och varven.

Baksidan av Månssons fabrik låg insvept i dammoln och fiskluften kändes ovanligt frän i hettan.

Johanna tittade på den gröngrå fabriksbyggnaden i cement, på containern utanför personalköket, på den svarta nakna bergväggen bakom fabriken som låg mot norr och aldrig blev varm. Istapparna hann knappt smälta efter våren förrän det var höst. Småpojkar och amatörzoologer som var på jakt efter slemmiga småkryp betraktade klippväggen som ett rent paradis.

Johanna såg på allt detta och det kändes som om det var första gången hon betraktade sin arbetsplats utifrån. Med en främlings bedömande blick.

Hon rätade på ryggen, drog axlarna bakåt som hon läst i månadsmagasinets självsäkerhetsskola och beredde sig för att gå in genom fabriksporten som hon gjort varenda dag i hela sitt vuxna liv.

Just då kom Karl-Erik Månsson själv körande i hög fart i sin vita Volvo och svängde in med skrikande däck på sin extra breda privata parkering.

"Parkering Verkställande Månsson" stod det på skylten.

Johanna hejdade sig och kände ett starkt stråk av herrparfym när Månsson slet upp dörren till kontorsavdelningen. Han hejdade sig när han fick syn på Johanna.

– Jaså du är ute och spankulerar så här dags på dan?

– Du minns väl att jag ringde dig igår?

– Ja, men jag ville inte påminna dig om det, eftersom du var full som ett vårdike.

Månsson skrattade men ögonen var fientliga.

– Ja, men det är jag inte nu. Full alltså. Jag har kommit för att säga upp mig.

– Är alla kärringar från vettet i sommar?

Han skakade på huvudet. Johanna tittade på klockan.

– Kom med mig upp på kontoret då.

Karl-Erik Månsson gjorde en gest mot kontorsdörren. Han höll inte upp den för henne

När hon skulle ta emot dörren upptäckte hon färska klösmärken på hans breda bruna högerhand.

– Har du skaffat katt, Månsson? Ja han lär inte svälta ihjäl i så fall.

Karl-Erik tog ilsket upp en näsduk ur sommarkostymens bröstficka och försökte torka bort skråman. Han blängde på henne.

– Inbilla dig inte att du kan komma tillbaka när du en gång slutat.

Johanna gapskrattade honom rakt i ansiktet. Det kändes helt naturligt.

Karl-Erik Månsson tvärstannade i den branta stentrappan som ledde till direktörsrummet. Han stirrade på henne, lyfte den oskadade handen och pekade triumferande på Johannas näsa med vänster pekfinger.

– Vad fan, är det du av alla människor som har vunnit på Lotto.

Hans andhämtning var tung.

Johanna klippte med ögonen. Han sänkte rösten och tog henne plötsligt hårt om nacken.

– Jag skall hjälpa dig att placera dina pengar på ett vettigt sätt. Det där är en konst förstår du och ingenting för fruntimmer. Ring mig så fort du fått besked om när du skall hämta ut vinsten.

Han steg muntert fram till ett arkivskåp.

– Se så där, det här formella får vi väl klara upp först. Personnummer, vilket jävla tjafs! När var det du blev anställd?

Johanna smålog kyligt mot sin före detta arbetsgivare när han förbindligt sköt ner några pärmar i golvet för att hon skulle kunna sätta sig i besöksstolen.

Just som Sara försökte stiga in genom dörren till det minimala kontoret bakom Lilla Hunden kände hon ett hårt grepp om sin arm. Naglar.

– Och vad tror du att du har härinne att göra?

– Jag tänkte tala med min chef.

– Men han tänker inte tala med dig. Har du något att klaga på så skall du tala med mig. Annars sitter det hungriga gäster därinne och väntar.

– Jag börjar för fan inte jobba förrän om tjugo minuter. Jag skall tala med Kabbe om mitt projekt. Det jag nämnde igår.

– Projekt. Mycket skall man höra innan öronen ramlar av och förresten är han i Göteborg i affärer.

– Men han sitter ju därinne. Jag ser honom ju för fan härifrån.

Sara slet sig loss och gick in till sin chef.

Han satt bland travar av blanketter, post, fakturor, gamla tidningar och matsedelsförslag. På bordet fanns också en skål med en död guldfisk som han använde som askfat.

Han log mot Sara utan att ta cigarretten ur munnen.

– Stäng dörren efter dig Lotten, sa han.

Sara ställde sig bredbent framför skrivbordet och såg honom i ögonen.

– Jo jag tänkte höra om det där jag föreslog igår. Det var inte skoj om du tror det. Jag har kalkylerat lite. Jag tycker att vi gör en sorts tjejkvällar en gång i veckan. Inte med föredrag om det är för seriöst, men att alla tjejer som kommer före klockan tjugo får äta och dricka för halva priset och sitta vid ett särskilt bord. Det skulle sprida sig också bland killarna, så det kom flera av dem. Så gör de i Göteborg i alla fall.

– Vad de gör i Göteborg intresserar mig föga.

Han fimpade och lutade sig bakåt i skinnfåtöljen medan han granskade Sara uppifrån och ner.

– Och var kommer du själv in i bilden?

– Se mig för fan i ögonen när du pratar med mig. Jag känner till att jag har andra kroppsdelar.

Hon tog ett djupt andetag.

– Jag tänkte att det skulle vara en slags klubb och jag är ordförande och sköter pappersjobbet med reklam till tjejer och medlemskort och så där. Jag kan i alla fall få pröva? På torsdag till exempel – då börjar jag inte förrän åtta. Om tjejerna får komma klockan sju hinner jag förklara för dem att det inte är en engångsföreteelse.

Han tände en ny cigarrett och betraktade henne tankfullt genom rökslöjorna. Det var kvavt i rummet.

– OK, du får en enda chans. På torsdag. 50 procent till alla medlemmar i din lilla klubb. Det gäller en gång och pracka inte på mig några kostnader i efterhand. Och bara riktiga snyggt klädda människor. Släpa inte hit någon från det där jävla knarkhemmet.

– Jag visste inte ens om att det finns ett knarkhem.

– Nådåså. Stick och jobba nu. Jag har viktigare saker för mig.

– Ha det så jävla kul i Göteborg.

Emily vände sig till flickan i receptionen. Hennes flätor var så hårda att ögonbrynen åkt upp i pannan.

– I övermorgon är det midsommarafton, sa Emily och log. Hennes bröst vilade tungt på receptionsdisken.

– Och?

– Och då är det gott med något starkt.

Flickan fortsatte att se förvånad ut men hon letade inte efter någon larmknapp.

– Kanske skall du eller din fästman med den gröna mössan till systemet före midsommar, för då undrar jag om du kunde köpa ut en flaska Läckö brännvin åt mig. Jag har pengar, men jag har så svårt att komma dit för jag har ont i benet. Jag kommer hit varje dag som du säkert har märkt. Du får pengar nu och jag hämtar flaskan här på fredag.

Flickan betraktade undrande först Emilys ansikte och sedan hennes ofantliga bröst. Kunde det vara silikon?

– Jag har ingen fästman. Han med den gröna mössan är min kille bara.

– Ja ja, det angår ju inte mig. Jag har bara sett er tillsammans ibland, som när du slutade jobbet i går. Du gick visst lite tidigt. Det var stängt en kvart i.

Flickan bet i en fläta.

– En flaska Läckö brännvin bara.

Emily halade fram en skrynklig femhundralapp ur fickan på träningsoverallen.

– Får jag en hel flaska Läckö och kanske också en flaska sött körsbärsvin, så kan du behålla växeln. Du jobbar väl på midsommarafton?

Flickan stirrade på sedeln.

– Går det bra med smuggel?

Emily tvekade en stund, sedan började hon skratta. Hon rätade på kroppen.

– Smuggel, skogsstjärnan, vad som helst, bara det är starkt.

– Skogsstjärnan, vad är det?

– Hembränt förstås.

– Vi säger HB.

– Det skulle min far höra. Han är ändå läkare! Men kalla det vad du vill, bara du inte lurar mig.

Brösten kom närmare.

Flickan nickade.

– Är det du som bor i en bil?

Emily ryckte till.

– Det trodde jag ingen visste.

– Alla pratar om det.

Emily stramade upp sig och så fort hon fått löfte om att hämta sina varor på midsommaraftons morgon begav hon sig raskt mot dungen med bultande hjärta.

Talade alla om det? Hade de sett något? Hela Saltön! Blomgren också? Hade alla sett när hon och Ragnar? Det hade prasslat till i buskarna en gång vid ett känsligt ögonblick men hon hade tagit för givet att det var en hare.

När hon kom fram till bilen iakttog hon den med vemod.

Det första dygnet hade hon betraktat det nya hemmet som ett rent provisorium men efter hand hade hon börjat inrätta sig och nu mindes hon knappt hur man betedde sig i ett vanligt hus. Hon hade ett vagt minne av att hon brukade använda tofflor när hon donade i hemmet om kvällarna, ljusblå tofflor som hon placerade under sängen när hon lade sig. Och så brukade hon smörja in armbågar och knän med vad det nu var och läsa Allt om mat tills tidskriften ramlade ner i ansiktet på henne och de rosa läsglasögonen flög åt sidan. En väckarklocka hade hon haft. Så befängt när det fanns en sol.

Det bästa hade naturligtvis varit att åka vidare, sätta sig och köra så länge orken och bensinen räckte. Stanna till vid en liten insjö eller i en bokskog och inrätta sitt sommarhem på nytt.

Men kärleken hade satt upp gränserna. Hennes nya stora projekt var att inbjuda till det mest lyckade och imponerande midsommarkalaset i mannaminne – det hon och Ragnar skulle ha. Hon skulle göra ett överväldigande intryck på honom helt utan spis – då måste man vara en gammal rutinerad husmor för att kunna knepen.

De där vedervärdiga somrarna med båten utan tillstymmelse till ugn och med ett kränglande spritkök hade trots allt varit nyttiga. Pappersservetter fanns det tyvärr bara i motionsgårdens lilla servicebutik men även en pappersservett kan bli en svan i händerna på en mästare.

Hon slog upp dörrarna och vädrade sin bil efter några misstänksamma ögonkast runt om.

– Kom fram ni, ropade Emily. Jag är inte rädd för någon.

– Det är bra, min flicka. Det är bra.

Hon vände sig mot talldungen. Hade hon fått hungerhallucinationer? Frukosten hade visserligen varit rejäl i motionsgårdens kafeteria men något mellanmål hade hon inte unnat sig än.

Hon gick närmare tallarna och där på en stubbe satt hennes pappa lika självklart som om han deltagit i Rotarys måndagslunch.

Han sträckte fram handen och klappade henne lite tafatt på underarmen.

Emily sjönk ner på marken ett stycke bredvid honom. Han betraktade henne forskande, men hans sinnestillstånd kunde hon inte avläsa.

– Har du gått hit upp?

Hon betraktade oroligt hans röda ansikte och tjocka mage som spände ut västen under den ljusa linnekavajen.

– Varför skulle jag det? Jag åkte med Lisas taxi.

– Men hur visste du att jag var här, pappa.

– Det hörde jag på Konsum. I fiskdisken.

De satt tysta en stund, en besvärande tystnad.

– Så alla vet det.

– Jag antar det. Alla utom Blomgren möjligen. Det brukar ju vara så.

Hans blick blev inåtvänd.

Talade kanske ryktet sant att han haft en rad älskarinnor medan hans fru legat till sängs och läst kakrecept? På skolgården hade Emily hört av en av de större flickorna att doktorn brukade ligga med damer på den gröna bårvagnen, fast bara på lördagar när mottagningen var stängd.

Emily hade blivit vansinnig och sprungit fram och sparkat, klöst och slagits tills några andra stora flickor skrattande tagit hand om henne.

– Så du är arg på mig då pappa?

– Varför skulle jag vara det? Du har väl dina skäl.

– Varför blev jag inte lärarinna, pappa?

– Ja, det kan man ju fråga sig.

– Varför gifte jag mig med Blomgren?

– Det kan man också fråga sig. Med fog.

– Fråga sig och fråga sig. Det är väl ingen konst att svara så där.

– Men det är ju så det är, flicka lilla. Jag är inte så dum så jag ger dig några lösningar eller råd. Tänk efter. Har du själv försökt ge Paula några råd och hur har det i så fall gått med dem? Nej, sånt där lär man sig att låta bli. Med tiden.

Emily stirrade ner i ljungen där en myra kånkade i väg med ett tallbarr. Hon kände sig tung.

– Jag kom hit för att se hur du har det och om du behöver någonting.

Emily skakade häftigt på huvudet.

– Jag behöver inget.

– Du vet: alla människor måste fatta sina egna beslut, i alla fall om de är vuxna och har huvudet i behåll. Tänk på MacFie som var bäst i klassen när vi var små. Vilket läshuvud. Och vilken karriärmänniska han var. Spelade inte fotboll ens en gång för att han inte kunde missa radionyheterna som basunerade ut vad som hände i stora världen. Så var han också etablerad och berömd utrikeskorrespondent innan jag var färdig läkare. Aldrig att han unnade sig något förrän han var på topp. Du kan nog inte fatta hur framgångsrik han var. Den största kännaren av fransk politik Sverige haft. Diplomater och regeringsmedlemmar frågade honom till råds. Inofficiellt givetvis. Han syntes i debattprogram i TV och hördes i radion. Hans pariskrönikor var en fröjd att läsa.

Jag hälsade på honom en gång när jag var på läkarkongress i Nice. Då hade jag inte sett honom sedan skolan, fast vi hade viss brevkontakt. Han satte aldrig foten på Saltön när han var i Sverige. Man kunde ta honom för en fransman. Inga barn. En anorektisk fransk fru och några små hundar. Men det var något vemodigt över honom. Något jag inte kände igen. Jag frågade om han var sjuk, men det var han inte.

– Jaså, den där gamla enstöringen, MacFie, det visste jag inte. Jag vet bara hur han ser ut och att han håller på med sina bin.

– Och så, utan förvarning efter decennier av hårt arbete, internationell karriär och all uppmärksamhet sa han plötsligt adjö till alltihop inklusive frun och Paris. Och så kom han hem och köpte det där lilla grå förfallna huset på udden. Sen dess har han inte varit härifrån. När jag frågade honom varför, sa han bara att han tröttnat. Han har alltid varit en sluten man.

– Vad gör han då?

– Han övertog Emil Franssons bin som du sa och alla människor sa att nu har MacFie blivit galen. Saltö Tidning kastade han ut när de kom dit och ville intervjua honom. Ungarna pekade finger och alla människor viskade bakom ryggen på honom. Inte ens elektricitet i huset, vilket jämmerligt liv. En massa rykten kom i svang, men MacFie gick aldrig i svaromål. Inte en enda gång. Nu köper folk till och med honung och krusbärsmarmelad av MacFie.

– Vilken historia, pappa, jag har aldrig hört detta förut.

– Inte hört på menar du väl.

– Men vad har det med mig att göra?

– Inte vet jag. Något att fundera på, kanske. Nu skall jag gå, min flicka. Jag antar att du behöver kontanter.

Han tog upp sin tjocka svarta plånbok ur bakfickan – samma som han haft när hon var liten – och tömde sedelfacket sånär som på tvåhundra kronor.

– Taxin väntar vid motionsgården, sa han och reste sig med viss möda.

Emily stod och tittade på honom med hängande armar men när han log sprang hon fram och kastade sig om hans hals.

– Du har alltid varit pappas flicka, Emily.

Emily nickade.

– Paula har också alltid varit Blomgrens flicka. Honom föraktar hon inte. Han får nästan säga vad han vill till och med om frireligiösa utan att hon blir arg. Konstigt nog är det en tröst.

Kristina vaknade av att hon måste kräkas. I badrummet slet hon ner det gömda papper som skulle varit fulltecknat vid Karl-Erik Månssons död.

– Jag tänker inte vänta.

Hon rev sönder sitt prydliga papper i småbitar som hon spolade ner.

Ögonbrynet var ilsket rött och läppen var uppsvullen och öm och hon blödde ur underlivet och hade fasansfullt ont.

Hon tog en smärtsam lång och ljummen dusch och drog på sig en chockrosa mysdräkt från högstadiet som hon bevarat av sentimentala skäl. I källaren hämtade hon en flaska whisky och sedan gick hon ut i friggeboden som hon låste inifrån. Hon drog ner rullgardinen med små ljusblå moln som Karl-Erik Månssons andra fru installerat och kröp ner i en gammal grön sovsäck som luktade fukt. Två mögliga frottésockor låg kvarglömda en bit ner i säcken. Hon hade mobiltelefonen i handen men visste ingen som hon kunde ringa. Hon skakade i hela kroppen och mobilen åkte ner på golvet. Hon orkade inte ta upp den.

Fredrik kom flinande in och köpte snus.

– Och så en stor Coca-Cola förstås, sa han och lutade sig över disken och klappade Blomgren på axeln. Det behövs idag. Tack för i går förresten.

Baskermannen som stod och bläddrade i en Hustler vände sig häftigt om och Blomgren mumlade något ohörbart när han tog fram en Coca-Cola från kyldisken.

– Ja i Saltön vet man hur livet skall levas, skrattade Fredrik.

– *På* Saltön, sa Baskermannen och återgick till sin tidning efter ett menande ögonkast på Blomgrens lillebror som studerade startfältet i sjunde loppet på Solvalla i en liten TV uppe vid taket.

– Hör ni gubbar, sa Fredrik, vem är det som sopat hem Lottovinsten?

– Där flög Lady Hamlet, sa Blomgrens lillebror.
– Hoppas att det är en ung och vacker änka, sa Fredrik, något för mig alltså.
– Skall du ha något mer? Annars blir det sextionio och femtio.
– Här har du sjuttio, sa Fredrik. Det är jämnt.
Blomgren stirrade mörkt på dörren när den gick igen efter hans hyresgäst men hans ansiktsdrag förändrades som ett aprilväder i Bohuslän när Johanna steg in genom dörren.
Han lutade sig fram över disken.
– Hur gick det, Johanna?
– Som smör i solsken. När kan jag börja?
Blomgrens lillebror och Baskermannen vände sig samtidigt mot disken.
– Vad är det som pågår här egentligen?
I detsamma öppnades dörren igen och Blomgrens tobak uppfylldes av åtta glada tonåringar som ville köpa öl.
– Schyssta, vi kan väl få köpa. Bara några folköl. Schyssta.
– Kom igen när ni är torra bakom öronen, sa Baskermannen och plockade ner en Playboy från hyllan.
En flicka i gul brodyrklänning vinglade fram till Baskermannen på höga bruna platåkängor.
– Kolla, det är ju han. Han som talar om fjärilar och sånt på TV. Kalle Anka!
– Kalle Anka är det inte. Arne Weise menar du.
– O ja, det är Arne Weise, sa flickan och skakade ut sina lockar över Baskermannens bröstkorg.
– Å får jag din autograf, schyssta.
Baskermannen skruvade på sig.
Blomgrens lillebror låg dubbelvikt av skratt.
– Du hör väl, hon vill ha din autograf. Skriv nu när du har chansen. Jag har en Tumba-Johansson hemma som jag har ärvt av min morbror. Och en Sammy Davis Junior, fast den är liksom tryckt. Kanske jag kan få din också?
– Jag har ingen öl, sa Blomgren. Loranga har jag.
Baskermannen höll i sin basker. Brodyrflickan hängde runt hans hals.

– Kan du sjunga "Ser du stjärnan i det blå"? Sjyssta.

– Har du hört något från Emily? frågade Johanna. Var är hon egentligen?

Blomgren svalde.

– Hon är i gott förvar, sa han. Hon har ringt.

När Sara sprang hem för att hämta skolans tuschpennor krockade hon med Magnus i trappan.

Han såg förtjust ut.

– Kommer du?

– Ja jag bor ju här.

Hon gav honom en mycket trött blick.

Han tittade på hennes axel.

– Jag undrar om du vill följa med mig på dansen på midsommar – inte töntdansen på campingen alltså. Den riktiga. Den som börjar nio på dansbanan i hamnen.

– Inte, sa Sara och gick förbi honom, men vände sig försiktigt om för att kolla reaktionen.

– Va?

– Inte betyder INTE vill jag det. Nej, njet. No. Nein. Non. Niente. Aldrig. Glöm det. Över min döda kropp. Goodbye. Auf Wienerschnitzel. Har du förstått? Att du överhuvudtaget vågar tilltala mig! Du är bara ett stort jävla skämt.

– Och du är inte ens en kvinna.

Magnus ögon var svarta.

Sara sprang uppför trappan. Hon var nöjd.

Sittande på sängkanten övergick hon till att texta nio plakat. Magnus var ju en vuxen man. Då måste man klara ett nej utan att hänga läpp.

"Tjejer i alla åldrar, hör hit! Kom till Lilla Hunden. Halva priset på torsdag, en förfest bara för er kvällen före midsommar, men ni måste komma klockan nitton prick. Överraskningar!"

I shortsfickan hade hon häftstiften hon tagit från anslagstavlan i hamnen. När hon sprungit en bit önskade hon att hon lagt dem i en ask.

Hon satte upp anslag i hamnen, på biblioteket, på Kommunalhuset, ganska nära kyrkan, på Folkets Hus, vid Systembolaget, i Konsum, på pensionatet, vid badet, i parken och utanför Lilla Hunden.

Omtumlad öppnade Emily bildörren och satte sig på passagerarsätet. Hon fällde ryggstödet bakåt, slöt ögonen och föreställde sig det underbara mötet mellan hennes pappa och Ragnar. Hon hörde deras röster, deras intelligenta och intellektuella konversation, så fjärran från den ansträngda tystnad som rått mellan doktorn och Blomgren. Det enda de hade gemensamt var uppfattningen att ungdomen ansträngde sig för lite. Jobb finns det för den som vill. Och vädret är bra. Vindarna blåser. Därmed upphörde söndagsmiddagens samhällsdebatt.

Hon hade svårt att tänka sig en framtida tillvaro i Blomgrens villa på Plommonvägen. Den kändes avlägsen. Lika bra att Blomgren fick bo kvar. Det hade ändå tagit så lång tid för honom att lära sig hitta i lådor och skåp. Och nu var ju fönstren iordninggjorda.

Hon försökte tänka sig ett drömhem – kanske Ragnars lägenhet men hon behövde mer kött på benen. Ragnar var egentligen inte särskilt språksam om hur hans tillvaro tedde sig i Kalmar. Mycket manligt.

Nej hon fick ta sitt föräldrahem. Betydligt enklare.

Hon såg för sin inre syn hur hon donade i köket med de ljuvligaste rätter innehållande äkta smör, kärnat i trakten av mor Anna och grädde från bonden Persson. I och för sig hade mor Anna hittats död 1992 efter att ha legat nio dagar på köksgolvet i sin lägenhet och bonden Perssons gård var numera strutsfarm. Hon behövde inte gå till överdrift.

Det var komplicerat nog som det var med suffléer och petitchouer.

Alltså stod hon i sin mammas gamla kök och lade sista handen vid sin vol-au-vent medan Ragnar i rökrock rörde sig hemvant i vardagsrummet medan han blandade sin svärfars favoritdrink: hemmagjord flädersaft med några centiliter Gordon's Gin och ett par stänk angostura.

Nu hörde hon hur fadern kom in från sin privata avdelning i villan; han hade nämligen byggt om sin gamla praktik till en enkel pensionärslya (varför hade han inte tänkt på det!).

Småleende hörde hon hur Ragnar gav sin svärfar drinken och hur de sittande i fåtöljerna först yttrade några förväntansfulla meningar om Emilys kokkonst som de snart skulle se bevis på innan någon av dem – ja vem som helst – inte kunde avhålla sig från att dra upp ett intressant samtalsämne.

– Är det inte märkvärdigt att de hittat ett stycke pärlemorskiftande elfenben i samband med renoveringen av Tutanchamons grav? Senast jag besökte Egypten sa jag just till min gamle vän Lord Hutchinson att jag anar att vissa fynd kommer att uppdagas inom kort.

– Visst är det så. Men du kan inte ana vad jag läste i Lancet härförleden – en medicin som ursprungligen var ämnad för så kallad vitrockshypertoni har genom diverse studier på medelålders råtthanar visat sig ha en klar effekt på begränsad storfläckig malaria. Vilka konsekvenser kan de inte ha för tredje världen, käre Ragnar!

– Nåväl, detta kan leda till konsekvenser rent globalt, men hur högt skulle du estimera värdet av den tidiga Rembrandt som stals i tisdags kväll från ett ruralt museum på Norra Själland?

– Nå, den diskussionen får uppenbarligen anstå till kaffet. Jag känner ångorna från Emilys berömda sprängda anka. Hon har verkligen fått en välsignad kulinarisk gåva från sin moder.

Emily tog fram Blomgrens körjournal ur handskfacket och började skriva en lista över de absolut nödvändigaste varorna som hon måste skaffa till midsommarfesten (A) och andra varor som ytterligare skulle förgylla densamma (B). Hur lätt hade det inte varit att köra i gryningen till köpstaden vid IKEA utanför Göteborg och invänta butiksöppnandet i bilen med en skaldjursfylld baguette från tappen.

Men hon vågade inte ta bilen. Om Ragnar kom upp på besök och fann att bilen var borta skulle han kanske inte ens se ett tydligt ”kommer-strax-meddelande” i det tillplattade gräset – och vem kunde lita på vinden, truten, älgen.

Kanske skulle han sorgset ge upp och anta att hon flytt fältet för gott.

Nej, hon var tvungen att ta sig ner till Saltö Centrum till fots. Konsum stängde inte förrän klockan 22 och strax före stängningsdags var det högst osannolikt att hon skulle träffa på någon ortsbo.

De enda kunderna så dags var konstiga stadsbor, seglare eller ungdomar från campingen som plötsligt måste ha chips, cigarretter, korsord och revbensspjäll.

Inte en sekund kunde de vänta. Semestern var deras otåligaste tid. Var det två människor före dem i kassakön gick de upp i limningen.

Inuti bilen skulle hon lägga ett brev till Ragnar och sedan skulle hon smyga sig ner och handla.

Munnen vattnades när hon kom att tänka på allt hon skulle bunkra – sillinläggningar (matjessill fanns i servicebutiken i motionsgården), färsk potatis, dill och jordgubbar, litervis med vispgrädde …

Kristina vaknade av hårda bultningar på dörren, så hårda att hela friggeboden vibrerade. Hon rörde sig inte och hon hade egentligen knappast något val; minsta rörelse smärtade i hela kroppen, från huvudet till hälarna. Hon låg blickstilla i sin chockrosa mysdress och stirrade i taket medan hon lyssnade på Månssons svordomar och hotelser som då och då ersattes av hulkanden och böner.

Kristinas kropp var iskall, fast sovsäcken var våt av svett och luften i rummet kvalmig. Hennes ögon var vidöppna, men tårarna slut.

– Nu hämtar jag yxan och hugger mig in, väste Månsson. Det förstår du väl själv att jag inte kan stå här och gapa. Vad skall grannarna tro?

Hon slöt ögonen och ögonblicket efter gick dörren i flisor och Månsson kom instörtande högröd i ansiktet.

Kristina gled längre ner i den gröna sovsäcken tills dragkedjan fastnade i håret.

Hon knep ihop ögonen i väntan på det första slaget. Det uteblev.

Månsson drog fram en gammal kamelpuff från Norra Afrika och satte sig omständligt och tungt precis i centrum för att den inte skulle tippa över.

– Förlåt mig Kristina, det var inte meningen att göra dig illa förut. Du skall inte vara rädd. Du är ung och har bra läkkött. I morgon är du uppe och hoppar igen. Och då är det midsommarafton. Då skall vi ha kul må du tro. Du kanske vill ha en ny klänning till midsommar. En vit vore väl fint. Varför ligger du här förresten? Vi har faktiskt ett sovrum med heltäckningsmatta och allt. Jag hade ett helvete innan jag begrep att du var här. Lite för gammal för kurragömmalekar är du väl i alla fall. Nå men svara mig då Kristina. I allsin dar.

Han ruskade i henne. Kroppen åkte hit och dit.

– Måste du vara så avig. Jag vet att jag gjorde fel, men jag var ju så helvetes förbannad. Och vad man gör när man är så förbannat ilsk – det kan man faktiskt inte hjälpa.

Du vet mycket väl att jag aldrig gjort dig illa förut.

Kristina hostade.

– Men det är själva fan vad du är långsint. Jag vet att det hänt en gång förut, just på midsommar, men då var jag ju full, om du vänligen ville komma ihåg det. Vad jag gör när jag är full kan jag ju näppeligen ta ansvar för eller hur? Jag kom ju inte ens ihåg det förrän du visade mig blåmärkena. Jag är förresten inte ens säker på att det var jag denna dag som idag är.

Han lutade sitt tunga huvud i händerna och började gråta.

Den kompakta överkroppen vaggade av och an medan snyftningarna avtog. En fet fluga surrade i fönstret. Månsson reste sig upp, tog näsduken ur fickan, snöt sig kraftigt och lutade sig över sovsäcken.

– Varför svarar du inte? Ligg inte där som ett jävla bylte. Du vet inte hur bra du har det. Sura långsinta fruntimmer är det jävligaste jag vet. Klä genast på dig och ta på dig solglasögonen, ta de där äkta från Ray Ban så åker vi till Göteborg och köper dig en fin klänning till i morgon. Då skall du se att de andra kärringarna blir avundsjuka. Klockan är bara fyra. Du hinner prova och hålla på en bra stund. Jag kan gå och ta mig en öl på Bryggeriet under tiden. Om du kör alltså. Du kan få köra den stora bilen. Fan, ryck upp dig nu Kristina ... Du är som de säger på TV så inihelvete patetisk. Jag har ju sagt förlåt. Sluta tjura.

Hon hostade igen. Det smakade blod i svalget. Allting smakade blod.

– Ja jag vet att jag gick till överdrift. Förlåt. Förlåt. Förlåt. Räcker det någon gång? Jag har då aldrig träffat en så enveten och bortskämd människa. Jag vet att jag hade fel och att det var Johanna som skulle ha kondomerna.

Kristina hostade.

– Du tror väl inte jag är dum. Jag har varit i varenda jävla affär och i pressbyrån blev det napp. Britta Kvist sa att du hade köpt fyra styckna. Och att det var Johanna som skulle ha dem för hon stod och väntade utanför, det begrep Britta Kvist direkt. Jag har förresten fått det bekräftat av Johanna personligen. Vad hon nu skall med kondomer till. Det kan man verkligen fråga sig. Vilka jävla dumheter. Jag visste inte ens att du och Johanna kände varann. Men den vänskapen är det slut med nu, min sköna. Du skall hålla dig till de dina, vilket är Månsson och Månssons vänner.

När Sara satt upp affischerna kände hon det gamla kaffesuget från rasterna i skolans personalrum. Hon gick in på "Giffel och Krans" och efter stor tvekan och vånda köpte hon två Sarah Bernhardt och begav sig med påsen i hand ut mot klipporna. Hon måste gå fort för att inte chokladen skulle smälta.

Hon stannade vid grinden i förhoppningen att MacFie skulle befinna sig någonstans i trädgården. Objuden var det inte värt att stiga in. Där kände Sara till sin egen förvåning en spärr.

Hon fick syn på honom borta vid bikuporna där han utförde sina sysslor mycket långsamt och koncentrerat. Sara försökte hålla papperspåsen i skuggan av oxelhäcken.

Äntligen vände han sig från bina och gick mot huset, klädd i gul overall, vidbrättad hatt med nedhängande nät och stora kraghandskar.

Sara ropade.

MacFie vinkade avvärjande, gick in i huset och stängde dörren.

Om MacFie var hennes enda vän på Saltön, vilket i och för sig var tveksamt, ville hon inte förstöra vänskapen. Å andra sidan orkade hon inte vänta längre utan vrålade för full hals.

– MacFie, är kaffet klart? Kakorna smälter för fan.

Han kom ut i vanliga kläder efter en stund, det vill säga så vanliga kläder han nu kunde ha – idag en orange t-tröja som det stod Biprodukter på och säckiga svarta byxor som kanske tillhört en frack.

– Så fröken vill ha kaffe?

Sara nickade, öppnade grinden och steg in i trädgården.

– Inte så dum idé kanske, sa MacFie och gick in i huset igen.

Hon satte sig på brunnslocket för att vänta och efter en kvart stod han under äppelträdet och gav henne den ena av två rykande kaffemuggar.

Hon tog fram kakorna.

– De kallas Sarah Bernhardt. Det är efter en fransk skådespelerska som var väldigt berömd på sin tid. Tyvärr måste hon amputera benet efter en lysande karriär på scen. Jag har inte köpt dem för att jag heter Sara. Fullt så egocentrisk är jag inte. Men jag är förtjust i Sarah Bernhardt för jag har hört att hon var så jävla begåvad.

MacFie tog upp en liten pinne från marken och rörde runt i kaffet.

– Frankrike och allt franskt tycker jag om. Min man var målare och jag följde med honom till Paris på stipendium. Det var på våren. Vilka promenader vi tog utmed Seine. Det är en stor jävla flod.

MacFie drack ur sin mugg i ett enda drag och satte ner den på brunnslocket.

– Skall du inte sitta ner? Eller är det kanske bara vi storstadsbor som sitter när vi fikar?

– Nu skall jag ta hand om mina perenner, sa MacFie. Tack för kakan.

Det var en lång vandring in till Saltön, drygt fyra kilometer, men mest nerförsbacke. Emily kände sig lätt i kroppen, trots värkande knän och ömmande hälar.

– Nästa projekt blir väl löparskor, sa hon till en randig katt som slog följe med henne utmed landsvägen. Ibland var han ett stycke före, ibland helt osynlig. Emily log och kallade katten för Ragnar.

Hon tog en ovanlig väg in mot torget när husen började tätna.

Så här års låg gatorna uppe i samhället ganska öde medan folklivet och även biltrafiken koncentrerade sig kring hamnstråket, strandpromenaden, campingen och badplatserna.

Från några villaträdgårdar kände hon os från grillarna och Emily beslöt genast att köpa en engångsgrill till nattmaten.

Ragnar tyckte säkert om en liten vickning i soluppgången. Ingen banal flintastek och absolut inte korv. Välhängt nötkött helt enkelt, bananer och äpplen. Nja, makrill kanske, i folie.

Hon lyckades osedd ta sig in på Konsum och Ragnar satte sig utanför och slickade tassarna.

Precis som hon hoppats var butiken tom så när som på några medelålders göteborgare i bulliga nylonjackor och kepsar med ankare på. De diskuterade högljutt det bristande konservsortimentet medan de två unga flickorna i kassorna talade med varandra om den instundande midsommarnatten, vad annars.

Emily fyllde lyckligt en korg med varor: nötkött, en liten grill, jungfruolja, lök och dill, färska svenska jordgubbar från Finneródja – om hon bredde ut gubbarna en och en skulle de klara sig, ett stycke brie, sill och gräslök i en kruka – den tänkte hon plantera intill bilen, sockerkaksbottnar, vispgrädde och visp. Det skulle ta sin tid men vad de klarade med svårighet på stenåldern skulle hon med lätthet fixa i sitt förälskade tillstånd.

När hon närmade sig kassan kom hon på att hon glömt färskpotatis och drog sig inåt butiken igen.

Vid frukten stod Johanna och vägde två citroner.

Det var länge sedan de konfronterats öga mot öga.

– Hej Johanna, sa Emily glatt. Skall du baka citronkaka?

– Nej jag skall ha dem på armbågarna, svarade Johanna syrligt. Huden blir yngre av det, men det behöver du väl inte tänka på. Du är ju ett grann yngre än jag.

– Ja inte så lite heller, skrattade Emily.

– Och inte rynkig heller.

– Säg som du tänker: Jag är så tjock att rynkorna slätas ut.

– Det var inte jag som sa det.

Johanna knep ihop munnen.

– Jaha, glad midsommar då!

Emily tog potatispåsen i ena handen, bar korgen i den andra.

– Så du är tillbaka hos Blomgren då? ropade Johanna efter henne.

Emily vände sig häftigt om.

– Det har jag inte sagt. Och det är jag inte heller. Du behöver kanske inte springa runt på stan och i fabriken och berätta att du träffat mig.

Johanna svarade inte.

Flickan i kassan suckade när Emily tog fram sin tusenkronorssedel.

– Jaha, du skall ha sjuhundratjugonio kronor tillbaka, sa hon och stirrade i kassaapparaten. Då får jag gå ut på kontoret och växla igen.

Den andra flickan följde med och Johanna vände sig eftertänksamt till Emily och pekade på hennes mage med ett benigt finger.

– Tänk den som hade så mycket pengar som du, Emily. Då skulle jag köpa mig en ny klänning nu till i midsommar. Jag har sett en så tjusig vit klänning hos Barbros för sexhundraåttio kronor. Jag har till och med provat den ... Den satt perfekt.

– Vad skall du med en ny klänning till i midsommar?

Emily skakade på huvudet.

– Du sitter väl bara hemma och ser på TV. Från torget syns ju

blåljuset från din apparat vareviga kväll.
– Inte alls. Du förstår, jag är kär.
Emily rynkade klentroget på näsan.
– I vem då?
– Det vill jag inte säga.
– Någon på ditt arbete antar jag.
Johanna smålog överseende.
– Ja, det kanske man kan säga. Du är rolig du, Emily.
– Det är fint med kärlek.
– Ja han ser på mig på ett särskilt sätt. Det har han egentligen alltid gjort. Sen skolan. Vi är lika gamla. Femtiotvå.
– Jag vet.
Emily nickade så att hennes kinder skälvde.
– Vet du?
– Ja, jag vet hur det känns.
– Då kanske du kunde låna mig pengar till den där vita klänningen. Jag har inte ägt någon klänning sedan jag var liten. Jag tyckte alltid att jag hade så fula ben men han, alltså Han, tycker att mina ben är fina. Han gillar inte fläskiga ben. Hellre tändstickor än vedträn, säger han. Neka mig inte detta Emily, du får tillbaka pengarna till nästa lön. Du kommer inte att ångra dig.
– Jag har väl inget val.
Emily smålog stelt mot Johanna och vände sig till biträdet som just klev in i kassabåset med växeln i handen.
– Ge pengarna till henne, sa Emily och pekade på Johanna. Hej då. Och trevlig midsommar som åtminstone jag har fått lära mig att säga.
Flickan i kassan viftade med ett litet papper med en midsommarstång på.
– Kvittot då? Samlar du inte sommarpoäng? Har du tvåtusen poäng kan du vinna en milleniumhammock. Har du femhundra får du ett set grillvantar eller en myggskrämmare för halva priset. Det är nytt för i år.
Emily var redan utanför dörren.
Katten Ragnar hade avlägsnat sig.
– Huvudsaken är att alla blir nöjda, sa Johanna till biträdet.

Kristina kunde inte bestämma sig för var hon skulle lägga meddelandet. På köksbordet som i gamla svenska långfilmer eller på badrumsspegeln som i amerikanska?

Kanske på huvudkudden eller i barskåpet.

Hon hade redan ställt beautyboxen och sportbagen färdigpackade framför ytterdörren och hon sprang förvirrat omkring av rädsla att han skulle hinna komma tillbaka.

Till slut lade hon meddelandet på bordet framför TV:n. Den brukade han sätta på så fort han kom innanför dörren.

Bästa Karl-Erik Månsson.

Jag skiljer mig från dig. Du fattar nog varför.

Kan du ordna alla papper, du som kan allting så bra.

Jag hör av mig.

Kristina

Hon bredde en filt över beautyboxen, nallebjörnen och huvudkudden som hon lagt i baksätet på sin bil, för att inga nyfikna ögon skulle registrera något ovanligt när hon körde genom centrum.

Bagageutrymmet var fyllt av hennes skor, några flaskor vin, Prinsessornas Kokbok som hon fått av sin mamma, CD-spelaren och hemsolariet.

Hon körde sakta genom samhället oroligt spanande efter Månsson eller hans Volvo. Först vid utfarten andades hon ut och tog vägen upp till motionsgården. På parkeringen stod bara några cyklar.

Hon slog numret till Johanna som svarade efter sju signaler.

– Johanna, det är Kristina. Du måste hjälpa mig. Månsson har slagit mig.

– Den jäveln. Då får du åka till vårdcentralen. Jag är tyvärr väldigt dålig på att se blod och sånt. Men de är jättebra på vårdcentralen och vana vid allt nu på sommaren.

– Men Johanna, det är inte det. Jag behöver inga plåster. Det är mest blåmärken. Men jag är rädd för honom. Och jag tål honom inte, vet inte vilket som är värst. Kan jag få sova hos dig i natt? Hos dig letar han inte.

– Jo, det kan du hoppa upp och sätta dig på att han gör. Han har redan skällt ut mig för kondomerna. Jag hann knappt komma hem efter jag sagt upp mig förrän han ringde och bråkade. Den tonen skall han inte ha mot mig; det sa jag till honom. Han är verkligen inte min boss.

– Kan jag komma till dig då? Bara en natt. Jag kan sova i köket eller till och med på balkongen.

– Det skulle se ut. Nej det passar faktiskt inte alls. Jag tycker att du skall åka till din mamma i Göteborg. Du har ju bil.

Det var inte flörtkillen som stod i receptionen utan en flicka med massor av flätor som stirrade på Kristina.

– Vad har du gjort?

– Ramlat på bryggan bara. Det är inget med det. Du, hur dags stänger ni?

– Klockan 22, så du hinner både duscha och basta och spela pingis.

– Är det OK om jag sover här i natt? I omklädningsrummet alltså eller på en soffa här i receptionen. Jag har sängkläder med mig. Jag lovar att inte röra någonting. Det är lite strul hemma.

Flickan blängde på Kristina.

– Jag tror inte att folk är kloka idag. Sova här i natt. Nej, det är klart du inte får. Det här är en motionsgård och inget hotell.

– OK då får jag väl sova i bilen då, tack så hemskt mycket. Men först bastar jag och du säger inte till någon att jag varit här.

Flickan himlade sig.

– Det är väldigt lätt eftersom jag inte vet vem du är. Skall du ut i spåret först? Då hinner bastun bli varm. Jag råkade stänga av den förut. Vi har inte så mycket folk här under midsommarveckan.

– Nej, jag skall inte ut i spåret idag.

– Då får du väl göra något annat så länge. Ta en kopp kaffe. Jag tar inget extra betalt för det. Förresten jag bjuder på bastun också. On the house.

– Det var snällt.

Rösten bröts och Kristina var för ett ögonblick nära att börja gråta.

– Om jag var som du hade jag gjort slut med honom som ställt till dig så där. Det finns faktiskt kvinnojour i Göteborg om du inte känner till det.

Kristina skakade på huvudet och torkade tårarna med ärmen.

– Man kan väl inte anmäla en brygga.

– Vanära, väste Månsson, skrynklade ihop meddelandet och kastade i väg det.

Det hamnade mellan de två porslinshundarna på fönsterbrädan som stod vända med huvudena mot varandra.

– Hon tänker dra vanära över mig, men det skall vi nog bli två om. Är det någon som skall skilja sig så är det jag.

Han satte sig tungt i soffan, hällde upp en whisky, drog ner volymen till TV:n med fjärrkontrollen och slog numret till sin kusin som jobbade på advokatfirma i Göteborg.

– Du får sätta dig i bilen och komma hit med en gång. Jag kallar hit frisören och mäklarn om exakt två timmar. Jag skall ändra i mitt testamente, skilja mig och så är det lite annat juridiskt småplock. Nej det är akut. Och viktigt. Vad sa du? Det är bara att ta sig tid, käre vän. Hyr en video åt ungarna och ge en slant till en ny klänning åt Kajsa. Det kommer ta hela kvällen och säkert en del av morgondagen. Du kan förresten ta med dig oömma kläder så får du vara med om sjösättningen på fredag. Det är en stor begivenhet på Saltön när Månsson sätter båten i sjön. Det är en ära att få vara med. Ingen tackar nej.

Ragnar Ekstedt gick ut i sällskapsrummet på Pensionat Saltlyckan. TV:n stod på och åtta personer satt på pinnstolar och i soffan och tittade på Aktuellt, ivrigt pratande.

En äldre kvinna vände sig mot Ragnar och hyssjade. Hennes blick var skälmsk.

– Vi väntar på vädret. Midsommarvädret.

Ragnar bläddrade i tidskriftstraven på bokhyllan. Turistföreningens årsskrifter, apotekets råd för semestermagar, broschyrer från Saltö turistbyrå om lämpliga utflyktsmål med Fiskebåten Oden eller Svenssons Sälsafari.

Ragnar kände sig rastlös när han kom in på sitt rum och händerna darrade när han undersökte sina växter. De var på gränsen till flyttbara, men troligen skulle det ändå vara riskabelt. Det avgjorde saken. På grund av växternas status skulle han självklart tillbringa midsommarafton med Varma Emily. Fat Mammy Schenker. Han såg fram mot det.

Säkerligen skulle hon bjuda honom på allehanda delikatesser trots sin besvärliga boendesituation – nästan ännu mer obekvämt än cykelcamping. Hon måste ha stora bekymmer med att skaffa alla varor, dessutom i smyg, men det var sannolikt ett mycket kärt besvär.

Strax före våravslutningen hade en yngre kollega dristat sig till att skämta med Ragnar.

– Att du inte samlar på kvinnor istället för växter under cykelsemestern.

Ragnar hade svarat med en speciell blick som han annars mest använde när han hade lärarkandidater i klassrummet.

Johanna låg och vred sig. Hon hade svårt att somna. De flesta tankarna var ljusa och hoppfulla men kroppen var otäckt spänd. Dessutom stördes hon av att höra en gammal Volvo köra runt, runt torget i hög fart med skrikande däck och ett mycket bekant motorljud.

Hon gick ut på balkongen och fick misstankarna bekräftade. Hon ringde till Blomgren.

Han svarade rossligt efter första signalen.

– Emily?

– Nej, Thomas. Det är jag, Johanna. Ursäkta att jag ringer så sent. Jag undrar bara om tobaksaffären har öppet på midsommarafton. Om jag skall jobba då och så där.

– På midsommarafton? Javisst, men bara till tolv.

– Ja, jag bara planerar min framtid och då ville jag veta om det är öppet.

– Visst det var bara trevligt att du ringde och inte konstigt heller. Du kommer väl säkert i morgon?

Johanna nickade ivrigt.

– Javisst, jag kommer halv nio, pigg och nykter, nyter menar jag. Om du vill vara ledig på midsommarafton och tror att jag klarar av det kan jag vara ensam.

Nu skrattade han. Det lät trevligt.

– Ingen fara. Jag vill gärna vara i butiken så länge du är där. Förresten har jag inget att komma hem till som alla känner till.

Johanna hade hängt fram kläderna hon skulle ha nästa dag.

– Du är faktiskt inte längre mitt problem, sa hon till Volvon, stängde balkongdörren, stoppade in öronpropparna och somnade tvärt.

De flesta av Lilla Hundens gäster satt på uteverandan, mest ungdomar som drack öl. Några danska familjer glammade glatt medan de åt lövbiff och pommes frites. De drack också öl. Ett medelålders tyskt par i seglarkläder hade bara ögon för varann. De åt Havets frukter à la Lilla Hunden, vilket innebar två träjollar i miniatyr fyllda av havskräftor, räkor, ostron, musslor och en halv kanadensisk hummer. I en liten vit fiskebåt fanns två sorters såser utspridda på däck. Såserna och smöret fick gästerna plocka till sig med hjälp av åror. Det tyckte tyskarna var roligt.

Ett år tidigare hade Kabbe prövat en annan mycket dyrbar idé, nämligen en bassäng mitt i restaurangen inramad av fyra bord. De som beställde Havets frukter fick navigera radiostyrda båtar, fyllda med skaldjur. Alltför många båtar kapsejsade dock på vägen från kyldisken till bordet. Det blev för dyrt.

Sara gled runt mellan borden. Hon tyckte om att servera, hon njöt av att föreslå olika drinkar, viner och maträtter, hon gillade till och med att ta betalt och hade inga problem med att få dricks. Däremot såg hon inte en enda lämplig kandidat till sin tjejkväll.

TORSDAG

KARL-ERIK MÅNSSON STEG ut på sin altan med kaffekoppen i handen. Från det öppna fönstret i friggeboden hörde han Kusin Bengts snarkningar. Kvällen hade blivit sen – många papper, mycket whisky. Karl-Erik var inte i form men han bet ihop och anlade en morgonpigg uppsyn.

Det var pinsamt att tänka sig att hans egen unga hustru gått och lagt sig i en friggebod så fort hon inte mådde bra. Ingen stil. Måtte bara inte grannarna …

Nu satt hon antagligen i den där trista trerummaren i Göteborg och grät ut hos sin mamma, den tröttsamma människan, som klädde sig som om hon var jämnårig med sin egen dotter.

Han slog sig ner i skuggan i en rottingstol med dagens första cigarrcigarrett och upptäckte att livet var rätt fridfullt utan fru. Kaffet hon bryggt till honom hade till exempel varit rent bedrövligt.

Kristina drack inte ens kaffe själv på morgonen, bara kall O'boy som en dagisunge. Plastmackor från macken och ljummen choklad var hennes uppfattning om en perfekt frukost. Om hon inte fick champagne förstås. Han hade bjudit henne på champagne-frukost några gånger och visserligen hade hon lämnat löjrommen och gåslevern på tallriken, men glasen hade hon tömt med välbehag.

Dessvärre tycktes det gå åt allt mer alkohol för att få den unga makan att tända på sin man. Karl-Erik ansåg numera att talet om att makt skulle vara sexigt var överdrivet.

Han skulle låta Bengt sova ytterligare tjugo minuter. Den tiden tänkte han använda till att planera sitt liv.

Den tid han bott ensam efter skilsmässan hade han lagat sin mat själv, mest halvfabrikat men ändå. Bra karl reder sig själv. Som en sås. Rolig var han också och inte alls så fet som de som vågade påpekade.

Ibland hade han tänkt att han borde få en gratifikation från Dafgård och Findus för alla Lasagne för två och Fiskgratäng Dill han tryckt i sig under ungkarlstiden. Men efter en tid hade han kommit på att han själv kunde gå in i denna lukrativa bransch. Månssons fabriker tillverkade numera också färdiga fiskrätter för enpersonshushåll, och försäljningssiffrorna såg riktigt hyfsade ut.

Karl-Erik själv hade inte låtit sig nöja med detta. Efter ett halvår med halvfabrikat hade han börjat att tillsätta en skivad tomat, en knippa finskuren dill, några musslor eller hälla ett par deciliter Chablis över fiskgratängen. Resultatet hade blivit förbluffande. Det var ju riktigt roligt att skapa i köket. Han var inte främmande för att gå på kurs.

Dessutom kom hans älskade Lizette snart hem från Australien, ingen bortskämd slyna som Kristina. Lizette var en flicka som fått lära sig hut och vett och hederlig gammaldags matlagning av sin mamma. Makrill! Hon kanske också kunde utvecklas till att bli en mästare på att steka makrill. Nyfångad som pappa själv tagit på dörj. Han skulle inte väcka henne förrän den låg på diskbänken. Han skulle filea den själv ombord. Det fanns en nerfällbar skärbräda i aktern på den nya båten som aldrig använts.

Vad hade Kristina varit till för nytta mer än som ett synligt bevis på hans ungdom och virilitet, ett tjatigt litet kuttersmycke som bara väntade på att få ärva? Hon visste ju knappt vem Elvis var. Nämnde han Alice Babs, Raket-ost, Stringhyllor eller Hylands Hörna gapade hon som en nyfångad torsk.

Att inte tala om alla dessa flirtiga ögonkast hon skickade i väg till varenda karl som befann sig på mindre än tio meters avstånd. Det hade varit jobbigt att hålla koll på hennes snedsprång. Bara att åka hem från fabriken varenda lunch var både stressigt och ansträngande för hjärtat – det hade han aldrig behövt göra under sina tidigare äktenskap.

Visst var det trevligare att stanna kvar och äta lunch på jobbet och tjata med gubbarna. Eller strosa ner i centrum och ta en dagens på Lilla Hunden med frisören, mäklaren och hamnkapten. Ibland brukade krögaren Kabbe slå sig ner och bjuda på en lättöl eller en bit äppelkaka till kaffet.

Svågern som sprang på gym i tid och otid hade inte ett kilos övervikt och brukade boxa Karl-Erik i magen.

– Gör dig av med den där kalaskulan innan det är för sent.

– Varför bjuder du mig på dessert då?

Doktorn hade sagt samma sak som Kabbe vid senaste läkarkontrollen. En fjantig liten finnig AT-läkare som trodde han visste allt. Karl-Erik hade stillatigande lyssnat till hans monotona utläggningar om för högt blodtryck, för mycket kolesterol, för många triglycerider, för farlig bukfetma. Men när den lille doktorn försökt skicka honom till en dietist hade Månsson fått nog.

– Ni förstår att hälsosam kost behöver inte alls vara tråkig. Fet fisk som makrill och lax hör till exempel …

– Jag åt fisk innan du var påtänkt, min lille vän. Både fet fisk och mager fisk, ja till och med småfisk som inte ens var torr bakom öronen.

Hur som helst skulle det bli riktigt skönt att bli fri från den besvärliga lilla snärtan. Många utgifter färre dessutom.

Livet såg ljust ut. Han hade stabil ekonomi, en välskött fabrik, hus, bil, barn och båt. Plus en rad människor som var beroende av honom. Han skulle börja fiska igen. Det var Kristinas fel att han inte kommit i väg tidigt på morgnarna när grabbarna stack i väg. Redan i eftermiddag tänkte han köra bort till containern med resten av hennes minikläder. Förresten kanske Lizette ville ha dem. Hon kunde säkert lägga ut dem om hon ville. Hennes mamma hade säkert lärt henne att sy. Hon hade något kraftigare benstomme än Kristina.

Han bestämde sig för att låta bli att tänka på Kristinas vackra ben och sura lilla ansikte. Det var en ren viljesak.

Bröllopsfotot låg redan i glas- respektive pappersåtervinningen.

Klockan tio skulle Karl-Erik och Kusin Bengt hänga på låset till banken med alla nödvändiga handlingar. Kusinen var en klippa, en torr och tråkig klippa, men noggrann och kunnig. Så skönt det måste vara för honom att komma ifrån sin ännu tråkigare familj och dricka Månssons whisky och beundra hans utsikt.

Sedan fick han ge sig i väg, för när Lizette kom från Australien skulle friggeboden vara vädrad och nybäddad. Vem skulle göra det förresten? Kanske någon av flickorna på fabriken ville tjäna en extra hacka?

Emily var på väg ner till motionsgården redan kvart i åtta på morgonen för att försäkra sig om att flickan med flätorna inte glömt bort hennes beställning.

Skogen var nästan ljudlös. Småfåglarna hade tystnat – de höll väl på att jaga mat till sina ungar. Ja, vem jagade inte mat? Emily räknade upp olika ingredienser till sin delikata midsommarsupé. Egentligen var det inget som fattades. Utom Ragnar förstås. Om han kom idag skulle hon inte röja överraskningarna hon förberett för midsommarafton. Hon skulle vara ostressad, sval och inbjudande. Inte prata för mycket om Blomgren och Paula. Ragnar verkade inte så intresserad av hennes familj och det måste man faktiskt förstå. Däremot kanske hon kunde ta upp det här med framtiden.

Hon ryckte i dörren till motionsgården samtidigt som hon hörde kyrkklockan slå åtta nere i samhället. Dörren var låst.

En liten japansk bil stod parkerad intill entrén och av ren nyfikenhet gick Emily fram och tittade in genom bakrutan.

Samtidigt satte sig Kristina upp och deras blickar möttes.

Emily ryggade tillbaka. Det här verkade sannerligen skumt. Månssons unga fru mitt i skogen och som hon såg ut.

Kristina blev däremot nästan glad över att träffa på ett mänskligt liv efter en orolig natt. Hon låste upp bildörren, klättrade ut och log trevande. Det stramade i ansiktet.

– Vi har visst inte träffats?

– Jag har kaffe i en termos uppe på berget.

Blomgren tittade gillande på Johanna. En klok och mogen kvinna med midja som en tonåring. Underdånig, åtminstone läraktig.

– Du får visa mig tillrätta, Thomas. Jag kan faktiskt ingenting mer än rensa fisk förstås. Men roligt skall det bli.

Inte visste Blomgren att han hade så pedagogiska talanger. När Flickan hade börjat i affären hade hon fått räkna ut det mesta själv.

Johanna fick lektioner i vad alla lådor innehöll, hur tipssystemet var upplagt, när returerna med osålda tidningar skulle effektueras.

Ibland snuddade deras händer vid varandra och vid ett tillfälle råkade de stöta ihop i pentryt.

– Var är Emily egentligen?

Blomgren ryckte på axlarna och Johanna bestämde sig för att inte fråga mer.

När kyrkklockan slog nio och Blomgren låste upp dörren, klev Baskermannen in.

– Tror det blåser upp.

– Kan tänkas.

– Bara hästarna blåser åt rätt håll.

– Du kan allt få till det du.

– Vad gör Johanna här?

– Vad ser det ut som?

– Har du sålt några mer miljonvinster?

– Nej och jag vet inte ens vem det var som vann på Lotto. Jag bryr mig inte heller.

– Det var Hans-Jörgen Mårtensson. Min farsa hörde det när han spelade schack med frisören. Han hörde när Hans-Jörgen ringde och berättade det för någon.

– Det är ofattbart. Hans-Jörgen. Jag trodde bara han brydde sig om böcker.

– Även intellektuella kan väl ha drömmar. Jag är ganska intellektuell själv.

Baskermannen såg sårad ut. Johanna stirrade på honom.

– Hans-Jörgen, han är ju inte gift.

– Det kanske är därför han har drömmar.

– Vem var det han berättade det för i telefon?

– Det var väl för sin mamma. Frisören behöver han ju inte ringa till. Nu kan hans morsa flytta från Fabriksgatan. Om Hans-Jörgen köper henne en villa alltså. Det brukar de göra när de vunnit.

Johanna lyckades expediera tre kunder utan problem. Lite nervöst vispade hon runt i tidningarna inför störtskuren av frågor. Har du fått sparken på fabriken? Har du fått nog? Skall Flickan sluta? Har du lärt dig att räkna på gamla dar?

Blomgren hade ren vit skjorta.

– Det är inte midsommar idag, sa Baskermannen.

– Du kan gå på lunch en timma från nu, Johanna. Du vill väl komma bort från min tråkiga affär och ut i det vackra vädret?

Johanna stannade och speglade sig i mässingsskylten på Rederiaktiebolaget Kattegatt innan hon fortsatte upp mot biblioteket. Hon hejdade sig utanför Saltö Mode. Det var trångt på trottoaren, för ett tjugotal sommargäster stod och bläddrade bland vita t-tröjor med tryckta jordgubbar på, tröjor som sålts till halva priset förra hösten och nu var uppe i det dubbla igen.

Hon tog upp läppstiftet som hon fått låna av Kristina. Hon ägnade sin exväninna en hastig tanke.

Kristina låg säkert slö och sysslolös och solbadade i sin Baden-Baden och snattrade med olika väninnor i mobilen. Ett litet slagsmål med Månsson innebar troligtvis en nytändning för kärlekslivet. Rika människor visste inte vad de skulle hitta på för att roa sig till slut. De måste pröva på allt möjligt konstigt.

Det var nästan trettio grader varmt och luften stod still. Johanna saktade farten och gick mycket långsamt uppför den sista backen till biblioteket. Hon tänkte inte ha svettfläckar under armarna.

Hans-Jörgen satt på sin vanliga plats och såg ut som han brukade. Ingen krage hade han på skjortan.

Han höll på att avsluta ett samtal med Baskermannens pappa som beställt en bok om fraktfartygens router på Nordsjön under första världskriget och de enades avslutningsvis om att midsommarvädret skulle bli ovanligt skapligt.

När Baskermannens pappa gått lutade sig Johanna fram över disken, såg Hans-Jörgen i ögonen och viskade:

– Gratulerar till Lotto-vinsten, Hans-Jörgen. Jag är verkligen glad för din skull.

Hans-Jörgen log inte.

– Tack.

– Jag är jätteglad för din skull. Verkligen.

– Ja, du sa det. Varför sa du inte det häromdagen förresten när du bjöd hem mig?

Johanna kände blodet stiga. Hon blev flammande röd om halsen och kinderna.

– Men då visste jag det inte. Jag fick veta det nu i affären.

Nu skrattade Hans-Jörgen.

– Det är bra, Johanna, jättebra. Ursäkta men nu måste jag ringa ett samtal till Kungliga Biblioteket i Stockholm. Hälsa Magnus från mig. Honom har du lyckats med.

– På ett sätt är det faktiskt synd att jag har flyttat hemifrån, sa Emily. Du kunde ju bott i Paulas rum. Det står obebott sedan hon for och det är ett så ljust och trevligt rum med egen toalett. Paula vill inte ha med mig att göra, bara med Gud och afrikanarna och sin fästman förstås. Fast du vill väl hem till din egen mamma förstås. Tänk, du kunde fått frukost på sängen på söndagarna. Blomgren vill aldrig ha det för han tycker att det är osunt och smuligt.

– Fast du bor ju inte hemma längre, sa du. Du skall ju bo med den där Ragnar. Är han snygg?

– Vansinnigt snygg. Liknar faktiskt lite Clint Eastwood i Broarna i Madison County om du känner till den.

Kristina nickade.

– Fast jag tycker han är snyggare när han röker och rider på en åsna.

I detsamma kom en kutryggig grå gentleman i armébyxor och randig skjorta klättrande uppför stigen med lätta steg.

Han tvärstannade när han fick se Kristina som satt på Emilys bilpläd och åt Delicato-mazariner.

Kristina stirrade oförstående på honom men Emily for upp och borstade av sig.

– Det här är Kristina, Ragnar. Fast hon skulle just gå.

– Skulle jag?

– Seså, sa Ragnar. Upp och hoppa, min unga dam. Så så så–

Emily vinkade förstrött till Kristina innan hon klev in i bilen för att byta till något ledigare och dra en kam genom håret.

Sara försökte övertala Kabbe att få sätta röda rosetter på ryggstöden på vissa stolar inför kvällen.

– Gör vad du är anställd för att göra, sa Kabbe och pekade på lunchgästerna. Annars vet jag roligare ställen man kan placera rosetter på damer.

– Jävla idiot.

Två bussar hade stannat till utanför, en med två mellanstadieklasser från Småland och en med Äldre Diabetikerföreningen från Hannover. Till skolbarnen skulle serveras hamburgare förutom till två vegetarianer som skulle ha broccoligratäng och fyra muslimer som skulle äta kycklingburgare. Barnen skulle sedan fortsätta upp i fästningen en mil norr om Saltön och så vidare till Oslo. Det verkade som om de var mest angelägna att komma till Oslo. Sara röt och svor, lärarna skrek och barnen skrattade.

De tyska pensionärerna var också mycket stressade, eftersom de måste äta på bestämda tider och dessutom skulle de hinna med färjan till Koster där de skulle dansa på bryggan och titta på sälar och tumlare.

Sara och Lotten slet så svetten dröp. Till bådas förvåning upptäckte de att de jobbade bra ihop när det verkligen gällde. De dolde den upptäckten väl.

– Du kanske vill vara med och ordna tjejkvällen sedan? frågade Sara när bussarna äntligen lämnade parkeringen och de slog sig ner i köket med var sin kaffekopp.

– Där går gränsen, sa Lotten, men hon log.

Dörren till köket gick upp med sådan kraft att den stod och slog en lång stund medan Kabbe stegade fram till kaffebordet.

– Förbaskade fruntimmer, sa han. Tror ni detta är ett vilohem? Det finns något som heter gäster.

– Ursäkta att ni fått vänta, sa Sara till den smala solbrända nacken som var böjd över en bok.

Han läste färdigt stycket innan han tittade upp.

– Ingen fara. Jag vill ha tre sorters sill och en sexa svartvinbärs. En Hof. Starkt kaffe och fyra centiliter Grönstedt.

– MacFie! Jag kände inte igen dig!

– Jaså, var sak kanske skall vara på sin plats i din lilla värld? Skolbarn i klassrummet, husägare i trädgården och fiskare på sjön?

– Ja, för fan, sa Sara. Så ligger det till. Vad är det du läser? Bondepraktikan?

Hon upptäckte att hans ögon var lysande blå, inte bruna som hon trott tidigare.

Han lade undan boken.

– Hur går det med fruntimmersföreningen?

– Strålande. Det blir en jävla succé. Tjejerna kommer att hänga på låset klockan sju. Jag funderar faktiskt på att gå upp på lokalblaskan och höra om de kan komma och plåta köerna.

– Är du säker på att du kommit rätt? Skulle inte du trivas bättre i en större stad?

Hon torkade av bordet så hans bok åkte i golvet.

– Det var ju jävla bussigt sagt av den enda vännen man har i den här hålan.

– Tänk om vi hade träffats när vi var unga.

– Du är ung. För mig är du ung.

– Du kanske inte tror det, men jag är faktiskt fyrtioåtta. Jag har fyrtioåtta i storlek på långbyxor också men det är egentligen hemligt.

– Har du någon cykel?

– Cykel, det är klart jag har en cykel. Vad menar du?

– Jag skulle vilja cykla med dig till Öland. Alvaret! Naturen är storartad på Öland. Jag skulle se det som en ynnest att få visa dig staden Borgholm och Ölands södra udde. Jag kan lova att en mäktig upplevelse väntar dig.

– Jag har faktiskt redan varit på Öland, Ragnar, men det gör absolut inget. Förlåt att jag nämnde det. Tänk att få cykla med dig över Ölandsbron. När skall vi göra det, Ragnar? Vill du att jag hämtar min almanacka i bilen, så kanske du kan memorera din egen? Inget besvär för min skull.

– Det behövs absolut inte. Någon gång bara. Har du några mer sådana där små vitlökskorvar? De passar verkligen bra till pilsnern. Du är en mästare på att trolla fram läckra måltider mitt i Guds fria natur.

– Synd att nätterna är så ljusa, annars kunde jag hämta cykeln i natt. Förresten varför skulle jag inte kunna det – jag handlade osedd på Konsum. Det är en helt ypperlig idé, tack älskade Ragnar. Du får allting att framstå så enkelt. Du har en fantastisk inverkan på mig. På det här sättet kan Blomgren få tillbaka vår bil. Jag åker ner dit på natten, stänger av motorn i backen och parkerar ljudlöst. Inte i carporten utan utanför på gatan. Sedan smyger jag in i trädgården och tar min cykel. Allra bäst hade ju varit om jag kunnat gå in och ta en dusch och köra en tvättmaskin också, men det är väl inte att tänka på. Och så pumpar jag cykeln på macken och den dagen vi skall ge oss i väg kommer du bara hit upp och hämtar mig. Kanske vill du att vi ger oss i väg direkt efter midsommarkalaset? Tidigt på midsommardagens morgon när det fortfarande är dagg i gräset och ingen trafik? Du kunde checka ut från pensionatet tidigt innan du kommer hit upp och hämtar mig, Ragnar? Vad säger du?

Ragnar låg på rygg med armarna under huvudet och följde de lätta molnens flykt.

– Det låter som en bra-att-ha-sak.

Emily lutade sig över honom med ängsliga ögonbryn.

– Hörde du inte riktigt på vad jag sa, Ragnar? Det är lätt hänt. Skall jag ta om det?

– Nej, lilla vän. Det är inte alls nödvändigt.

Kristina körde till Göteborg och stannade inte förrän utanför

OBS! där hennes mamma jobbade i kassan. Det var få kunder i affären och Brigitte bläddrade försiktigt i Femina.

– Mamma ... Brigitte menar jag.

– Herregud, vad har han gjort! Söta lilla raring, stackars dig.

– Jag trodde du skulle bli arg.

– Det är jag också! Vi skall anmäla den jäveln. Vänta bara – jag skall be chefen om ledigt efter lunch. Vi är så många idag och har så lite att göra. Jag följer med dig till polisen. Det skall bli mig ett sant nöje att sätta dit den jäveln. Äntligen har det hänt något vi får nytta av.

De åkte till Brigittes lägenhet vid Korsvägen. Kristinas lilla rum var omgjort till syatelјé. Brigitte sydde damkläder på fritiden och drömde om en boutique.

Det enda som fanns kvar av Kristinas ägodelar var fotot på hennes pappa som var fastsatt med knappnålar på väggen. En skrattande ljuslockig man i illasittande värnpliktskläder.

– Pappa kunde skrämt upp Månsson rejält.

– Han skulle aldrig överhuvudtaget ha gått med på att du gifte dig med ett sånt gammalt äckel.

– Vet du om att Månssons dotter och feta gamla fru bor i Australien. De kanske känner pappa ...

– Du är så naiv, Kristina. Sluta drömma.

– Och det säger du!

– Nu skall vi ta itu med det här. Polisen och skilsmässa. Sen skall du ha ett jobb och bostad tills vi får pengarna. Det kommer inte att bli billigt för Månsson det här, det kan du lita på. Tänk om du och jag kan öppna en liten boutique. Bara originalkläder av min design. Här på Södra Vägen kanske. Du sköter kunderna och kassan och jag syr. När vi varit hos polisen skall du få låna en täckande hudkräm av mig som jag köpt på Kielbåten. Den finns inte i Sverige. Sen skall vi prata med min chef och höra om de behöver någon i kassan. Det vet jag att de gör. Annars får vi höra om de behöver någon kvick och duktig flicka på Liseberg. Säsongen är ju lång. Och så sätter vi upp lappar på anslagstavlan att du vill ha en etta här i området, helst i mitt hus.

– Jag tänker absolut inte bo i Göteborg. Skilja mig skall jag, men jag skall åka tillbaka till Saltön och starta ett eget liv. Jag trivs där. Saltön är det första utom Månsson som jag hittat själv utan att du har bestämt allting åt mig, mamma.

– Jaså, låter det så. Vill du inte ha min hjälp så kan det kvitta. Då kan jag lika gärna sätta mig och sy på min tunika. Så det är tacken för allt jag gjort för dig.

Blomgren stod och stirrade tomt framför sig när Johanna kom in i affären.

– Är du redan tillbaka, Johanna. Du får vara borta en hel timme, sa jag inte det?

– Bra; då kanske jag hinner ner till hamnkaptenens. Du vet jag passar hans hus och katter.

– Ja, det är en klok man som håller sig borta från Saltön över midsommar. Men det går ju an när man inte är sin egen.

– Du är inte egen, Blomgren. Jag har alltid tyckt att det är något visst med dig.

Blomgren borstade bort dammet av sina små midsommarstänger i plast när dörren öppnades och Fredrik kom in.

– Här var det lugnt ser jag. Skulle bara köpa cigarretter och en kvällstidning.

– Det är väl inga problem med huset? Om det kommer in myror måste du anmäla det till mig omedelbart för kommer det en myrstig som förra sommaren skall den stävjas i tid. Har du fortfarande stugan för dig själv?

– Ja det har jag och det är inget fel på det, mer än den där jäkla Volvon som körde rally på torget halva natten.

– Jaså det var Magnus. Det är inget att bry sig om. Du har väl varit ung själv.

– Jag tycker faktiskt att sånt skall påtalas. Det gör man i storstäder. Har polisen mycket att göra kan man ringa Hälsovårdsnämnden direkt.

– Är det inte bättre att bara säga till den som kör i sådana fall?

Fredrik log och skakade på huvudet.

– Ni är inte lite bonniga här. Vad händer på midsommar förresten?

Baskermannen stegade fram bakom vykortsstånden.
– Vad händer på midsommar? Vilken fråga. På midsommar händer allting. Allt som du kan sitta hemma i avgaserna i Göteborg och prata om i höst.
– Jaså verkligen. Jag har då inte märkt att något är på gång. Mer än att jag fick syn på en affisch att Gyllene Tider skall komma hit. Men när jag tittade en gång till på affischen upptäckte jag att den var tre år gammal. Någon sorts festival har ni väl ändå? Det är ju så populärt i skärgården. Öltält och nakna damer.
– Jaså, låter det så. Om du vill träffa fruntimmer så gå till Lilla Hunden ikväll, för där skall det vara tjejkväll.
– Oj då, vad rädd jag blev nu.

När Sara kom tillbaka för att servera MacFie kaffe och konjak hade han stoppat ner boken i ryggsäcken och var istället koncentrerad på att skriva i en stor anteckningsbok med svarta vaxdukspärmar. Då och då tittade han ut genom fönstret.
Sara slog sig ner mittemot honom och smuttade på hans konjak.
– Tjena MacFie. Skriver du en bok också? Utsikt från ett hål i marken?
Han lade ner pennan och värmde konjakskupan i handen. Han hade stora men smala händer med bleka naglar. Han andades in konjaksdoften innan han smakade.
– Det är alltid trevligt med damsällskap.
– Det tror fan det. Man kan säga att det är en specialitet hos mig att göra äldre män på riktigt gott humör.
Han lyfte på ena ögonbrynet. Det var en ny egenskap.
I samma ögonblick dök Kabbe upp och stödde sig mot kortändan av bordet så att konjaken kom i gungning.
– Jag vet inte hur ni har det i Göteborg, men här på Saltön är det inte så brukligt att servitriserna slår sig ner hos gästerna och smakar på deras konjak.
Sara reste sig.
– Det var jag som bad henne sitta ner en stund.
– Det var det så fan heller. Du satt ju bara och skrev i din jäv-

la bok. Tror du inte att jag kan försvara mig själv.

Nu log MacFie. Det var också något nytt. Han hade ganska hyfsade tänder för att vara minst sjuttio.

– Du Kabbe, vill du kila ut och hämta två konjak till. En till damen och en till dig själv. Här är ju inga andra gäster och visst måste vi skåla in midsommaren?

– Visst MacFie. Visst måste vi.

Sara slog sig ner igen och såg MacFie i ögonen och skrattade.

– Bra jobbat. Jag tar tillbaka det där med äldre män.

– Men jag är en äldre man.

– Det har du helvetes rätt i och det var inte det jag tog tillbaks utan det jag sa om att jag är bra på att underhålla äldre män.

MacFie lyfte på ögonbrynet igen. Sara kunde bara inte fatta var han lärt sig en sådan sak på Saltön. Hans markerade kindknotor hade hon inte heller lagt märke till tidigare. Han såg rätt farlig ut.

– Passa dig jävligt noga.

– Passa dig jävligt noga själv.

Johanna vattnade metodiskt hamnkaptenens nitton växter och pratade med katterna och gav dem torsk som hon kokat i sin mikrovågsugn. Hamnkaptenen bodde i ett litet 1700-talshus och Johanna kunde knappt gå rak i rummen. I dörröppningarna måste hon böja på huvudet, men huset passade utmärkt för hamnkapten som såg ut som en grå liten tomte. Han hade antagligen bättre plats i sin stora båt än i hemmet.

Alla utrymmen i huset var utnyttjade ungefär som på ett fartyg. Inventarierna skulle vara lätta att bärga i händelse av storm. Kläder hängde från bjälkar i taket, på golvet fanns inte en pryl – också TV:n var fastmonterad på väggen.

I köket hängde en rottingstol från taket och tallriken hade han tydligen i knät när han åt, för något bord syntes inte till.

Johanna hakade fast båtshaken i vindstrappan och drog ner den och klättrade upp på sovloftet. En hängkoj av grovmaskigt nät och en låda sjökort, en fotogenlampa, en korg för katterna.

Säkert hade han aldrig saknat en kvinna och huset han bodde i måste vara hans föräldrahem. Båt bytte han väl då och då.

Johanna önskade att hon trivts lika bra med sin egen ensamhet.

Livet var verkligen inte bara kärlek. Rättare sagt: Livet är inte bara midsommar.

Om Magnus flyttade hemifrån skulle hon inte ens våga sova ensam. I över tjugo år hade hon och Magnus bott i lägenheten, innan dess i föräldrahemmet. Även om han inte var hemma jämt, fanns det tecken och ljud som var ganska hemtrevliga.

Det var ett under att ingen kvinna slagit klorna i honom. Visserligen var han arbetslös och ganska vek och blyg till sin läggning, men hans utseende var så vackert latinskt och om Magnus lärde känna en människa riktigt väl kunde han bli både trevlig och pratsam. Bara hans långa böjda svarta ögonfransar var som en vacker tavla och sådana skulle säkert gå i arv till barnen.

Hon bestämde sig för att hon inte skulle protestera den dagen Magnus tillkännagav att han skulle flytta. Hon måste lägga detta på minnet. Märkte han att hon var rädd för att bli ensam och övergiven skulle han säkert stanna kvar och förstöra sitt eget liv, så godhjärtad som han var. Det fick inte ske.

Medan hon tog ett strävt adjö till katterna och låste dörren, började hon fundera på hur livet skulle te sig om hon flyttade in i Blomgrens villa. Vilken underbar idé. Hon andades häftigare. Det skulle bli perfekt.

Thomas Blomgren kunde bli en bra fadersgestalt, lite sent visserligen, men det är aldrig för sent.

Hon hade aldrig varit inne i hans hus men utgick från att det fanns ett rum efter Paula. Det kunde Magnus få. Nej, det kändes inte riktigt naturligt. Bättre om Magnus gav sig av.

Thomas och Johanna skulle naturligtvis ligga i en dubbelsäng, han på svärdssidan. Säkert tronade en rustik säng med höga gavlar i sängkammaren. Med tiden skulle han komma över att vänstra delen av sängen som hon nu låg i en gång hade tillhört Emily. Vad Johanna märkt hittills var män inte så petigt personliga utan snarare praktiska och rationella. Jaså, det ligger en dam här. Jag känner inte riktigt igen henne, men vad gör det. Dam som dam.

Exakt så hade Johannas pappa gjort när han ersatte sin hädangångna fru med hennes syster och då hade det bara gått knappt tre veckor efter hustruns död.

Själv hade Johanna absolut inget emot att ta över en annan kvinnas hem och tillhörigheter. Hon var ändå ingen pysslig sort. Vilket inte betydde att hon var okvinnlig, för hon visste numera exakt hur man bäst vaxar benen och hur man låter munnen förbli halvöppen när man pratat färdigt med en främmande man.

Hängde det några klänningar kvar efter Emily kunde hon sy om dem till två, tre kjolar. Emily måste ha ett välfyllt toalettbord. Det skulle passa Johanna bra att äntligen bo i villa.

Medan hon funderade närmade hon sig huset och fann sig plötsligt stående vid Blomgrens oxelhäck.

Soluret var det klass på och bersån tyckte hon också om, friggeboden var ett måste, inte minst för uthyrningens skull, men potatislandet? Potatis och rabarber. Nej, det var inte Johannas stil. Lika billigt att köpa. Dem tänkte hon be Thomas gräva upp. Ringblommor i olika färger, mest orange – det skulle lysa upp. Potatis och rabarber – så bonnigt, typiskt för doktorns tjocka dotter.

Ännu vackrare i rabatten vore egentligen blåklint. Numera fanns det rosa blåklint – det säger väl allt om vart världen är på väg. Men blåklint är och förblir ett ogräs, vilken färg den än har och Johanna befarade att Thomas i sin ordentlighet inte skulle tycka om att hon sådde blåklintsfrön. Det var en känsla hon hade.

– Blomgrens vilja, min lag.

Johanna skrattade högt.

Dörren till friggeboden öppnades och en rödhårig man kom ut. Han var blek och fräknig på det där osunda asfaltsviset, förmodligen engelsman.

– How do you do? ropade Johanna.

– Fine, just fine.

– I am just looking at the garden.

– Be my guest.

– I know the man who has it. I know him well.

– Do you indeed?

– Goodbye.

Johanna återvände glatt gnolande till sin nya arbetsplats. Hon fick behärska sig för att inte ta hoppsasteg.

– Du hann både det ena och det andra på lunchrasten. Äta och se till hamnkaptenens katter och hus?

Blomgren tittade upp ur sin pärm med penninglotteriets aktuella dragningslista.

– Biblioteket också, sa Johanna.

– Jaså.

Blomgren smällde igen pärmen.

– Man kan faktiskt köpa sin egen dragningslista också, sa han åt en dam som hade lite svårt att röra sig eftersom hon knutit sin blåvitrandiga seglartröja runt axlarna.

– Om man kan tänka sig att lägga ut en krona. Det är en sån där med kungen på.

Baskermannen öppnade dörren för damen.

Sara använde sin långa middagsrast till att bada. Hon joggade bort mot klipporna och när hon passerade det grå huset ökade hon farten och kastade en enda snabb blick mot trädgården. Hon såg ryggen på MacFie som var sysselsatt med sina bin.

Hon dök i och kände sig lugnare så fort hon simmat några tag. En liten motorbåt gick förbi in mot Saltöns hamn och hon hann inte värja sig för svallvågorna som sköljde över huvudet. När vattenytan planat ut dök hon ner under vattnet och simmade med vidöppna ögon. Hon tyckte sig se några havsanemoner och fick plötsligt lust att börja dyka igen. Innan hon träffade Axel hade hon varit aktiv i en dykarklubb, men eftersom Axel inte var road hade hon lagt certifikatet på hyllan och sålt utrustningen. Det var inte så att han inte tillät henne att göra egna saker, men han var så sjuk av oro när hon befann sig i det djupa blå att hon slutade.

Nu skulle hon börja igen. Hon kunde inte vänta en dag.

Saltön hade en egen dykarklubb och hon hade sett klubbens båtar gå ut mot Skäret varje förmiddag sedan hon kommit.

– Ja jävlar, ropade hon till en mås, avbröt sin simtur och crawlade in till badtrappan.

På hamnkontoret skulle hon säkert kunna få besked om var dykarna hade sitt klubbhus.

– Du och Hans-Jörgen var väldigt goda vänner i skolan, sa Blomgren.

– Jaså, det kan jag inte minnas.

– När vi åkte till Danmark på påsklovet i sexan satt ni i alla fall ihop.

– Gjorde vi? Det minns jag inte.

– Ni satt ju för er själva hela hemresan bakom livbåten på soldäck. Alla sa att ni kilade stadigt.

– Det minns jag inte. De här stora lotterna som heter Holgersson säljer vi för lite av tycker jag. Kan vi inte sätta upp dem i ett ställ här på disken. Vi tar bort den där löjliga midsommarstången av lera så får vi plats med ett Holgersson-ställ.

– Men det är ju midsommarafton i morgon.

– Det behöver väl inte kunderna bli påminda om. Är det Emily som gjort den? Den tar alldeles för stor plats, tycker jag.

– Jag tycker den är fin.

Blomgrens ögon tårades.

– Hans-Jörgen Mårtensson skall åka jorden runt, sa Baskermannen. Undrar just vad han har för ressällskap. Jorden runt. Motsols.

– Det har jag alltid velat, sa Johanna. Åka jorden runt.

– Har du, sa Blomgren. Jag trodde att du trivdes bra här hemma på Saltön. Vad är det för fel på Saltön nu när det har dugt åt folk i alla tider?

– Det är klart. Om jag inte var instängd i en lägenhet. Om jag bodde i ett fint hus med vacker trädgård som du, skulle jag aldrig vilja åka härifrån.

– Skall jag läsa horoskopet för oxar, frågade Flickan.

– Var kom du ifrån? Har inte du ett jobb att sköta?

– Än så länge ja.

MacFie höll på att se till makrillarna i röken när det ringde i hans mobiltelefon. Under samtalet strövade han sakta genom sin midsommaräng som han aldrig klippte. Han sparkade av sig träskorna och plockade upp tusenskönor med tårna.

Det var ALU-killen på Dykarklubben Neptun.

– Sex i morgon bitti? Ja folk har väl aldrig varit kloka på midsommar så varför skulle jag bli förvånad. Kan jag väl göra. Jag brukar ändå gå och bada vid den tiden innan sommargästerna kommer ut och täcker klipporna med sina handdukar. Var kommer alla dessa stora handdukar ifrån? Var finns de på vintern? Är hon van att dyka sa du? Bara lite ringrostig. Ja, då får jag väl offra mig.

MacFie stoppade mobilen i bakfickan på de gamla kakifärgade snickarbyxorna som hängde löst och fladdrade kring hans kropp. Det knastrade i en av fickorna neråt knäet och han hittade en gammal skorpa som han bröt sönder och kastade ut på hällen vid vedboden.

Han studerade gråsparvarna en stund innan han fiskade upp en bok ur bakfickan.

Han lade sig ner på rygg mitt på ängen. Där låg han bland blommande gullvivor, viol, smörblommor, mandelblom och prästkragar och kände sig ganska väl till mods.

Ett drygt dygn kvar innan han måste börja plocka skräp i sin trädgård. Var det inget värre än ölburkar fick han vara nöjd. Tristast var när han hittade folk i trädgården. Han drog sig till minnes en utdragen diskussion med två lärarinnor från Köln som hade en avvikande uppfattning från MacFies vad gällde allemansrätt. Till slut hade de givit upp, kanske när de fick syn på djungelkniven han alltid bar i sitt bälte, och snorkigt rafsat ihop frukosten de dukat upp i hans berså. Men sparvarna hade haft nytta av besöket.

Solen gick i moln och en sval bris drog genom äppelträden.

MacFie tog upp läsglasögonen ur en bröstficka och föll omedelbart i sömn.

Johanna kom hem halv sju med ömmande fötter. Av hårdrocken

i trappen begrep hon att Magnus var hemma.

Köket och hallen såg ut som ett slagfält och själv rotade han runt i Johannas privata badrumsskåp.

– Vad gör du?

– Vad ser det ut som? Packar.

– Packar du. Skall du resa?

– När brukar man packa. När man kommit hem kanske?

– Vart skall du? Har du fått jobb? Är det hyresgästen?

– Jag skall åka jorden runt. Hans-Jörgen, bibliotekarien, har bjudit mig. Du känner honom ju. Det är han som har vunnit på Lotto. Varför ser du så konstig ut?

– Hans-Jörgen och du? Känner ni varann?

– Ja vad tror du? Han har alltid varit schysst mot mig. Vi skall bo hos en kille i Göteborg tills pengarna kommit. Sedan sticker vi. Här på Saltön står man ju inte ut. För trångt.

Johanna tittade på takkronan hon ärvt av sin mamma.

– Men jag trodde att du var kär i våran hyresgäst.

– Visst mamma, det försökte jag bli. Allt är inte så lätt må du tro ... Nästan lika bra att hon är så otrevlig. Se till att hon betalar hyran.

Johanna sjönk ner på kökssoffan.

– Så du menar att Hans-Jörgen och du skall åka jorden runt?

– Vi får se, mamma. Vi får se. Jag måste börja leva själv. Jag kan inte hålla på och passa upp dig längre. Det har Hans-Jörgen sagt länge.

– Då kanske ni kommer till Italien.

– Vi får se. Gå in till dig, mamma. Jag kommer och säger adjö innan jag åker.

– Varför skall jag gå in till mig?

Magnus stirrade på henne. Han såg verkligen bra ut med sin olivfärgade hy, sin stora näsa och sitt tjocka mörka hår. Kroppen var satt. Han log plötsligt osäkert mot sin mamma.

– Ja, vad skulle du annars göra?

Johanna gick fogligt in på sitt rum och lade sig raklång på sängen. Detta var för mycket. Allting var för mycket.

Hon tyckte att de senaste tjugofem åren flutit som i trög honung och så hade någon höjt hastigheten på vispen eller stereon eller bilen eller jorden och nu hann hon inte smälta en händelse förrän nästa satte igång. Hur hade det börjat? Med hyresgästen? Med Kristina? Med att hon själv bestämt sig för en förändring, för att säga upp sig. Ja, det var hon själv som startat alltihop. Nu när allt var i rullning insåg hon att ingenting var någon överraskning. Hon hade bara blundat.

Hon tog upp "Borta med vinden" som hon inte rört sedan hon lånat den och gick direkt till sista sidan som hon mindes från sin ungdom.

Magnus stack in huvudet. Han hade hundblicken som Claudio.

– Det är bra mamma, både för dig och mig, fattar du? Och så får du lära dig att klara dig själv.

Johanna lade ifrån sig boken.

– Visst. Jag skall tänka på det i morgon.

Hon låg och stirrade i taket oförmögen att göra någonting. När hon hörde dörrklockan reste hon sig hastigt och ropade på sin son. Något befallande i hennes röst fick honom att komma omedelbart.

– Du är väl inte arg, mamma?

Magnus kunde verkligen se vädjande ut när han bemödade sig om att se någon i ögonen.

– Varför skulle jag vara arg?

– Det finns inte plats för mig på Saltön.

– Vad menar du?

Nu skrattade Magnus.

– Du är härlig, mamma. Du kan skoja om allt. Jag älskar dig verkligen.

– Jag vill inte träffa Hans-Jörgen. Vi säger adjö härinne.

Hon gick fram till byrån, drog ut nedersta byrålådan och tog fram tvåtusenfyrahundra kronor och tiotusen lire som satt fasttejpade i utrymmet mellan lådan och byråns botten.

Magnus protesterade knappt.

– Göm dem innanför kläderna, sa Johanna och såg honom i ögonen. Lyssna nu. Använd dem absolut inte i onödan. Och visa dem framför allt inte för Hans-Jörgen. Om ni kommer ifrån varandra eller blir ovänner skall du använda dem. Inte annars.

Han såg förvånad ut.

– Vi blir inte ovänner. Men jag gör förstås som du vill – det har jag ju alltid gjort. Jag ringer från Thailand. Du har väl aldrig fått telefon från utlandet förut?

– Ring när du kommit fram till Göteborg.

Han kramade henne.

– Du får använda min TV och så. Vad du vill. Det finns inga hemligheter i mitt rum. Inte nu längre. Men du får förstås inte hyra ut det. Särskilt inte till den där elaka skatan däruppe. Akta dig så att hon inte lurar dig på hyran.

Hon log uppmuntrande mot honom som när han var skolpojke.

Sedan ställde hon sig i köksfönstret, så diskret det gick till häften skymd bakom gardinen. Till slut fick hon se dem gå mot järnvägsstationen i ivrigt samspråk.

Johanna började inte gråta förrän hon gått och lagt sig på sängen för att vila.

Det var ingen dramatisk gråt. Hon låg på rygg och tårarna rann av egen kraft på ömse sidor om huvudet tills öronen var blöta. Det kändes rätt skönt. Hon var inte speciellt ledsen när hon bestämde sig för en befriande kvällspromenad.

– Jag känner mig så trygg hos dig, Ragnar!

– Så bra. Men det är väl ändå inga vilda djur som vågar sig på dig?

– Menar du för att jag är så tjock?

– Det menade jag naturligtvis inte. För mig är du en formfulländad kvinna. Du får bara inte snärja mig.

– Men snart är vi ju ett par på riktigt, Ragnar. Bara skilsmässan är klar. Får jag fråga hur stor lägenhet du har i Kalmar? Kan du beskriva ditt hem rum för rum så skall jag försöka se det framför mig.

– Ja, det går ganska fort. Det är bara ett rum.

– Ett rum och kök då?

– Nej nej, endast ett rum, jag bor inackorderad hos en kusin.

– O, är han också ungkarl?
– Det är en dam. Nej, hon har inte heller någon familj.
– Är det bostadsbrist i Kalmar?
– Tyst min mun så får du socker.

Fredrik hade tjugofyra starköl, badbyxor, handduk och sololja i ryggsäcken, nya sandaler, den nyladdade mobiltelefonen i skärpet, freestyle i öronen och en begynnande solbränna över hela kroppen. Ändå kände han sig inte helt lyckad.

Han måste vara hungrig. Han mindes glasklart den gång han hade hört sin mamma tala med en väninna i telefon när han var sju år:

– Det är så lätt med Fredrik. Är han på dåligt humör är det bara att ge honom en kall wienerkorv eller vad som helst, så skiner han som en sol. När Stina är grinig måste man hitta en orsak.

Han stannade till vid Pizzeria San Marco och köpte en Calzone som han fick i en vit papperspåse. Den lilla genomskinliga salladsburken gav han till en förvånad gubbe som kom tuffande på strandpromenaden med sin rullator.

– Vitaminer, gamle man!

Fredrik gick ut på den centrala badbryggan och svor åt två småflickor som låg på mage och fiskade småkrabbor.

– Ni tar ju för fan upp hela bryggan.

De stirrade förskräckt på honom, men efter en stund började de fnissa och snart hörde han flickrösterna bakom sig.

– Du, har du solat genom en tesil?

Han bredde ut sin handduk längst ut på bryggan vid den stora rödvita frälsarkransen som sjöräddningen satt upp som en symbol för alla räddade liv.

Trots att kvällssolen gömt sig bakom mörka moln var det varmt i luften och många glada badare i vattnet.

Fredrik slog upp Dagens Nyheter. Han började alltid med sporten, fortsatte till serierna, därefter utland och till slut numera kontaktannonserna istället för TV-programmet. Han lade två sektioner av tidningen bredvid sig. Vinden tog genast tag i dem och blåste dem i sjön till de badandes munterhet. Fredrik tryckte ner kepsen över pannan och stoppade ner resten av tidningen i ryggsäcken utan att röra en min. Han backade en bit och stödde ryggen mot dörren till en av de små omklädningshytterna som kantade den yttre delen av bryggan. Han studerade kvinnorna genom sina spegelglasögon och försökte fånga upp lite intresse.

Ett futtigt dygn återstod till den magiska midsommaraftonen och han hade fortfarande inte lärt känna en själ. Det var Tessans fel. En sådan kvinna skulle han aldrig gifta sig med som sprang efter andra män än sin egen och förstörde livet för dem. Hyresvärden begrep bättre än Fredrik som ändå var från Göteborg. Otroligt men sant.

Han tog upp pizzan ur påsen och bet ursinnigt av en stor bit.

I detsamma blev himlen allt mörkare. Plötsligt lystes den upp av en blixt. Åskknallen kom strax efteråt följd av ett dånande slagregn.

Skrikande och skrattande barn och tonåringar sprang på bryggan för att söka skydd i omklädningshytterna.

Vuxna samlade nervöst ihop badlakan och leksaker och kom halvspringande efter medan de förmanade varandra att inte halka på den regnhala bryggan.

På båtarna drogs kapell över sittbrunnar och tvätt togs ner från bommar och stag.

Fredrik kastade pizzan i sjön och i samma sekund lyfte en trut från kajen och fiskade upp hela pizzan framför ögonen på två skrikande måsar.

Flera blixtar och åskknallar följde medan ösregnet slog så hårt mot bryggan att en massa små v-tecken glimmade på bräderna.

Fredrik struntade i regnet och satt kvar på sin plats. Inte förrän han började huttra reste han sig upp och gick modfälld hem till Blomgrens friggebod.

Sara hade ställt upp en barpall bredvid ett litet bord under rockhängarna innanför Lilla Hundens entré. Garderoben var endast bemannad när krogen var abonnerad och förresten var det ingen som lämnade in några ytterplagg på sommaren. Det kändes ganska ödsligt.

Hon funderade på att flytta sin reception ner till grinden. Eftersom kvällen visserligen var mulen men luften var ljummen och behaglig satte sig de flesta besökare på den stora halvcirkelformade altanen. Parasollerna med olika intressanta martinimärken skulle tjäna som paraplyer om det skulle komma en liten skur.

Hon hade klippt ut hjärtan i röd papp och dessa skulle tjäna som medlemskort i tjejklubben. Likadana hjärtan markerade att sex småbord var reserverade för tjejer mellan klockan sju och nio. Plötsligt tyckte hon att de såg barnsliga ut. Det var så här hon hade hållit på när hon ordnat poängpromenad och hitta rätt svans till rätt djur på lära-känna-varann-timmarna i skolan. Vem har trampat här?

En timma hade gått utan att en enda tjej utan herrsällskap dykt upp. Om en stund skulle Sara börja arbeta med sina ordinarie uppgifter.

Båda de attraktiva långborden på terrassen med utsikt över strandpromenaden var upptagna av killar i tjugoårsåldern, antagligen fotbollslag på träningsläger, från inlandet av dialekten att döma. Vid de runda borden satt barnfamiljer och äldre par.

Plötsligt blev himlen svart och över havet syntes en stor blixt följd av åskmuller och hällregn. Fotbollslagen trängdes skrattande i dörren in till Lilla Hunden med ölsejdlarna i handen. Barnfamiljerna och de äldre stod villrådiga kvar i regnet.

Kabbe kom ut från kontoret och fällde några hurtfriska kommentarer till Sara om den lyckade tjejkvällen. Han sa att alla tjejerna kunde få påtår gratis.

– Jävligt roligt, sa Sara. Jävligt, jävligt, jävligt roligt.

Ovädret hade gjort fotbollsspelarna ofantligt hungriga. Biffar med pommes frites, dubbla portioner skulle de ha med ketchup och äkta béarnaisesås.

Sara och Lotten och två extrainkallade servitriser kilade som små smidiga råttor med sina brickor medan kocken Klas inte ens orkade göra lustiga grimaser över stekborden.

Det var fruktansvärt varmt i köket och utanför hade åskan ännu inte rensat upp kvalmigheten.

När Fredrik lommade in genom grinden fick han syn på en kanot som stod lutad mot carporten.

– Paulas, sa Blomgren. Som ny. Den är till och med tät. Den är till salu. Jag var ute en sväng i den i maj, men jag tycker inte det är roligt längre. Vill du köpa den? Du kan få ett bra turistpris.

– Dyrare då va, sa Fredrik och skrattade konspiratoriskt.

– Paddeln står bakom gräsklipparen. Du kan ta dig en provtur om du kan hantera en kajak.

– Man har väl varit på lägerskola.

Blomgren spejade västerut.

– Det var befriande med åskvädret, sa han. Nu blir det en lugn och fin kväll.

– Ja, jag prövar gärna, så kanske jag kan köpa den sen, sa Fredrik. Det vore roligt. Jag känner inte så många här. Kan du hjälpa mig att bära ner den till bryggan.

Blomgren grymtade, vilket Fredrik tolkade som ett positivt svar. Blomgren ställde ifrån sig häcksaxen och gick och hämtade paddeln.

Vinden hade avtagit och en regnbåge syntes svagt på himlen.

– Hej och hå, vi nu till gruvan gå! sjöng Fredrik som bar den aktre delen av kanoten. Det här kunde bli nyckeln till en midsommarromans.

Bryggan var tom på folk efter regnet. Fredrik var nöjd med detta. Visserligen var han öppen för nya kontakter, men det var trots allt ett tag sedan han var på lägerskola. Första turen kunde bli så där.

Blomgren hjälpte honom att dra åt stropparna i flytvästen.

– Skall det där vara nödvändigt?

– Ja, annars åker du inte ut i min kajak. Du har ju inte betalt än.

Fredrik log uppskattande mot sin hyresvärd. Blomgren lät kanoten sakta glida ner i havet på en utvikning av bryggan som var av cement och sluttade ända ner i vattnet i en försiktig vinkel. Han drog kajaken några meter framåt så att den låg och guppade vid bryggkanten.

– Ur kommer man alltid med den här modellen, sa han. Konsten är att komma i utan att kantra.

– Visst, sa Fredrik och räckte Blomgren ryggsäcken som han stuvade in under däck.

– Titta noga nu hur jag gör. Ena handen där och andra där.

Blomgren var förvånansvärt vig. Han stack ut och paddlade en sväng.

– Ja, det där kommer jag ihåg!

– Och så sticker du inte raka vägen ut i tjotahejti, utan håller dig nära land, innanför fyren och öarna. Strax utanför hamnen och så genom rännan borta vid badtornet; där får du en fin väg. Du kan rasta vid Tallholmarna – där glider du in så tyst och försiktigt på det grunda så kan du titta på fiskarna. Du kommer aldrig så nära fisk- och fågellivet som i en enmanskajak.

– Ja ja.

– Gå iland och sträck på benen – man blir lätt stel, placera dig i kanoten igen så som jag har visat dig och paddla sedan tillbaks. Inga utvikningar. I morgon när jag kommer från affären halv ett kan du tala om ifall du skall ha den så skall vi komma överens om ett bra pris.

Blomgren övervakade att Fredrik kom i kajaken ordentligt och även hittade någon sorts rytm i paddlingen. Lite stelt och ryckigt. Dock syntes det att det inte var första gången. Och flytvästen satt ju på. Dessutom var det kav lugnt.

Blomgren övergick till att fundera över Emilys underliga förändring. Kunde det vara övergångsåldern? Han borde kanske resonera med sin svärfar.

Blomgren gick mot hamnen. Det doftade underbart efter regnet. Pölarna på strandpromenaden höll redan på att torka i kvällssolen.

Blomgren torkade av en vattendroppe från nacken och undrade var Emily befann sig i detta nu och hur hon kunde vara så hänsynslös. Han längtade verkligen.

På en plastpåse på en bänk satt Johanna och fingrade på några smultron hon plockat vid vägen.

Hon såg trött och lite rödögd ut, men lyste upp och reste sig när hon fick syn på Blomgren.

– Skönt med en promenad efter ovädret?

Hon stack in armen under hans.

– Kom Thomas. Vi går en sväng. Det lättar.

– Ja, kanske det.

De gick tigande arm i arm genom samhället och Johanna hoppades att det var många ögon i fönstren. Säkert satt folk inne och tittade ut och undrade hur midsommarvädret skulle bli.

Inte förrän i höjd med MacFies hus berättade Johanna för Blomgren att Magnus och Hans-Jörgen skulle jorden runt.

– Det blir nog bra, sa Blomgren. Det är nyttigt för Magnus att stå på egna ben.

– Har du hört något från Emily?

Blomgren svarade inte, utan nickade åt MacFie som band upp luktärtsplantor på en träspaljé strax innanför grinden.

– Är det där någon idé, MacFie. De kommer att bli nedtrampade i morgon.

– Det kan man inte förutsätta. Även om det hänt några år. Förresten är jag inte hemma så jag slipper se vandalerna.

– Vart åker du på midsommar? Till stan?

MacFie skrattade åt Johanna.

– Tror du jag har mist förståndet alldeles? Varje midsommar tar jag jullen ut till en av öarna utanför Tallholmarna. Oftast Fårön. Perfekt utsikt, lugn och ro. Ljust hela natten. Jag brukar tända en eld och koka musslor.

– Du har väl brännvin med dig också?

– Men det är väl klart. Jag är inte helt ociviliserad.

– Du får bestämt ta och måla huset nästa år.

– Ja, det är ju själva skam vad vindarna från sjön går åt det. Synd att det blev förbjudet med plattor. Annars hade jag klätt huset med eternit så fort jag köpt det. Det är det enda materialet som står emot. Snyggt är det också.

Blomgren och Johanna kunde inte gå arm i arm på den slingriga stigen ut mot klipporna. Nu höll de varandra som av en händelse i handen.

– Stackars MacFie som alltid är ensam. Han kommer att dö ensam. Har han inte tänkt på det? Tänk att bara ha sig själv och sina bin. Inga barn eller någonting.

– Så gammal är han väl inte. Han var klasskamrat med svärfar. MacFie vill vara ensam. Annars skulle han väl inte vara det.

– Tänk att han har bott i Paris. Skulle du vilja åka till Paris en gång?

– Inte vad jag tror precis. Vad finns det där som inte finns här?

– Usch, jag tror det blir regn. Vet du vad Thomas – jag måste kanske se till katterna hos hamnkapten en gång till. Jag glömde stänga fönstret i köket. Hänger du med? Det verkar absolut som det skall bli regn.

– Men Johanna, nu skojar du med mig: himlen är ju blå.

Hon tog honom i handen och drog med honom över klipporna.

– Jag vet en genväg.

Hon gick rakt in i en dunge vildrosor.

Blomgren skrattade med fuktiga ögon.

– Finns den här stigen kvar? Här har jag inte varit på fyrtio år.

Blomgren blev lite andfådd stående innanför dörren.

– Kom Thomas.

Johanna klev ut i köket men Blomgren stod fastvuxen innanför ytterdörren.

– Jag har aldrig varit inne här. Det känns inte rätt.

Johanna höll på att dra ner trappan till sovloftet.

– Han ligger i en nätt liten koj, må du tro, Thomas. Kom så provar vi. Det här är inget för tjocka och klumpiga personer…

Blomgren snörade av sig skorna och gick tveksamt in. En av katterna satt på golvet och slickade sig om tassen med misstänksam min.

– Jag gillar inte katter.

– Kom nu Thomas.

Johanna slog armarna om hans hals.

Emily låg på Ragnars arm inne i bilen med bakluckan öppen. Hon såg långa grässtrån med vattendroppar på.

– Vi kanske skall ta en liten promenad? Nu efter regnet luktar det alltid så gott i skogen. Det minns jag så väl från min barndom när pappa och jag gick här …

Ragnar hade somnat. Hon reste sig försiktigt på knä och kröp baklänges ut genom bakluckan. Ingen skrattade. Inte en själ i skogen.

Hon började längta efter att göra något nyttigt. Tänk om hon skulle söka in och börja på Lärarhögskolan till hösten. Det hade varit något att se fram emot.

Nedanför stupet hördes tät biltrafik på landsvägen.

Luften var ljuvlig och kvällssolen silade blekt. Alla mörka moln var borta.

Tänk om hon skulle lätta på handbromsen. Om inte någon växel låg inne skulle Ragnar glida rakt ut för stupet och krossas i sin älskarinnas makes bil. Då skulle hon ju bli fri på riktigt.

Nuförtiden kunde hon få de mest absurda tankar. Hon måste sluta med att slarva med maten. Eller det kanske var hormonerna. Sådant kan man inte hjälpa. Förresten låg backväxeln i.

Hon steg in i framsätet och signalerade. Ragnar lyfte förskräckt på huvudet.

– Skall vi köra en sväng?

– Nej för all del. Tiden är alltför knapp för en åktur, kära Emily. Jag har mycket att bestyra i afton med min växtsamling.

Han skruvade sig snabbt ur bilen och rätade på sig.

– I morgon min sköna Venus, kommer jag till din midsommarfest. Skall vi säga klockan arton?

– Vad du är omtänksam. Livet blev så mycket lättare nu när du sa en bestämd tid. Det har du aldrig gjort förut!

Han skrattade och strök henne över armen.

– Nej vet du vad, det är ju sommarlov. Då vill jag inte styras av klockan. Men när det gäller en midsommarbjudning förstår jag att du vill veta vilken tid jag kommer. Alltså klockan sex. Jag hoppas att jag har min fluga i packningen som jag brukar ha med för alla eventualiteter. Man kanske kan få strykhjälp med skjortan på pensionatet.

Han kysste henne lätt på pannan och var redan på väg utför

stigen. Hon sprang efter honom.

– Vänta, Ragnar, tycker du att jag skall lämna bilen i natt? Då hämtar jag cykeln som jag sa och sen är jag beredd när du vill… Vi kanske kan cykla vägen om Värnamo? Pappa har en kusin där.

– Gör som du vill, kära du. Du är ju en stor flicka. En väldigt stor flicka.

Efter regnet kom MacFie instrosande på Lilla Hunden. Alla röda hjärtan var borta och servitriserna stressade runt. Kabbe höll uppsikt över baren. Det var rökigt i lokalen och gästerna överröstade varann.

– Hur många gånger skall man be om notan?

– Jeg har bestilt en dram.

– Herr Ober…

MacFie satte sig lugnt i baren.

– Maltwhisky?

MacFie nickade.

– Dubbel?

– Yes.

MacFie hade rutig flanellskjorta och smal läderslips.

Sara som ställde åtta stora stark på en bricka himlade sig.

– Varför tror jag att jag befinner mig i en westernfilm?

– Affärerna? undrade MacFie och höll glaset mot ljuset.

Kabbe tände omsorgsfullt sin cigarr.

– Skall inte klaga. Än så länge. Måtte bara vädret hålla sig under juli. Inget är så opålitligt som turistjävlarna. Blir det regn och kallt i två dagar flyttar de hem till stan som en skock skrämda höns. Hem till pälsmössor och trenchcoats. Ingen stake. Och här står vi och skall försörja oss i elva månader.

MacFie fiskade upp isen med fingrarna och lade den i askfatet.

– Ursäkta mig, sa Kabbe. Det gick på ren rutin. Dricker on the rocks själv. Sara är en duktig tjej, men hon har en massa dumma idéer. Och fruktansvärda kläder privat. Ser ut som en lumpbod.

– Trevlig tycker jag.

– Trevlig? Det har jag inte tänkt på.

– Sex Jägermeister till tvåan, ropade Sara med riktning åt baren innan hon försvann ut i köket.

Kocken stod i dörren mot bakgården och rökte och drack kaffe i ett glas.

– Nio pytt, Klasse! skrek Sara.

– Jag trodde aldrig du skulle fråga. Jag tänkte just sätta mig med min frimärkssamling.

– MacFie, han som sitter i baren. Hur gammal är han?

– För gammal för dig. Skall det vara vändstekta ägg?

– Jag tror inte att gästerna är i kondition att fatta sådana beslut.

– Var det inte du som var gift med en gubbe som dog?

– Så kanske man kan uttrycka det.

– Passa dig då.

– Lägg du din lilla dumma näsa i äggen istället.

Ragnar Ekstedt tog på sig läsglasögonen och synade varorna i Konsums hyllor. Sommarpriser lät lockande men han visste på öret vad basvarorna kostade i Konsum i Kalmar. Där hade det uppenbarligen inte varit sommar på länge och tur var det.

Ändå hade hans matkostnader minskat avsevärt sedan han blev bekant med Emily. Men nu var det hög tid att sätta punkt. På sistone hade Emily blivit väl påfrestande, som om hon på allvar trodde att deras lilla eskapad var ämnad att leda till ett allvarligare engagemang!

Nu började han entusiastiskt planera för sin vidare färd genom Västra Götaland. Han såg fram mot uppropet och höstterminen. Tänk att sätta tänderna i nya utmaningar, rätta nya skrivningar, utbyta djupsinnigheter med religionsläraren och gamla slöjdmagistern. Att enbart se till njutningarna i livet hade en nedbrytande inverkan, inte minst på matsmältningen.

Han köpte två sodavatten i returflaskor, russin och en banan till kvällsmat på rummet. En ask solrosfrö hade han redan.

Den rikliga frukosten på pensionatet ingick i priset och han bestämde sig för att checka ut från rummet så fort han ätit så mycket han kunde på fredagsmorgonen.

Johanna satt villrådig på sin balkong och såg ut över torget. Det var ett ständigt myller av människor kring gatuköket, på torget och på strandpromenaden. Bortifrån bryggan hördes plaskande och skratt fastän kyrkklockan slagit elva.

Hon satt i bara linne och shorts och det var fortfarande så ljust att hon kunde läsa om hon ville. Men det ville hon inte. Hon hade slängt Borta med vinden i sopnedkastet, trots att den tillhörde biblioteket. Idiotiskt. Hon måste passa sopbilen på tisdag morgon. Hoppas att det var Kjell-Åke.

Livet hade varit enklare innan hon plötsligt började intressera sig för män. Nu tog det en massa tid att väga för och emot och vad han sagt och vad han gjort och inte gjort.

Thomas hade inte svarat när hon frågat vad han skulle göra på midsommarafton.

Hon beslöt sig för att köpa en kortlek och börja lägga patiens. Hennes farmor hade lagt patiens och det hade verkat så fridfullt och bra. Napoleons grav. Det fanns så fina patientlekar i affären.

Eller kanske en italiensk språkkurs i höst. Då fick de något att prata om på ABF. Hon hade hållit tyst om Claudio i alla år, fast arbetskamraterna försökt pressa henne. Till slut hade de tröttnat. Men Johanna hade hela tiden tänkt ta sig till Neapel fast hon aldrig trott att hon skulle få råd. Nu började hon hoppas att kunna ta en restresa inom ett år, för Blomgrens tobak var faktiskt en mer generös arbetsgivare än Månssons fabrik. Det tråkiga var bara att Magnus fått de pengar hon sparat hittills och det hade tagit tretton år. Det var bara att börja om från början. Huvudsaken var att Magnus var trygg. Till Italien skulle hon. Strosa omkring där i solen, åka upp på Vesuvius och köpa röda högklackade sandaletter. De var billiga där – det hade Claudio sagt. Scarpe hette skor kom hon ihåg efter alla dessa år.

Tanken på att återvända till Saltön efter en vecka, fjorton dagar i Italien var nästan lika tilltalande.

Tänk när någon, till exempel feta Emily, kom vaggande mot Johanna på strandpromenaden med mallig min.

Då skulle Johanna säga:

– Jag och min man har promenerat i Neapel på kvällarna.

Ibland har vi stannat och ätit bläckfisk och vitt vin. Romantisk musik. O sole mio om du känner till den.

I nuvarande läge vore det förstås allra förnuftigast att inte träffa Emily överhuvudtaget.

Men tanken var så lockande.

– Ja du, din pappa är doktor men det är jag som har Blomgren. Tji fick du.

I detsamma ringde det på dörren.

Johanna var övertygad om att det var Emily som tänkte fylla upp dörröppningen med sin enorma kropp och ställa sin efterträdare till svars.

Hon satte på säkerhetskedjan och öppnade.

– Snälla Johanna, får jag sova hos dig.

Rösten var ynklig och Kristina såg ut som en liten flicka.

Det blonderade håret var fett och hängde i randiga testar och blåmärkena var dåligt översminkade med brunkräm.

– Nej, det passar inte alls. Om du inte vill gå hem till Månsson tycker jag att du skall åka till din mamma i Göteborg. Det har jag sagt förut.

– Jag har varit där, men jag kunde inte stanna över natten, för hon hade annat för sig. Jag tror att hon väntade besök. På hotell kan jag inte bo för då hittar Månsson mig och slår ihjäl mig för att jag sagt att jag vill skiljas. Jag kan sova på din soffa.

– Jag kanske också väntar besök.

– Är det Hans-Jörgen? Där ser du vad jag har ordnat det bra för dig, Johanna. Du kan väl öppna dörren åtminstone. Du fick låna min bästa klänning och allting fast du bara är en sur gammal kärring. Det säger alla. Du hade aldrig fått honom utan min klänning och alla mina råd. Ta bort kedjan nu.

Johanna stängde dörren helt, låste och återvände till balkongen.

Det var en underbar natt, kanske som i Italien. Efter åskvädret hade det varit vindstilla, men nu hördes vågorna mot kajkanten. Undrar om Thomas lyssnade på havet, han med. I så fall borde han höra vågorna bättre eftersom han bodde närmare. Snart skulle hon höra vågorna lika bra.

Deras plötsliga avsked hade tyvärr känts lite ansträngt, utanför hamnkaptenens hus. Thomas fick bråttom för att han måste hem och se till fönstren efter regnet. Sånt måste man förstå, även om man aldrig varit villaägare själv.

Genom balkongdörren hörde hon brevlådan slå hårt gång på gång och Kristinas rop genom brevinkastet.

– Jävla hagga. Öppna din jävla kärring.

Johanna tog på sig sin freestyle och ställde in den på radiokanalen som körde "I afton dans". Förr brukade hon gå upp till parken någon timma och lyssna på orkestern som alltid spelade kvällen före midsommarafton. Hon betalade aldrig inträde utan stannade utanför planket för hon hade inga planer på att dansa.

Nu hade hon ännu mindre anledning.

Hon tog upp en veckotidning från golvet och fick syn på en stor färgbild på en midsommartårta med jordgubbar och vispgrädde, chokladströssel och små svenska flaggor.

Hon hade aldrig haft tid eller lust att baka, men nu skulle det ske.

Hon skulle handla på hemväg från affären, baka en tårta, duscha, klä sig fin och gå över till Thomas.

Det kan inte vara efterhängset att uppvakta en man som ordnat ett bra jobb åt en, absolut inte. Inte ens om det råkar vara dagen efter.

Månsson hade haft en ansträngande men mycket bra dag.

Han måste ha förbrukat dubbelt så många kalorier som normalt. Till och med när han kallat in förmännen och revisorn på möte på eftermiddagen hade han känt förbränningen öka i kroppen, medan han presenterade utbyggnadsplanerna för fabriken som han tänkte sätta i verket direkt efter semestrarna. Ingen tid att förspilla.

Han kände sig glasklar i huvudet. Kanske blev han rentav starkare av celibat.

Testamentet var ändrat, skilsmässopappren färdigskrivna och Kristina utraderad från hans medvetande som en mindre lyckad affär. Karl-Erik Månsson hade den positiva egenskapen att han alltid såg framåt. Brände han en bro, byggde han snart en ny.

– En optimistisk livssyn! hade frisören sagt i sitt tal på Månssons femtioårsfest. Frisören var lite av en poet; det sa alla.

Dessutom hade Månsson lyckats behålla ansiktet genom att begära skilsmässa innan hon hade gjort det. Perfekt, inga barn. Snabbskilsmässa skulle det bli. Hennes underskrift var allt som fattades. Den kunde han förresten plita dit själv. Han visste hur hon skrev.

Så mycket trevligare för Lizette att komma hem till en egen trevlig liten friggebod men ändå skulle hon nu kunna röra sig fritt i villan utan att en beskäftig liten böna skulle komma och lägga sig i. Månsson hade personligen tvättat ur badrumsskåpet efter Kristina. Där skulle Lizette ha sina saker.

Midsommarafton skulle bli magnifik. Först sjösättning med gubbarna. Det var ju inte så krångligt som förr när man drog ner båten på stockar, men festen var minst lika stor som då, för att inte tala om känslan.

Sedan skulle han basta med gubbarna och på kvällen skulle han bjuda sin dotter på middag på Lilla Hunden. Kabbe var redan tillsagd om bästa bordet, där alla kunde se dem, till och med från strandpromenaden.

Rätterna var förbeställda (stora skaldjursplateaun, oxfilé africana och glassbomb med färska jordgubbar). Sedan skulle det bli sill och nubbe hemma på altanen. Lizette ville nog gå och dansa, och då skulle Månsson ringa några av gubbarna för en sentimental och blöt samvaro. Det hörde midsommarnatten till.

Kusinen hade åkt hem – mer än en natt borta vågade han sig inte på. Det ena barnet var sjukt jämt, något med öronen, och sin fru hade han uppenbarligen ingen pli på.

En av flickorna på fabriken hade börjat göra rent i friggeboden redan på morgonen och även beordrats att köpa midsommarblommor i vackra arrangemang hos floristen Fabian Ask.

Midsommarstången tillverkades alltid på fabriken i god tid före midsommar och restes mitt på fabriksgården. På midsommarafton stängdes fabriken elva och femtio för semestern. Klockan tolv fick de anställda och deras familjer dansa kring stången till tonerna av Orvar Blomgrens dragspel. Gratis kaffe, saft och kakor vankades i ett partytält, en tradition Karl-Erik själv grundat första året som direktör. Själv brukade han mest på skämt ikläda sig sin pappas cityjackett och hålla ett trevligt tal till de anställda med förhoppning om en lyckad semester.

När festligheterna tagit slut vid fjortonsnåret och alla gick hem till sitt, kördes midsommarstången till Månssons residens där den restes uppe på altanen av två starka karlar. Det dansades sällan runt den, men den stod där hela semestern nästan som ett sjömärke. Man kunde se den ända från Tallholmarna.

Det var Kristina som kallat huset för residens – det hade hon lärt sig i såporna på TV; men det var faktiskt inte så dumt.

Månsson hällde upp en whisky till och när den var slut beslöt han sig resolut för en midnattspromenad så han fick lite motion före sängfösaren.

Han tänkte inspektera sin båtplats så inte något utsocknes frö lagt beslag på den med sin pappas båt. Kanske skulle han också gå en sväng bort till parken och lyssna på storbandsjazz med Nisses trio. Det var en tradition att Nisses spelade kvällen före midsommarafton, för då vågade sig den medelålders publiken till parken. På fredagskvällen var det ungdom och högre musik.

När Månsson dök upp i parken brukade det aldrig dröja länge förrän Nisses trio spelade My way.

Han gnolade på sin favoritlåt när han gick nedför den branta trappan som förband Saltöns gräddhylla med strandpromenaden.

Han mådde lite illa. Det hade varit en ansträngande dag. Morgondagen skulle inte bli mindre fartfylld. Sjösättning. Tal till de anställda. Lilla Hunden. Nattmat med gubbarna. Och Lizette. Försiktigt, oändligt försiktigt skulle han göra henne intresserad av firman. Fruntimmer kunde så lätt bli tvära om man lade fram verkligheten packad och klar. Lite krumbukter skulle det vara. En dag skulle hon bli direktör Månsson, fast det visste hon inte om ännu.

Vattenytan blänkte mörk men det var fullt av sång, skratt, musik och skrål både på båtarna vid gästbryggan och i land.

Vid den riktiga bryggan som var reserverad för saltöborna var det tyst och där låg ju inte heller båtarna i femdubbla led. Månsson hade plats nummer ett och den låg och bara väntade på ögonstenen.

Akterförtöjningen var ordentligt fastsatt med dubbla kombinationslås och stegen som gjorde det lätt att komma ombord var putsad och målad för säsongen. Han gick upp till båtuppläggningsplatsen bakom hamnkontoret. Den var nästan tom nu. Alla hade sjösatt utom Månsson och så fanns där några båtar som tillhörde folk som flyttat utomlands eller gått i konkurs.

Han lyfte på presenningen.

På midsommardagen tänkte han sticka upp till Kosteröarna. Också det en tradition åtminstone vid gott väder. Hoppas att Lizette ville följa med. Det gjorde hon alltid när hon var liten. Samlade snäckor på stränderna och lekte att de var hus. Vilka fina somrar de hade haft.

Hennes mamma hade varit skicklig på att ordna goda middagar ombord. Hon hade väl gnällt en del när kastrullen åkt i durken då det gick hög sjö, men på något sätt hade hon alltid trollat fram ordentlig husmanskost som kåldolmar och oxjärpar. De hade kunnat slå läger för natten i någon liten naturhamn och på morgonen hade han vaknat av doften av nybryggt kaffe.

När Kristina var ombord hade de varit tvungna att hålla sig till hamnar som Marstrand och Smögen för att hon skulle trivas. Men de hade alltid gått tillsammans och köpt pizza.

Karl-Erik Månsson gick upp mot parken. Fick han ordentligt med frisk luft och motion skulle säkert illamåendet försvinna. Det värkte i kroppen och när han lyfte högerarmen för att betala inträdet till parken smärtade det och stack i den. Han hade sannerligen haft en jobbig dag.

Nisses trio spelade Strangers in the night och medelålders sommargäster blandades med infödda i en släpig dans över den runda dansbanan.

Där hade Månsson och andra saltöungar börjat hänga redan i koltåldern. Först smygkika på de stora när de fjantade runt på dansgolvet och tigga halvfulla gubbar om pengar till glass. Ännu tätare besök som tonåringar, då man söp ur fickljumma flaskor, kollade på tjejer, dansade tryckare, spydde och slogs...

Det var länge sedan.

Illamåendet gjorde att Karl-Erik inte hade lust att visa upp sig utan höll sig i bakgrunden. Han visste inte ens om han orkade lyssna på My way – kanske lika bra att gå hemåt.

Han nickade åt vakten och spankulerade i väg.

Det lyste i Blomgrens kök fast det var mitt i natten – han fick nästan lust att knacka på och få en pratstund men kanske var det bara Emily uppe och vem ville tjata med det fläskberget om olika kaffesorter.

Blomgren var känd för att lägga sig tidigt. Ofta jobbade han i trädgården vid sextiden på morgonen innan han gick till affären.

Just som han passerade grinden kom Blomgrens bil rullande nedför backen med motorn avslagen och släckt belysning. Den stannade vid trottoarkanten.

Var det billånare som ångrat sig och skulle ställa tillbaka bilen?

Karl-Erik skärpte blicken och fick syn på feta Emily. Han kände knappt igen henne. Hon körde inte in i carporten utan steg tyst ur bilen. Hon såg helt vanvårdad ut, solbränd och rufsig som en vilde. Hon hajade till när hon fick se honom.

– Men Månsson, så du ser ut. Du är ju alldeles blek.

– Blek! Vad är det för dumheter. Och varför kommer du smygande som en tjuv om natten om jag får fråga. Har Blomgren fått körförbud på bilen?

– Naturligtvis inte!

Så ovänlig hon lät.

– Om du ursäktar har jag lite att pyssla med nu. Trevlig midsommar.

– Jag följer med dig in och hälsar på Blomgren. Vi behöver resonera lite inför bryggföreningens årsmöte.

– Jag tycker du skall gå hem och lägga dig istället. Det är snart midnatt. Jag har åtminstone fått lära mig att man inte går på besök efter klockan nitton.

– Det är ju för fan tänt i köket. Känner jag Blomgren rätt så går han inte och lägger sig utan att släcka.

– Svordomen hörde jag inte.

Han gick muttrande därifrån.

Emily undrade varför Månsson var svettig på ryggen.

Själv kände hon sig sval.

Hon hade cykelnyckeln i handen.

Det tog ovanligt lång tid för Månsson att ta sig uppför trappan till sitt hus. Han stannade och vilade då och då, stödde sig mot räcket och tittade ut över hamnen. Vid de bofastas brygga var det många tomma platser beroende på att många saltöbor tröttnat på att sitta och bevaka sina rabatter och planteringar och istället valde att fira midsommar till sjöss.

Det var som ett lotteri. Efter helgen var det bara att fastslå om det blivit förödelse i trädgården eller ej.

De flesta valde att låta några lampor i huset förbli tända vilket såg fånigt ut med tanke på att det var ljust nästan hela dygnet.

Månsson hade inga sådana bekymmer. Han hade både timer och larm och i friggeboden ett automatiskt hundskall som han hade köpt i Tyskland. Det utlöstes när dörrhandtaget trycktes ner.

Huset kändes tomt men inte ödsligt när han steg in. Dock skulle det vara trevligt med lite liv. Om Lizette stannade på Saltön skulle han köpa henne en trevlig ungflickslya i det nya området uppe på Östra berget med utsikt över hela stan, vilket betydde att hon både kunde se sin fars hus och hans fabrik.

Kanske borde han skaffa sig en hund. I hans föräldrahem hade det funnits två labradorer och en tax och när taxen dog och Karl-Erik var fjorton år tyckte han att han blev vuxen över en natt. När han konfirmerades tänkte han varken på Gud, guldklockan, vinet eller kostymen utan bara på Fiffi

Han skulle köpa sig en hund, en ivrig liten tax precis som Fiffi. Valp skulle hon vara så det gick att fostra henne ordentligt. Kanske skulle hon heta Bibbi. Fiffi Två lät mera som en båt. Hon skulle få följa med ut och fiska. Fiffi hade älskat skogen och att jaga fram de mest märkliga små varelser. Synd att det inte fanns fiskehundar. Men börjar man i tid kan man lära upp hundar till vad som helst. Det kanske hade gått med Kristina också, om han fått börja tidigare.

Han ångrade att han slagit henne. Onödigt.

Bibbi skulle han aldrig slå.

Han skulle be sekreteraren skicka något trevligt till henne på mammans adress, för där befann hon sig säkert, slickandes sina sår. En bukett gula rosor kanske eller en ask choklad. Ja, en ask fet choklad skulle hon få, som hon inte skulle kunna stå emot. Hon hade lätt för att gå upp i vikt.

Han hällde upp en whisky åt sig, ställde sig vid fönstret och tog kikaren ur fodralet för att se på båtarna och hamnlivet, men när illamåendet kom över honom sjönk han ner på skinnsoffan.

Efter en stund hittade Fredrik en bättre rytm i paddlingen och långsamt började han att må bättre. Han gled i det trånga sundet mellan två skär strax utanför fyren och tittade ner i det klara vattnet. Det kändes paradoxalt nog svindlande att vattnet var så grunt. Han såg ett par plattfiskar fladdra fram helt nära sandbotten i en vik. Det kändes mäktigt att inga segel- eller motorbåtar kunde ta sig in här, möjligen en flatbottnad eka. Han gled in mot land tills kajaken satt fast i sanden. Först då steg han ur och drog upp den halvvägs på land. Paddeln och flytvästen gömde han bland några småtallar.

Han kände sig harmonisk när han klättrade upp på berget och hejade kamratligt på en nässelfjäril.

Det var ovant att hoppa barfota på stenarna, så det tog en stund innan han nådde översta toppen på den lilla ön. Hur stor var den? Den var väl inte större än ett ordinärt konsumvaruhus i vilken mellansvensk stad som helst. Han undrade om man kunde överleva här om någon illvillig person lagt beslag på kanoten. Den gick inte att upptäcka härifrån.

Han hade sett smultron i några klippskrevor och harsyra. Plattfiskarna kunde han ta med händerna och alltid gick det att snara en tärna och steka till kvällsmat, för tändstickor och överlevnadskniv hade han alltid i arméshortsen. Musslor och snäckor kunde man säkert äta råa.

Robinson-Fredrik – det vore nog något för TV.

Han blev nästan besviken när han fick syn på kanoten då han gått runt ön. Han satte sig på en klipphäll, drack tre starköl på raken och resonerade om livet och om Tessan med en nyckelpiga som promenerade fram och åter på hans fräkniga ben täckta av gyllenröda hår.

Prata med en nyckelpiga. Han höll verkligen på att bli en riktig mjukismes. Han föste undan den och tittade mot land. Det här med midsommar kunde man faktiskt lägga ner.

Inte fan tänkte han köpa kanoten. Han tänkte överhuvudtaget inte återkomma till det här stället.

Italienska rivieran tänkte han satsa på nästa sommar. Eller Mauritius. I Thailand älskade damerna visst rödhåriga män.

När han återkom till Göteborg efter semestern skulle han bli ambitiös och gå alla de där trista kurserna som var ett måste om man ville avancera på försäkringsbolaget. Fredrik skulle satsa. Han var inte dum. Karriär och utlandsplacering.

I Bryssel kunde han hitta en bra EU-fru.

Han gick ostadigt ner till vattenbrynet och tog en starköl till medan han letade efter paddeln. Öldrickande dämpade den värsta hungern. Han sköt ut kanoten, knuffade in ryggsäcken under däck och klev i. Den gled ut nästan av sig själv och på andra sidan sundet mellan de två små öarna låg horisonten.

Det var väldigt vackert i väst där solen höll på att gå ner. Vägen mot horisonten gick över en nästan blank vattenyta.

Fredrik beslöt att paddla rätt in i den rosa himlen. Då skulle de få sig, alla som tyckte om honom. Rättare sagt alla som inte tyckte om honom. Han kunde inte komma på en enda människa som tyckte om honom.

Han lyckades peta fram en ölburk ur ryggsäcken med foten. Kanoten krängde till men han parerade elegant med paddeln. Ganska elegant i alla fall.

Sittbrunnen kändes inte så trång och ynklig som förut. Magrade man så snabbt bara för att man sumpat sin middagspizza och ersatt den med öl?

Han måste fundera. Nej det var flytvästen som fattades, den förbannade flytvästen.

Fredrik började sjunga.

– Good night ladies, good night gentlemen, good night ladies. I am going to leave you now.

Sara såg aldrig när MacFie gick. Vid tvåtiden försvann de flesta gästerna. Klas hade lagat en räkomelett till sig själv, Sara och Lotten. Lotten ställde sig bakom Sara och började massera hennes nacke.

– Vad fan gör du. Räcker det inte att det gick åt helvete med min tjejkväll. Skall du misshandla mig också?

– Slappna av bara, sa Lotten och fortsatte.

– Du kan faktiskt. Jag vet när det känns precis rätt för min pappa är zonterapeut.

– Håll bara käft, sa Lotten. Ge henne ett glas vin, Klas.

Sara skakade på huvudet.

– Nej tack, jag skall upp tidigt. Jag skall dyka.

– Du får inte dyka ensam.

– Det har jag inte tänkt heller. En beställd instruktör väntar.

– Midsommar är en jävligt konstig helg. Varför inte bara ta det lugnt. Skall vi ta ett nattbad?

Lotten vände sig till Sara som skakade på huvudet.

– Ja, nu är det inte många timmar kvar, sa Klas dystert. Jag hoppas verkligen att Kabbe kollar leveranserna ordentligt i morgon bitti. Jag vill banne mig inte komma hit och hitta vissen dill.

Sara reste sig.

– Vi ses i morgon. Hej då.

– Vi ses i morgon.

Lotten gav Sara en hastig kram.

MIDSOMMARAFTON

Sara hade arbetat så hårt under många timmar att hon insåg att hon inte skulle kunna somna, fast hon skulle dyka redan klockan sex. Hon tog en promenad med skorna i handen ner till bryggan och badade fötterna. I en djup skreva blommade blekrosa vildrosor. Det var ljust, det doftade underbart och det såg ut att bli en fin morgon. Att hon skulle jobba på midsommaraftons kväll gjorde henne absolut ingenting. Hon tuggade på en Johannesört medan hon gick mot stan. Några måsar skrek, annars var det tyst och stilla.

Hon gick en omväg runt MacFies hus och noterade att dörren till huset stod på vid gavel. Hon vände generat på klacken och joggade hem genom parken.

Väckarklockan ringde fyra timmar senare.

Sara tittade oförstående först på väckarklockan, därefter på lakanet som var fullt av nyklippt gräs från hennes fötter. Sedan stängde hon av sirenen.

– Dyka nu, där går fan gränsen, sa hon till kudden och somnade om.

MacFie hade perfekt ordning på sina saker, en särskild fröjd i livet sedan han skilt sig från sin slarviga fru. Dykargrejerna fanns i ett skåp med hänglås. Han tog flakmoppen ner till hamnen och genade över industriområdet till dykarklubbens egen hamn.

Han satte sig på en bänk i solskenet och studerade två gräsfjärilar som firade midsommarafton med en yster dans på klubbhusets östra vägg.

Kvart över sex hade eleven fortfarande inte dykt upp. MacFie tände en cigarrcigarrett och kisade när han försökte tyda anslagstavlan. "Sara Från Stan" stod det på klockan sex.

Sara Från Stan. Ja, det kunde inte finnas många.

Det var klart som korvspad. Hon iddes inte komma när hon hade fått veta vem som var instruktör.

Vem hade hon hoppats på? Leonardo DiCaprio?

Lika bra att inse sanningen. Då kunde hon kanske också sluta ränna till hans hus stup i kvarten. Han hade nästan blivit utan midsommarbrännvin bara för att han inte ville gå hemifrån och riskera att missa henne. Bina hade blivit överskötta och till och med jordgubbsplantorna verkade irriterade över all uppmärksamhet.

Dessutom hade han inte kunnat hänga ut sina underkläder till tork på flera dagar. Han hade inte tänkt på tidigare vilken fri insyn det var från stigen och grinden över hela hans tomt.

Han hade köpt huset exakt en vecka sedan skilsmässan från Marianne var klar och dagen efter han gjort sin sista dag som utrikeskorre för den stora tidningen.

Mariannes avskedsord:

– Så klokt av dig att dra dig undan till den där gamla hålan i Sverige. I Paris har du ju aldrig varit något annat än ett stort skämt.

Han hade bestämt sig för att inte släppa någon människa in på livet och lyckats mycket bra. Några ytliga nödvändiga kontakter på Saltön var allt.

Den sista månaden på jobbet hade han varit tankspridd och mentalt redan tillbaka på Saltön. Abbé Pierres insamling till barnhemmen i Peru hade fått kostymerna och möblerna. Allt han sparat var den bärbara datorn, faderns handböcker i biuppfödning, en liten okänd tavla av en målare i Halmstadgruppen och dykarutrustningen.

Ingen hade varit inne i hans hus. Han hade byggt upp ett bibliotek som han trivdes med, hade vedspis och kamin. Hankatten Clinton hade sökt upp honom själv och skötte sig själv precis som MacFie.

Han hade övertagit sin pappas och farfars gamla bohusjulle

som legat halvt söndertorkad i en trädgård. Han hade drevat den och småningom fått den tät och själv lagat de gamla röda bomullsseglen för hand.

Han var nöjd med sitt nya liv.

Rättare sagt: hade hittills varit nöjd.

Halv sju hade hon inte kommit. Vem trodde hon att hon var? Han bestämde sig för att ta med tältet och stanna på Fårön i flera dagar. Ordentligt med vatten, konservburkar, bröd och ost, pilsner, spritköket, en liter brännvin, naturdagboken, ett par böcker, radion, ficklampa och en varm tröja.

Men eftersom han ändå var här kunde han lika gärna ta en tripp på djupt vatten innan turisterna skrämde bort piggvar och sandskäddor.

Morgonen var ännu inte varm och han frös om läpparna när han gick ner. Han var dyster till sinnes och luften kändes extra tung att andas. Befrielsen kom när huvudet var ett stycke under vattenytan och MacFie kände den välbekanta kicken.

Långt bort hörde han en motorbåt, förmodligen polisbåten från Strömstad som laddade upp med ett markeringsvarv inför tonårsgängen som strax skulle inleda det verkliga midsommarfirandet.

Algerna svajade i dyningarna efter motorbåten och när MacFie tittade upp mot ytan blev han nästan lyrisk över solstrålarna som silade likt ett tunt linnedraperi. Han började tycka att det var ganska trevligt att leva igen.

Han kände till alla fiskarter som höll till här – stensnultrorna pilade ut och in mellan algerna och en spräcklig berggylta kom nyfiket simmande rakt mot honom.

När han tagit sig ut ur hamnen fick han syn på en stor brun torsk som stod och lurade bland algerna. Han tog sig till musselbanken och plockade några nävar fulla. Han tappade dem och kom lite fel där det mest var sjöborrar och sjöstjärnor, men snart hittade han ett bra ställe och plockade nya blåmusslor med stor försiktighet.

En gång när han dykt med Frisören hade denne stuckit sig på

en fjärsings giftiga ryggfenor och blivit så dålig att MacFie fått ta honom till akuten där han blivit kvar i flera dagar.

När MacFie hade fått musslor så det räckte tog han sig mot bryggan.

En rödspätta tittade surt upp på honom från sandbottnen.

Ingen väntande Sara på dykarbryggan.

Storstadsstil. Den hade han fått nog av för länge sedan.

Förresten var han bara ett stort skämt.

Nu skulle skämtet ut och segla. Han försvann på flakmoppen och såg aldrig Sara som kom springande som en ivrig kalv uppför backen.

Hon såg inte heller honom, men ryckte i den låsta dörren till dykarklubben och svor några eder.

Vad var det för en jäkla instruktör som inte ens orkade invänta sin elev. Säkert en dryg jävla saltöbo.

Ingen idé att ge sig tillbaka till sängen.

Hon kunde lika gärna plocka sju midsommarblommor för att lägga under kudden när hon skulle komma hem från jobbet på natten.

Hon promenerade genom fabriksområdet och ut på strandängarna utanför badplatsen.

Ambassadörens brygga låg som vanligt tom. Staketet var strömförande så hon fick sticka in handen mycket försiktigt för att nå en kattfot och en blank gul smörblomma. Fetknoppen var inte riktigt i blom.

Hon gick ner till den grunda viken och vadade ut ett stycke i vattnet bland skrämda småspigg när hon fick syn på ett avlångt flytande föremål. En paddel, nästan ny. Nuförtiden slängde folk allting omkring sig. Sara ruskade på huvudet och slängde paddeln ifrån sig. Man måste fan i mig åka till stan för att se goda exempel på återvinning. Vad tänkte de på här ute?

Intill en stengärdsgård fann hon prästkrage och styvmorsviol. Ute på en klippa blommade triften lysande violett. Hon förbarmade sig också över en ensam maskros.

– Hej syster.

I rabatten utanför Lilla Hunden hade hon sett käringtand och blåklint. Hon skulle vara väl försedd till natten. Frågan var väl bara om hon egentligen ville drömma om någon tillkommande.

Ett singelliv med fast arbete, ett trist hyresrum som med tiden kunde ersättas med en trevlig enrumslägenhet och tre-fyra hobbies. Akvarell, dykning, korsstygn ... Hon kanske inte hade rätt till något mer. Hon hade fått sin beskärda del av kärlek med Axel.

Om inte någon kom i vägen förstås. Och därmed avsåg hon absolut inte någon idiot över sjuttio.

Emily hade sovit på en luftmadrass inne i talldungen. Även om det varit obekvämt konstaterade hon med stolthet att hon inte varit rädd en enda gång under natten. En fridfull natt. Så snabbt hade hon anpassat sig till sitt nya primitiva liv. Naturligtvis skulle hon då också få lätt att inrätta sig i Ragnars hyresrum i Kalmar. Så snart som möjligt måste de givetvis skaffa något större.

Kanske skulle hon slå lärarinnedrömmarna ur hågen och satsa på ett annat jobb så snart som möjligt. Hon såg sig omkring bland ägodelarna och all maten hon skaffat – allt stod i prydliga rader bredvid primusköket. Cykeln hade hon kedjat fast vid en björk. Någonting med dukning och mat kanske. Som husmor och värdinna var hon oslagbar. Det hade till och med Blomgren tyckt även om han inte uppskattat verksamheten.

Solen var redan varm. Hon klättrade fram ur dungen och sträckte på sig.

På utsiktsplatsen satt en välbekant och modfälld figur.

– Kristina. Jag trodde att du åkte till din mamma.

– Det gjorde jag också, men jag får inte plats att bo där.

– Men varför kom du tillbaka till Saltön? Här finns väl ingen framtid för dig om du skall skiljas.

– Jag vill bo här. Jag trivs här. Jag skall bli självständig. Ingen skall bestämma över mig. Jag skall bli singel. Jag skall ha ett yrke. Jag skall försörja mig. Jag skall vara fri.

Kristina fick något rörande buttert över de söta småflicksdragen som fick Emily att tänka på Paula.

– Synd att jag inte bor kvar i villan. Då kunde du ...

– Jag vill INTE bo hos någon annan. Efter midsommar skall jag söka upp Månsson i vittnens närvaro. Han får skaffa mig en lägenhet. Det är det minsta han kan göra. Sedan vill jag aldrig mer se honom.

– Vill du ha kaffe?

– Har du inte O'boy?

Emily och Kristina åt frukost på rutig duk på matbordsstenen och Emily talade lyriskt om Ragnar. Kristina avbröt henne.

– Ursäkta, men jag höll på att dö när jag såg honom. Jag fattade inte att det var han. Han såg inte alls ut som jag trodde. Clint Eastwood sa du. Som en gammal fågelskrämma säger jag.

– Han är mycket bildad.

Det började röra sig nere i samhället. Bilar och motorcyklar pilade runt och vid infarten till bron växte köerna med husvagnar på väg till campingen ute på Rundholmen. På kyrkbacken stod en midsommarstång och nere i parken höll man på att resa Saltöns kommunala stång.

– Ser man ditt hus härifrån?

Emily skakade på huvudet.

– Jag är duktig på att laga mat. Du kan inte ana vilken fin midsommarsupé Ragnar skall få. Sedan skall vi cykla mot Kalmar redan ikväll. I Kalmar kanske jag skall starta en cateringfirma.

– Det låter dötrist. Jag tänker börja på ett produktionsbolag. Ett internationellt, helst amerikanskt.

– Som producerar vad då?

Kristina ryckte på axlarna. Hon såg piggare ut efter frukosten.

– Jag tänker inte sova i bilen en gång till. Karl-Erik Månsson får skaffa mig en lägenhet så fort polisen hört honom om misshandeln och alla papper är klara. Min mamma är väldigt egoistisk och skall bestämma allt över mig, men hon har verkligen givit mig mod. Det är bra. Månsson skall inte slippa undan billigt.

– Ja, Månsson äger dessutom en massa hyreshus på Saltön och ingen har kallat honom snål. Skrytsam men inte snål. Hur skall du fira midsommar då?

– Äh, det där är överdrivet. Bara jag får någonstans att bo är jag nöjd med en video och en pizza. Det skall bli härligt att vara ensam och bestämma allting själv. Jag längtar efter det. Ingen skall lägga sig i något. Jag skall gå omkring i mjukisbrallor och dricka mjölk direkt ur tetrapacken. Göra pedikyr framför TV:n. Läsa Svensk Damtidning och äta lösgodis i sängen. Prata i timmar i telefon. Äta O'boy med sked direkt ur burken. Kaffebryggare och sån skit tänker jag överhuvudtaget inte äga.

– Jag tycker att du skall starta med att bo på hotell, så inte övergången blir för svår. Om jag får råda dig.

– Men det får du inte.

På torget var det full kommers klockan nio. Solen strålade och det doftade färsk dill, men bland kunderna var det anarki. Stressade sommargäster stred om de absolut sista jordgubbskartongerna och just som den garanterat sista kartongen lämnats över disken sprang små pigga pojkar till pickupen på parkeringen och hämtade nya.

Saltöborna själva tog det lugnt för till dem fanns det reserverat både jordgubbar, färskpotatis och dill sedan veckor.

Fiskbilen hade infört köbrickor, eftersom det blivit slagsmål om matjessillen föregående år. Kölapparna hade fiskhandlaren hittat på vinden hos sin mamma som innehaft Saltö manufaktur.

Det var köbrickor av plywood med siffror målade i svart.

En sommargäst bjöd tvåhundra kronor för köbrickorna och minuten efter hade de gått för trehundrafemtio kronor och allt var kaos igen.

– Kult! ropade innehavaren till de antika kölapparna medan hon banade sig väg till husbilen.

– Hallå där Jönssons pojk, du har väl inte blandat upp de färska räkorna med frysta? ropade Magdalena Månsson.

– Jönsson var en ful fisk, förklarade hon för en förskräckt man med en keps från Västerhaninge. Kontrollera att skalen är lätta att ta av och att ögonen sitter där de skall. Annars är det något lurt.

Det var bilköer från andra sidan bron ända till strandpromenaden och småpojkar gick och sålde tidningar, körsbär och glass till de svettiga bilisterna.

– Hade jag inte haft allt bagage kunde jag gått, sa Lizette till taxichauffören som hämtat henne på Landvetter flygplats utanför Göteborg.

Lizette var en rakryggad blond flicka med bestämda drag och lugna rörelser. Men när hon fick syn på Magdalena Månsson på torget skrek hon högt.

– Farmor!

Hon hoppade ur bilen och omfamnade farmor och Magdalenas sura ansikte blev plötsligt lyckligt.

– Å lilla Lizette. Äntligen är du här. Nu släpper vi aldrig i väg dig. Till slut skall det bli ordning här bara vi får i väg den lilla snärtan från Göteborg som gör livet surt för Karl-Erik och för oss alla.

– Jag måste springa i kapp taxin, så hon inte far i väg med alla mina väskor. Du kan väl hänga med, farmor?

– Och lämna min egen bil vind för våg. Nej vet du vad. Det är midsommarafton idag. Då får man hålla i grejerna. Men så fort jag ställt in den i garaget kommer jag.

Lizette skrattade. Att farmor inte gillade sin nya svärdotter var inget att bry sig om. Hon hade inte gillat Lizettes mamma heller. Kristina skulle säkert bli en trevlig bekantskap, annars skulle inte pappa valt henne.

Vid apoteket hann Lizette ifatt taxin och hoppade in, denna gång i framsätet.

– Din farmor har verkligen en fin och dyr bil. Att inte hon hämtade dig på flygplatsen? Det hade blivit billigare.

Lizette log.

– Jag hade glömt hur det var på Saltön. I Sydney är det ingen som bryr sig. Farmor hade säkert kommit om jag velat, men jag har inte berättat om ankomsttiden för någon i släkten. Jag ville åka ensam och tyst och ta in den svenska sommaren. Precis som jag gjort. Det har varit en perfekt resa. Skicka fakturan till fabriken.

Efter strandpromenaden lättade trafiken och serpentinvägen upp till gräddhyllan låg helt tom.

– Det verkar som om de bofasta flytt badgästinvasionen?

– Inte gör det mig något. Jag skulle kunna köra taxi dygnet runt. Sommargästerna går inte en meter, särskilt inte damerna. Bara man kallar det tjejtaxa betalar de vad som helst.

Lizette försökte ringa sin pappa i mobilen.

– Inget svar. Underligt.

– Jobbar du på operan om du är i Sydney?

– Nej, det gör jag verkligen inte.

– Vad kan man annars ha för sig där borta på andra sidan jordklotet? Det var en aboriginbalett i Folkets Hus förra vintern. De hade trummor med sig också.

– Jag har läst företagsekonomi i fem år och jag är precis klar med min examen. Det vet pappa inte om. Det är min överraskning och present. Jag skall överta pappas firma med tiden. Så nu skall jag stanna hemma bara jag hittar någonstans att bo …

Taxin svängde in genom de höga järngrindarna till Månssons residens.

– Jag kan hjälpa dig upp med väskorna.

– Nej nej, det behövs inte alls. Jag kan behöva anstränga mig efter allt stillasittande. Ställ dem här bara utanför garaget så tar jag upp dem i omgångar.

Lizette väntade tills taxin kört innan hon tittade upp mot huset. Det kändes precis så speciellt att komma till villan hon vuxit upp i som hon tänkt sig. Fast mindre. Hon hade trott att avståndet mellan grinden och huset var längre och brantare och att villan var ännu mer magnifik. Hon smålog åt sig själv.

– Du är stor nu Lizette.

Det kändes att hon kommit hem till Saltön för att stanna. Hon undrade om det skulle kännas likadant för hennes mamma som också var född på Saltön. Föräldrarna hade skilts när Lizette gick i skolan. Hon visste inte skälet mer än att de sällan befunnit sig på samma ställe. Hennes mamma hade gjort köttbullar och hennes pappa affärer. Sedan hade hennes mamma blivit rödstrumpa och feminist. Det var åtminstone Karl-Erik Månssons benämning när hans hustru började på komvux och skaffade sig busskort och ryggsäck.

En talgoxe hoppade omkring på stentrappan och plirade med ögonen. Växterna i stenpartiet hade börjat blomma. Det doftade svensk midsommar.

Midsommarstången var ännu inte på plats så pappa höll tydligen på traditionerna med dans på fabriksgården innan den forslades hem. Hon blev förvånad över att inte flaggan var hissad, dels för midsommaraftonens och semesterstartens skull, dels för att Månssons enfödda skulle komma hem. Det måste vara ett förbiseende. Hon steg upp på gräsmattan och klackarna sjönk ner. Den var tät och grön som en golfgreen. Inga maskrosor och ingen mossa. På dörren till den lilla friggeboden satt en prålig skylt i keramik.

HÄR BOR LIZETTE

Hon log, både rörd och irriterad. Trodde pappa att hon var tolv år?

Trädgårdsmöblerna hade plastöverdragen på. Tänk om han inte var hemma. Han hade väl inte glömt? Omöjligt. Antagligen var han redan på fabriken men Kristina måste väl vara tillsagd att vara hemma och ta emot Lizette?

Ytterdörren var olåst och hon hörde en radio stå på i köket. Dragspel och flöjt. "Så skimrande var aldrig havet."

Köket var tomt, glänsande rent. Bara ett par tomma ölburkar och kanske nya tapeter. Hon smög sig in i vardagsrummet i hopp om att överraska honom. Var Karl-Erik Månsson hemma stod han säkert på sin favoritplats vid perspektivfönstret och tittade på utsikten över Saltöns hamn och inlopp.

När Lizette var liten hade hon fått stå bredvid på en särskild liten blå pall med en liten men alldeles riktig kikare.

Kikaren stod på fönsterbänken och teleskopet på sitt stativ, men Lizettes pappa låg på sidan i soffan med öppna ögon. Han var död.

MacFie packade snabbt ihop sina saker, låste huset, såg till bina och höll ett kort förmaningstal till Clinton.

– Det är inte mars nu.

Sedan begav han sig till småbåtshamnen med seglen i en säck under armen och tält och förnödenheter i en ryggsäck med mes.

På stora badbryggan var det fullt av folk och i viken vid simskolan hördes en hurtig lekledarröst i mikrofon och många visselpipor. På pollarna vid Månssons ännu tomma båtplats hade någon bundit färskt björkris, blågula band och ett knippe ballonger.

Frisören hade tydligen midsommarstängt för han satt redan på ljugarbänken med en dansk pilsnerflaska i handen. Hans hår lyste blankt och svart i solen.

MacFie vinkade åt honom, gick ut på bryggan och hoppade ner i sin gamla öppna bohusjulle. MacFie var vig. Alla som såg honom tyckte att han var spänstig för att vara sjuttio. Men det betydde verkligen inte att han skulle vara en lämplig älskare till en flicka som inte ens fyllt trettio.

Allt i båten låg på plats, åror, spristake, båtshake, rorpinne i en blank och vacker rad på styrbordssidan. Tofterna och bordläggningen sken av fernissa. Han strök med handen över den solvarma rorkulten. Han hade det bra.

Båten hade inget däck. Han stuvade in ryggsäcken under toften i fören och slog förtampen runt den för säkerhets skull. Det skulle bli kryss ut till Tallholmarna. Det blåste inte mer än en fyra-fem sekundmeter men han ville inte bli av med sill och brännvin om gamla Sture krängde till.

Jullen hette Sture – det hade den hetat sedan MacFies farfar som kom från Skottland byggde den 1896. Sture stod det på mässingsskylten i aktern.

MacFie gjorde loss akterförtöjningarna och hissade storseglet och focken medan han styrde ut.

Han fick snart bra fart, skotade hem och gick så högt upp i vind han kunde. En uppfriskande kryss på en dryg timma låg framför honom. Han tog på sig kepsen. Det kändes skönt att lämna samhället och de krossade midsommarförväntningarna bakom sig.

När Johanna kom till jobbet var Blomgren redan klar med alla morgonsysslor. Kundernas iver hade fått honom att öppna tidigare och han hade svettfläckar under armarna. Johanna svepte en kopp kaffe på stående fot och ägnade sig sedan åt kunderna. De undvek först att möta varandras blickar, men plötsligt råkade de stöta ihop över stället med kvällstidningar och rodnade båda två.

– Vad är det frågan om? undrade Baskermannen. Är det bröllop på gång?

Blomgren ägnade sig åt att sälja små renar av gips till en tysk familj. Fadern vände sig undrande till Baskermannen och frågade var renarna fanns. Baskermannen gjorde en svepande gest mot kyrkberget innan han återgick till Slitz.

Johanna sålde en penninglott.

– Du kanske borde köpa en penninglott själv, Johanna, sa Orvar, så du också kan åka jorden runt. Det är väl tomt hemma när pojken gett sig av med bibliotekarien?

– Är det inte dags för dig att gå upp till fabriken och spela?

– Ja, där missar du något i år, Johanna, men vi spelar faktiskt inte förrän tolv. Månsson skall sjösätta först. Nu skall han vara ungkarl på de sju haven igen.

– Vad talar du för dumt!

– Han var ju på banken och ordnade med skilsmässopappren igår. Kusinen från stan var med. Han som tappade utombordarn i sjön förra året när han fick låna Månssons gummibåt efter kräftskivan. Han har nog mycket papper att upprätta innan de är kvitt. Den var på sjuttiofem hästar. Så gott som ny. Den stod i en tunna sötvatten en vecka och sedan sålde han den billigt till en gubbe från stan.

Johanna strök svetten ur pannan. Fyra unga poliser kom in i butiken, två var riktigt snygga.

– Jag har alla tillstånd, sa Blomgren med ett skevt leende. Till och med för försäljningen på kajen men den utnyttjar jag inte.

– Man vill ju inte att kunderna urinerar i sortimentet, sa Baskermannen.

– Vi skall köpa vykort och frimärken, sa en av poliserna med späd röst.

– Jaså, era fruar och barn fick inte följa med till Saltön över midsommar.

– Verkligen inte, de är kvar i Göteborg. Där är det lugna puckar.

Den yngsta polisen dröjde sig kvar bland nyckelringarna sedan de andra lämnat affären och tvekade en stund mellan en TeleTubbie och en Spice-Girl.

– Skall du inte ta något härifrån bygden, sa Johanna och höll fram en tändsticksask med fastklistrade snäckskal.

– Äh, sa polisen, kontrollerade batongen och gick ut.

Polisens Svarta Maja stod vid parken och längs strandpromenaden paraderade vanliga polisbilar i avskräckande syfte. Polishelikoptern följde trafiken och en polisbåt synade av hamnen. Klockan fem skulle två ridande poliser anlända i särskild transport.

På ljugarbänken satt Frisören, Veteranen Olsson från fabriken och fastighetsmäklaren och väntade på Månsson. Lutade mot hamnkontorets vägg stod de tre starka grabbarna från kommun. Alla försåg sig flitigt ur backarna med Frisörens danska öl.

– Får väl åka över till Fredrikshamn och köpa nya permanentvätskor.

– Ingen fara. Du kan panta flaskorna på Konsum.

– Konstigt att Månsson dröjer. Han som är så noga med tider.

– Vi kanske skall gå och täcka av båten och rulla undan presenningarna så det är gjort åtminstone.

– Det skulle han inte tycka om. Det skall vara som det alltid har varit. Och vi träffas ju här. Går det någon nöd på oss kanske?

Det var mest de tre starka grabbarna som började ha långtråkigt och ville bli kvitt sjösättningen så snart som möjligt för att hinna hem och rigga om och kolla ett och annat om vad som försiggick på strandpromenaden. After beach.

Det var inte Månsson som kom utan Kabbe. Han hade kavaj på sig.

– Tjena Kabbe, ropade Frisören. Glad midsommar på dig.

– Här har du ölen, men var har du svågern? frågade mäklaren.

Kabbe stannade tvärt framför bänken och tittade i marken.
– Karl-Erik är död.
Frisören, mäklaren och Veteranen Olsson ställde sig omedelbart upp i givakt bakom ölbackarna. De blundade, varvid Frisören vajade något. Efter en minut satte de sig ner igen.
– Jösses Amalia, sa Frisören.
– Han var inte gammal, fastslog mäklaren.
– Hur skall det gå? undrade Veteranen Olsson.
– Ja, vi får väl sätta båtfan i sjön själva, sa en av de tre unga starka och tittade på klockan.
Kabbe ryckte på axlarna och gick sin väg.
Frisören, mäklaren och Veteranen Olsson föll i djupa och sorgsna tankar, medan de tre starka ynglingarna raskt styrde kosan mot varvet och satte Månssons båt i sjön. Det hade aldrig gått så fort och ändå var det ett ordentligt utfört arbete.
– Jag tycker, sa Frisören, att vi reser oss upp och utbringar en skål för Karl-Erik Månssons minne midsommarafton 1999.
– Absolut! instämde mäklaren.
– Månsson skulle inte tycka illa vara, ansåg Veteranen Olsson.
De reste sig och lät pilsnerflaskorna klinga mot varann.

När Kabbe återkom till Månssons residens satt de tre kvinnorna exakt som han lämnat dem. Magdalena i den snurr- och fällbara skinnfåtöljen framför TV:n. Den stod på med testbild i skarpa färger men inget ljud. Vid hennes fötter på isbjörnsfällen halvlåg Lizette som gråtit så mycket. Kroppen skakade i torra ryckiga konvulsioner. I soffan där Karl-Erik Månsson legat tills ambulansen kom satt Lotten och drack whisky.
– Kallegubben, mumlade hon ibland. Hon hade tänt ett ljus framför ett fotografi på brodern i konfirmationskostym.
– Ja flickor, sa Kabbe och tittade ut genom perspektivfönstret. Med tiden får vi väl ringa Kristina. Har någon hennes mobilnummer? Nu är det verkligen en hel del som vi måste ta tag i.
Magdalena tittade upp.
– Inte så mycket. Skilsmässan är i det närmaste klappad och klar. Det sa kusinen från stan när han ringde. Han ringde för han

undrade om han glömt en flaska gin. Är det någon som har sett en flaska gin?

Lizette började gråta igen.

– Jag kan bo här hos dig, Lizette om du vill, sa Magdalena. Star dry gin var det.

Lizette nickade.

– Det blir bra, farmor.

– Det är så tråkigt för jag trodde att pojken skulle bli sextiofem.

Alla andra blev sextiofem. Och här sitter jag ensam och äldst som ett skämt.

– Ett skämt är du ändå inte, mamma, sa Lotten och hällde upp en ny whisky.

– Det var vänligt sagt. Om någon hittar den kan Bengt få den på begravningen.

– Allt är noggrant förberett och uttänkt, sa Kabbe, arv, ceremonier och vita kuvert, menar jag. Borglund på begravningsbyrån verkade nästan glad att få något att göra. Midsommar brukar vara dödsäsong, sa han lite skämtsamt. Han var ju klasskamrat med Karl-Erik. Men vänta, apropå det: har ni tänkt på midsommarfesten på fabriken. Klockan är ju tolv. Jag får åka dit och tala om vad som hänt.

Lizette reste sig. Hon var huvudet längre än Kabbe. Tårarna var borta.

– Det gör jag.

Från fabriksgården hördes röster från ett hundratal anställda med familjer. Tältet lyste i blått och gult. Orvar Blomgren gick upp på estraden som var uppbyggd av silltunnor och knackade i mikrofonen.

– Etta, tvåa, trea. Det hörs bra.

Han gjorde segertecken åt mannen som hade hand om ljudet.

– Hej allihop, sa Orvar. Det känns lite mysko att börja spela för de säger ju på stan att Månsson är död. Det har ni väl också hört. Jag kan spela något långsamt så länge.

Orvar tog med sig mikrofonstativet, hängde på sig dragspelet och satte sig tillrätta på fyra sillådor som stod staplade på varann. Han började spela Drömmen om Elin.

Efter en stund reste han sig halvvägs och meddelade i micken:

– Jag sjunger inte som ni märker.

Det hade hunnit bli väldigt varmt. De äldre kvinnorna hade bomullsklänningar och de yngre små korta toppar och shorts. Männen hade kortärmade bomullsskjortor och kakishorts. Alla stod villrådiga och småpratade när Månssons bil svängde upp på gården.

Ut kom Lizette i en snyggt skuren kritstrecksrandig kostym. Hon tittade inte åt publiken utan gick direkt upp i talarstolen.

Orvar slutade spela och Lizette tog över micken.

– Mina damer och herrar. Jag antar att ni känner igen mig allihop, de flesta i alla fall, fast jag har bott och studerat i Sydney i Australien i några år. Jag är Lizette Månsson, Karl-Eriks dotter.

Det gick ett sus genom publiken, inte så mycket för att de inte visste vem den unga självsäkra kvinnan var utan för att de aldrig förr sett en kvinna i slips.

– Jag har den smärtsamma plikten (nu bröts rösten) att meddela er att min pappa (rösten bröts igen) Karl-Erik Månsson är död.

Det blev helt tyst.

Lizette blundade och svalde och fortsatte sedan med lugn och tydlig röst.

– Det är ett slag för oss alla, för mig, Karl-Eriks mor och hans syskon, vänner och naturligtvis för er som är anställda på fabriken. Mitt i denna sorg vill jag ändå önska er alla en trevlig midsommar och en välförtjänt semester. När ni återkommer i augusti kommer ni att finna mig som Karl-Eriks efterträdare. Jag kommer att vara verkställande direktör och se till att fabrikens drift skall fortgå på bästa sätt. Det skall bli en glädje att vidareutveckla Månssons delikatesser.

– Slutligen vill jag för att undvika spekulationer informera er om att läkarna konstaterat att min far avled i sömnen i sviterna av en hjärtinfarkt. Han hade ett stort hjärta för sin familj och för sina anställda och jag är säker på att han skulle ha önskat att ni firade midsommarafton på ett trevligt och traditionellt sätt. Innan jag nu lämnar er för att göra det vill jag utlysa en tyst minut för min far och för er chef Karl-Erik Månsson. Må frid lysa över hans minne.

Emily var förväntansfull och nervös. Himlen såg fullständigt blå ut vilket var unikt för en midsommarafton i modern tid, så hon behövde inte direkt sakna sitt hem på fyra hjul. Säkert hade Blomgren ägnat henne en tacksam tanke när han upptäckt att han fått bilen tillbaka.

Hela morgonen och förmiddagen hade hon ägnat åt förberedelser för festen.

Flickan med flätorna hade lämnat över spritflaskan när Emily hängde på låset klockan åtta.

– Blev det något mer? hade hon frågat.

Nej, pengarna hade inte räckt till något mer.

– Du har fått mycket för pengarna! Två sjuttiofemmor.

Det gick det inte att neka till. Det hemgjorda brännvinet förvarades i en Coca-Colaflaska på en och en halv liter. Emily tog emot den och frågade om hon möjligen fick låna köket lite för hon skulle ordna med en picknick för en bekant.

Flickan himlade sig.

– Nej jag stänger klockan tolv.

Så fort Emily försvunnit in i duschen beklagade flickan sig i telefon.

– Jag blir galen på kärringen. Snart flyttar hon in här. Du som har kamera skulle kunna ta några roliga kort när den där fågelskrämman hälsar på henne uppe på utsiktsplatån. Om hon inte vore så ointressant skulle man kunnat tjäna pengar. Gamla människan. Ingen skam i kroppen. Tjock är hon också. Hon är verkligen ett stort skämt.

Emily duschade snabbt, kammade och sminkade sig. Cykeln var visserligen låst, men hon hade redan dukat i dungen på platån och både djur och människor utgjorde hot.

– Sista dygnet på Saltön, sa hon till spegeln och log. Vi ses i Kalmar.

Hon gnolade när hon plockade i ordning och sorterade i necessären. Hon ville absolut inte att Ragnar skulle tycka att hon släpade på något onödigt. Det skulle bli en del uppförsbackar. Han var väldigt noggrann av sig, inte så olik Blomgren faktiskt. Hon skrattade högt åt sig själv. Nu höll hon visst på att bli konstig igen. Bäst att få något i magen.

Av flickan köpte hon kexchoklad som hon åt till frukost och gick sedan upp till sitt efter att ha tagit den förvånade flätflickan i hand.

– Trevlig midsommar!

– Visst, sa flickan. Fast själv tycker jag nog att det är jävla överdrivet, det där med midsommar. Fest för fjortisar.

Emily halvsprang flämtande till sitt ställe. Inga spår efter inkräktare. Allt såg mycket prydligt ut. Hon antog att Ragnar skulle acceptera plastbestick och pappersservetter. Något annat vore faktiskt inte möjligt. Det såg ändå trevligt ut. Den blårutiga pappersduken, de små övertäckta skålarna (hurra för gladpack), midsommarbuketten i riktig vas av stengods som Emily lånat från motionsgårdens rökrum.

Hon tog en kopp kaffe och gick och satte sig på bänken på utsiktspunkten. Havet var så blått och grant. Flera segel syntes långt ut och samhället var fullt av liv. Hon kunde se figurer och bilar trängas kring torget och på bryggan och ute på udden var det fullt av badande och solande människor. Endast Ambassadörens brygga var tom och fönsterluckorna var som alltid stängda på hans gamla vackra gula trävilla.

I parken var midsommarstången rest men på de båda flaggstängerna på ömse sidor om scenen var flaggorna hissade på halv stång. Vad var detta? Nu såg hon att flaggor var hissade på halv stång lite varstans på Saltön och till och med på de officiella flaggstängerna på strandpromenaden.

Blomgren, herregud hade Blomgren gått och dött? För Ragnar kunde det inte vara. Ingen kände Ragnar.

Emily gick till sitt dukade bord, lyfte på gladpacken över den kokta potatisen och åt nio stycken fortare än en gris blinkar. Hon öppnade en ölburk. Efter en stund slukade hon brieosten. Den visste ändå inte Ragnar om. Hon åt upp kexen också medan hon upptäckte allt fler flaggor på halv stång i samhället. De flesta hängde slaka eftersom vinden var svag.

Det kunde naturligtvis inte vara Doktor Schenker. Det skulle Emily fått veta om fadern var dålig, eftersom han visste var hon fanns och därmed också Taxi-Lotta.

Hon kunde inte se pensionatet men däremot deras flaggstång. På den fanns ingen flagga överhuvudtaget. Då kunde det absolut inte vara Ragnar.

Synd att Blomgren inte hade någon flaggstång utanför tobaksaffären, men sådant ansåg han övermaga. Kyrkan var i vägen, så hon kunde inte se sin egen villa och flaggstång. Inte doktorsvillan heller för den låg på bortre sidan av gräddhyllan. Självklart var det inte Blomgren. De officiella flaggstängerna användes aldrig för att hedra vanliga saltöbor, sådana som inte satt med i styrelser eller kommunfullmäktige. Det var nog någon på riksplanet. Någon släkting till kungahuset eller kanske en nobelpristagare i litteratur eller en ishockeyspelare.

Ragnar stod och oljade kedjan på sin cykel när pensionatsvärdinnan kom ut för att hissa flaggan.

– Jaså nu skall flaggan i topp?

– Nej, i topp skall den verkligen inte för Karl-Erik Månsson har avlidit. Ja först skall den i topp men sedan skall den ner på halv stång.

Ragnar log uppskattande.

– Ja, så skall det gå till. Det är inte många som kan reglerna för flaggning längre. Eller överhuvudtaget någonting om vår svenska flagga som officiellt infördes först 1906. Färgerna anses för övrigt härstamma från det svenska riksvapnet från 1300-talet. Ett baner med guldkors på blå botten ingick även i Gustav Vasas vapen. Vem var Månsson?

– Vet du inte vem Månsson är? Han ägde halva Saltön. Halva Saltön är Månssons och halva är Ambassadörens men han är ju stockholmare, så det känns värre med Månsson. Ambassadören lever vad jag vet.

– Jaså minsann, vad dog herr Månsson av?

– Vällevnad skulle jag tro. Han åt och drack och rökte ihjäl sig. En massa fruntimmer också.

Ragnar skakade medlidsamt på huvudet.

– Så får det inte gå till. Fruntimmer skall hållas kort, annars kan de lätt få idéer.

– Månsson var en rekorderlig person. Det är till exempel han som bekostat det nya taket på pensionatet.

Hon vände på klacken och gick mot flaggstången.

Ragnar Ekstedt ställde tillbaka oljekannan och började packa cykeln. Han hade olika bestämda arrangemang av snören och gummislangar för att växtpressen och övrig packning skulle hållas på plats.

Han var klädd i sina långturskläder med regnskyddet lätt åtkomligt överst på cykeln. Ringklockan sken nyputsad.

– Adjö då! ropade han mot flaggstången.

– Adjö själv och välkommen åter nästa sommar, svarade värdinnan.

– Vi får väl se hur det blir med den saken. Jag doppar ogärna min fot i samma vatten två gånger.

Ragnar Ekstedt log inåtvänt och kastade högerbenet över cykelramen.

Han for raka vägen till tobaksaffären.

– Nu hade du tur för vi skall just stänga.

En mager kvinna höll på att bära in vykortsställen från gatan.

– Tur kan man näppeligen kalla det. Jag är fullt medveten om vad klockan är och hur dags ni stänger, svarade Ragnar och gick in i butiken för att köpa den nya korsordstidningen. Han kunde knappast tänka sig ett bättre sätt att tillbringa en midsommarafton, långt från busliv och krav, kanske vid en stillsam skogstjärn.

Medan Blomgren expedierade Ragnar Ekstedt ropade han på Johanna.

– Du, hjälp mig lite är du snäll. Din hyresgäst frågar efter en fruntimmerstidning. Kan du komma?

Sara smålog mot sin värdinna.

– Ja, jag undrar om ni kan skaffa Newsweek. Om jag kan beställa den eller i annat fall Times. Det är inte vad jag kallar fruntimmerstidningar.

– Ja, det där begriper väl Blomgren bättre än du. Han sålde tidningar till stadsbor innan du var född.

– På så sätt. Jävligt synd förresten att du inte kom på tjejkvällen på Lilla Hunden. Det var ett jävla tryck. Enormt många kvinnor. Jag köper Månadsjournalen istället och ettans snus. Två dosor, det är i alla fall midsommarafton.

Johanna låste dörren efter henne och vände sig till Blomgren som stod med ryggen åt och plockade med spelkupongerna.

– Hur skall du fira midsommar, Thomas?

Han ryckte på axlarna.

– Om jag bakar en tårta kanske jag får komma och hälsa på?

Han vände sig om.

– Javisst. Välkommen. Men inte behöver du ta med någon tårta. Jag har både sill och snaps och jordgubbar. Och plats för dig.

Hon kastade sig om hans hals. Han log men lösgjorde sig med en blick ut på gatan och Baskermannen som stod och tittade in genom skyltfönstret.

– Detta blir min första lyckliga midsommarafton någonsin, sa Johanna.

– Såja, sa Blomgren.

Hon kastade en slängkyss på väg ut genom dörren. Han följde henne med blicken då hon sprang in på Konsum innan han släckte ner i butiken och tog bort cigarrettändare, souvenirer och andra stöldbegärliga ting ur skylten.

Johanna plockade upp en varukorg och rusade till avdelningen för bak. Så många olika saker det fanns – hon borde nog ha tagit med sig receptet. Hon plockade vetemjöl, strössel, mandelmassa och gelatin i korgen – det måste vara en god start. I mjölkdisken tog hon ägg, vispgrädde och smör. Hon kände sig kvinnlig och husmoderlig och började svänga på höfterna när hon gick. Hemma på sängen väntade den nya vita klänningen.

När hon kom till tidningsställen vid kassan försökte hon hitta tårtreceptet i just den veckotidningen hon redan hade hemma.

– Jaså här står du och smygläser. Det tycker inte Blomgren om, sa Baskermannen.

– Det här är väl inte hans affär.

– Du behöver inte anstränga dig för han har sill och jordgubbar hemma. Köpt ut har han också gjort.

I trappuppgången mötte hon Sara som var på väg ut i Lilla Hundens tjänsteskjorta.

– Jaså nu bär det i väg till jobbet. Hoppas att det ändå blir en trevlig midsommar, sa Johanna och log.

Sara såg häpen ut. Trodde hon inte att Johanna visste något om vett och etikett bara för att hon aldrig hade varit i Stockholm. Efter en stund log hon.

– Ja för fan. Trevlig midsommar på dig själv.

Johanna gick in och satte på radion och ugnen. Medan hon letade efter receptet hörde hon lokalnyheterna avslutas med tillkännagivandet av Karl-Erik Månssons alltför tidiga bortgång åtföljt av ett litet porträtt tecknat av den västsvenska radions lokalkorrespondent på Saltön.

Kommunfullmäktiges ordförande som just åt midsommarlunch med familjen på Lilla Hunden (det klirrade i bakgrunden) talade varmt om Månssons betydelse för näringslivet liksom Ambassadören på en telefonlinje från Japan som nästan hördes bättre än den som gick från Lilla Hunden.

– En synnerligen färgstark profil och en modern företagsledare, sa Ambassadören. Redan när vi var grabbar och kappseglade var jag imponerad av hans tävlingsinstinkt och hårda vilja …

Porträttet avslutades med en förmodan att ägandet och driften av Månssons lukrativa fabrik skulle stanna inom familjen.

– Jag hann säga upp mig i alla fall, sa Johanna belåtet till ägget hon knäckte i en skål.

Hon upptäckte att flera saker fattades till midsommartårtan, men det kunde väl inte vara så noga. Bakpulver hade hon ju koll på i alla fall. Huvudsaken var att den såg stor och pösig ut. Thomas var inte större i maten än Johanna själv.

Det tog längre tid än hon tänkt sig. Å andra sidan kunde hon spankulera helt naken omkring i lägenheten för första gången. Hon smuttade då och då på en mugg kaffe och kände sig väl till freds när det ringde på dörren.

Hon slängde på sig en regnrock. Sara såg förvånad ut när hon fick se den.

– Jaså skall det bli regn? Jo jag tänkte bara fråga en sak om MacFie?

– MacFie skall du låta vara i fred, vad är det med honom?

– Vet du var han finns? Jag gick till hans hus nu när jag skulle till jobbet, men det verkade jävligt tillbommat.

– Det är det också, för han har seglat till Fårön. Vad vill du honom?

– Absolut ingenting. Så han är borta hela jävla helgen då?

Johanna nickade.

Sara var redan i trappan.

Johanna skakade på huvudet och började vispa ägg och socker igen. Ingenting hände. Det var verkligen träligt. När hon flyttade till Thomas skulle det bli underbart att använda elektriska vispar och hushållsassistenter. Om hon nu måste laga mat förstås. Förspilld kvinnokraft. Kanske räckte det att hon klippte ut bilden av midsommartårtan ur tidningen och tog med sig. Ett skumbad i mysk var sannolikt en viktigare förberedelse inför midsommarnatten.

MacFie strövade halvdyster runt på Fårön. Han var irriterad över att den riktiga glädjen inte kunde infinna sig. Han hade rostat musslorna han plockat på morgonen och tagit sig en lille en för att markera att det ändå var midsommar.

Saltön låg på behagligt avstånd. Han kunde höra avlägsna skratt, skrik och musik ur hotellets högtalare på terrassen. Från parken Kostervalsen. Annars var det lugnt på detta avstånd. Midsommarvädret var osannolikt vackert och han utforskade Fårön i bara shorts.

Skrevorna mellan klipporna var fulla av blommande blåviolett trift. I en djup ravin växte stenhallon med vitblommiga revor.

Förra året hade han åkt ut till Fårön enbart för att plocka stenhallon. Han hade petat ner stora saftiga hallon i en flaska jamaicarom som han smuttat på hela julafton. Det var väl det roligaste med den julen bortsett från midnattsmässan som han alltid gick på.

Trots att Fårön var en så liten ö erbjöd den växlande natur. Han hade redan slagit upp tältet i lä på en liten äng som vette mot öster. Med uppfälld tältöppning skulle han kunna ligga bekvämt på luftmadrassen och se soluppgången. Det kändes mer angeläget för varje midsommar som kom.

MacFie klättrade upp på den högsta klippan krönt av ett litet kummel och iakttog ett par tärnor som dök ikapp och kom upp med skarpsill och spigg.

Överallt dessa par.

Bränningar bröts mot Tumlarskären som låg ett stycke väster om Fårön, små smala klippöar, nästan utan växtlighet. Han såg en säl ligga och sola sig i det glittrande vattenbrynet och beslöt att studera den närmare. Han tog upp sin fältkikare.

Sällan man såg enstaka sälar på det viset.

I kikaren upptäckte MacFie att sälen var människolik. Någon båt kunde han inte upptäcka.

Han lade ifrån sig kikaren, sprang ner till jullen och drog igång aktersnurran.

Blomgren hade inte gjort sig någon brådska hem från affären. Det kändes lika underligt varje gång han kom till sitt ödsliga hus. Vad tänkte Emily på? Hade hon pratat med Paula? När Paula fått reda på vad modern gjort skulle hon säkert lämna Afrika för att ta hand om fadern, sannolikt med hjälp av Gud.

Kom inte Emily tillbaka hade han i alla fall det att se fram emot.

Under tiden kände han sig förväntansfull inför Johannas utlovade besök. Att fira midsommar i ensamhet var bara för mycket. Kanske borde han städa lite. Och bädda sängen naturligtvis. Det var som sagt midsommarafton. Liksom många andra barn på Saltön var Paula född i slutet av mars.

Han borde också hissa flaggan på halv stång för att hedra Månsson och visa allmänt hyfs. Blomgren hade aldrig varit förtjust i Månsson och hans skryt och skrävel, men han hade ändå varit en högst aktiv del av samhället och det hade varit trevligare om han levt än att han var död.

Han gick ut i carporten för att hämta flaggan och gjorde därvid två upptäckter. Kajaken var fortfarande borta. Herregud det hade väl inte hänt sommargästen något? Han måste bort till friggeboden och se om Fredrik kommit tillbaka. I detsamma fick han syn på sin bil som stod prydligt parkerad på gatan.

– Emily! ropade han och sprang in i huset.

Men hallen och köket såg lika stökiga ut som när han lämnat huset på morgonen och han sjönk trött ner vid köksbordet. Varför lekte hon med honom?

Han blev sittande tills han hörde häftiga bultningar på dörren och öppnade för den andra hyresgästen som han inte ens kände igen.

– Ja, det är jag, sa Linda. Jag har varit borta några dagar och huset är låst. Var är Fredrik någonstans?

Blomgrens ögon tårades.

– Han lånade kajaken igår. Om han inte har kommit tillbaka får vi ringa sjöräddningen. Har han ingen mobil?

Linda himlade sig.

– Tror du inte att jag ringt den. Telefonsvararen står på. Batteriet är väl slut eller också ligger den kanske på havets botten. Vi får gå ner till hamnen och höra om någon sett honom.

Blomgren reste sig genast, tog ner kepsen från kroken i hallen och följde efter henne med långa steg.

– Vi börjar på hamnkontoret. Där vet man det mesta.

De fick nästan slå sig fram på strandpromenaden. Tröjförsäljare och kebabstånd trängdes med räkbodar och en karusell. Tonårsgäng satt på kajkanten och drack öl och dinglade med benen. Barnfamiljer med parasoller på barnvagnarna sökte svalka på Glassbåten. Köerna på däck var långa. Andra kylde ner sig genom att hoppa i fontänen som fanns i det stora karet runt skulpturen föreställande Havets Gud.

På båtarna var det också massor av människor och Blomgren suckade åt folk som inte släppte fram dem när de äntligen närmade sig hamnkontoret.

– Kan han hjälpa oss då? Har inte du någon båt?

– Inte nu längre.

Blomgren skärpte blicken. Längst ute vid frälsarkransen stod ett trettiotal människor och tittade utåt vattnet. Plötsligt fick Blomgren syn på doktor Schenker som väntade längst ut i ljus linnekostym med doktorsväska i handen.

Blomgren och Linda armbågade sig ut och var framme vid livbojen samtidigt som MacFie angjorde bryggan.

På durken låg Fredrik blek och huttrande under solbrännan, ordentligt insvept i en grå arméfilt.

– Det är ingen fara med honom, ropade MacFie till doktorn. Som jag sa till dig i mobilen så håller Vår Herre sin hand över idioter och badgäster.

– Han är dig tack skyldig.

– Jag går in till sjösättningsbryggan istället så kan ni lyfta upp honom.

– Jag kan gå själv, sa Fredrik.

– Stöd honom lite grann och lägg honom på hamnkontoret, beordrade doktorn, så skall jag titta på honom i lugn och ro.

Han vände sig irriterat mot de nyfikna på bryggan.

– Har ni inget vatten att bada i? Är det någon som tagit bort trappan?

Folk lomade i väg utom några pojkar i tioårsåldern som stod som fastvuxna.

– Det är mycket tomburkar i parken såg jag på vägen hit, sa doktorn.

Bryggan blev tom.

– Mycket att göra, sa Schenker till MacFie när han kom ut från hamnkontoret. Först Månsson och nu det här.

– Hur är det med honom?

– Det är ingen fara. Natten har varit varm. Diagnos: Bakrus och dårskap. Blomgren, du kan hämta din bil och köra hem honom. Vila, vatten och värme. Den där jäntan kan nog få honom frisk igen.

Linda rodnade till sin egen förvåning. Hon hämtade sig genom att ryta till Fredrik.

– Vilken jävla idiot du är!

– Jag har väl gjort mitt nu, sa MacFie. Någon flagga att hissa för Månsson har jag inte så inget håller mig kvar. Synd på gubben ändå: att strebrar inte slutar att stressa ens på Saltön!

Han tryckte doktorns hand.

– Du MacFie, skall vi inte gå och skåla för midsommaren? undrar Schenker. På Lilla Hunden.

MacFie tvekade och tittade bort mot Lilla Hundens uteservering, bara hundra meter från hamnkontoret.

Sara hade just dukat av ett bord och stod med en bricka full av glas när hon fick syn på honom. Hon satte brickan framför näsan på ett par förvånade gäster och började vinka till MacFie med båda armarna.

– Det får bli en annan gång, Schenker. Det är snart kväll och vinden avtar. Jag vill inte fastna här på midsommarafton. Skall segla tillbaka till Fårön där jag har mina prylar, min bok och mitt brännvin. Bensinen får jag väl spara på om jag skulle hitta fler badgäster som vill leka Robinson Crusoe.

MacFie hoppade i båten och pluggade in spristaken i öglan runt masten och hissade seglen.

– Ja, då får jag väl fira midsommar med mig själv, sa Schenker. Då får jag i alla fall inga enfaldiga svar på mina frågor.

Han gick med raska steg till Lilla Hundens veranda och fick precis det sista tvåmannabordet. Han placerade doktorsväskan på den lediga stolen.

– Vad får det lov att vara?

– Här var det minsann snabb betjäning.

– Ja jag såg dig stå och prata med MacFie, sa Sara.

– Känner vi varann?

Sara sträckte fram handen.

– Jag heter Sara. Jag jobbar här.

– Ja, det framgår ganska tydligt. En Hof, en smör, ost och sill och en sexa Skåne om jag får be.

– Jag trodde MacFie var ute på en ö.

– Jaså?

– Ja, det var någon som sa det. Han är jävligt trevlig.

Doktorn ryckte till och granskade hennes ansikte. Just som han tänkte tillrättavisa henne för svordomen upptäckte han något uppgivet och sorgset i servitrisens blick och beslöt sig för empati, fastän han var ledig.

– Faktum är att jag ville att han skulle göra mig sällskap här en stund innan han gav sig av, men han hann inte. Först hade han lovat dykarklubben att vara ledsagare åt någon ovan människa från stan som ville dyka i morse, men den personen dök naturligtvis inte upp. Midsommaraftons morgon. Det kunde jag ha talat om. Sedan fick han bärga en annan velig göteborgare som hade övernattat på en ö sedan han kantrat med Blomgrens kanot. Så MacFie hade fått nog av stadslivet för idag.

Sara bet ihop läpparna.

– Jävlar, sa hon. Jävlar, jävlar.

– Förlåt, vad sa fröken?

– Ursäkta mig, jag kommer snart med vinet.

– Vinet?

– Förlåt ölen och pannbiffen.

Linda hade hittat en gammal elektrisk fläkt som hon satt igång inne i friggeboden och därefter hade hon släpat ut Fredriks madrass intill sin egen säng. Han låg insvept i filtar, hade druckit nästan två liter vatten och återfått sin vanliga ansiktsfärg. Fräknarna flöt ihop i solbrännan.

Linda hällde upp sin tredje gin tonic och skakade lite på Fredrik.

– Vakna någon gång då. Här är så himla trist.

Fredrik öppnade ena ögat.

– Trist? Midsommarafton? På Saltön? Är det inte här allting händer? Det sa i alla fall den arbetskamraten som lurade hit mig.

– Jag är så jävla trött på klippor. Det är bara så. Och ungar och maneter. De här dygnen med Marcello i husvagnen har verkligen fått mig att bestämma mig för att aldrig skaffa barn. Han hade alla sina fyra i husvagnen. Ålder två till nio. Galna allihop och ständigt hungriga. Skrek gjorde de också. Enda gången Marcello och jag var ensamma var när det var Sommarmorgon på TV.

– Marcellos ex då? Barnens mor?

– Hon är väl i stan som alla förnuftiga människor.

Fredrik piggnade till.

– Tänk dig ljudet av spårvagnarna. Till exempel när de svänger vid Valand.

– Eller vid Drottningtorget under sommarnatten när föraren hoppar ut för att lägga i växeln.

– Nattspårvagnen när alla pratar med varann och alla neonljusen.

– Doften av asfalt, just efter ett sommarregn.

– Slänten nedanför Figaro mot Vallgraven, när Paddan går förbi. Glass, guider och deras regnponchos.

– En jättestor räkmacka och ett glas vitt vin på Parks uteservering. Ena armbågen i pelargonerna.

– Eller inomhus i baren. De små röda slitna skinnfåtöljerna och bartendern som alltid har väst och händerna på ryggen.

– En öl på Kometen. Blåvitt på Ullevi.

– Boul Mich i Paris. Kaféerna.

– Via Veneto i Rom. Högklackade skor och duvor.

– Jag säger bara Manhattan.

– Där har jag aldrig varit, men jag gillar drinken.

– Går det några tåg hem ikväll?

Kristina parkerade lagligt utanför Saltöbaden. Hon var inte längre fru Månsson.

På terrassen var det högljudd after beach med discjockey från Stockholm och starköl: Två för en. Gratis chips, lökringar och korvskivor.

Två poliser stod med händerna på ryggen och tittade på familjedansen i parken. Små flickor hoppade grodorna runt midsommarstången med blomsterkransar på huvudet.

Det fanns fem flaggstänger utanför hotellet där nordens alla flaggor brukade vara hissade på midsommarafton men nu var det svenska flaggan på alla, på halv stång. Var det Ambassadören som var död? Hon hade träffat honom en gång på Grand Hotell i Stockholm när hon fått följa med Månsson på affärsresa. De hade ätit ostron.

– Smakar saltvatten som alla skaldjur, hade Kristina sagt. Billigare att bara hoppa i sjön och ta en kallsup. Finns här inte pizza?

– Nu häller vi inte i oss mer skumpa, lilla gumman, hade Månsson sagt.

Kristina frågade om det fanns rum. Ett rum hon tänkte behålla en tid med bad och frukost på sängen.

Den unge portiern höjde på ögonbrynet.

Jo, det gick bra. Han talade skånska. Han kunde tänka sig att servera frukosten själv.

Hon skrev in sig.

– Skall jag hjälpa dig in med bagaget?

Kristina log.

– Det behövs inte. Jag har inte så mycket. Konsum har väl inte stängt?

– Nej, om de inte har stängt för att Karl-Erik Månsson är död.

– Är Månsson död?

– Å förlåt jag ser nu att du heter Månsson. Hoppas du inte är släkt. Det är Saltös starka man, fabrikören Karl-Erik Månsson som är död. Han dog i natt. Hjärtat. Det var hans dotter som hittade honom precis när hon kom från Australien. Osis. Jag hoppas verkligen att du inte är släkt?

Kristina hade tagit tag i receptionsdisken. Hon slöt ögonen en stund. Sedan såg hon på honom med klar blick. Hon var välsminkad och hennes blåmärken syntes inte mycket.

– Nej faktiskt inte. Inte nu längre. Jag tänker inte ens heta Månsson längre. Det var mitt namn som gift.

– Oj du har hunnit med mycket? Jag ser ju här när du är född.

Portiern blinkade nästan omärkligt.

– Rum tvåhundraåtta. Andra våningen. Utsikt över havet.

Hoppas att du skall trivas. Jag jobbar till klockan åtta om det är något du vill.

När kyrkklockan slog tre slag vilket betydde kvart i sju höll Emily för öronen. Hon hade ätit upp sillen, jordgubbarna, vispgrädden och schweizerosten. Hon hade druckit hälften av det hembrända i Coca-Colaflaskan men kände sig bara som ett jättestort hål som vägrade bli fyllt.

Hela tiden medan hon ätit hade hon gjort det direkt ur förpackningarna för att behålla dukningen intakt och elegant.

När hon började känna sig något dragen och havet var alltför vackert och dragspelsmusiken som ljöd från parken därnere alltför påträngande, tog hon bort papperstallrikarna och lät dem helt enkelt singla nedför stupet. De blågula pappersservetterna följde efter som trötta svalor medan marschallerna skramlade ganska olycksbådande när de slog ner på landsvägen.

Nu började hon verkligen önska att Ragnar absolut inte skulle dyka upp.

För sin inre syn såg hon hans fördömande min när dukningen var raserad och maten uppäten.

– Kära Emily: En akut incident med mitt herbarium gjorde att min ankomst försenades med en timma, vilket jag sannerligen trodde att du hade tillräcklig intellektuell kapacitet för att ha överseende med.

– Skit i det du din jävla surstork!

Men allt var inbillning. Någon Ragnar Ekstedt stod inte att uppbringa fastän klockan var över sju.

– Den jävla petimätern har blåst mig! Nu sitter han på sin gamla rostiga cykel och skrattar åt mig. Jävla idiot.

Hon gick lös på sin lilla idyll och började sparka vilt omkring sig. Primusköket for in i en talldunge och kuddarna och filtar och madrassen, så omsorgsfullt bäddade, slets isär. En filt hamnade i en tall, ett örngott i en enbuske.

Cykeln stod där den stod, orubblig och låst, den enda kedjan till livet på Saltön och civilisationen. Necessären satt på pakethållaren.

Hon drack hembränt direkt ur Coca-Colaflaskan utan att bli berusad och försökte pricka en ekorre med de ljusblå mysljusen.
Hon gick fram till stupet och skrattade högt när hon lyckats träffa ett biltak med den tomma Coca-Colaflaskan.
När hon var klar satte hon sig på cykeln för att åka hem.

Blomgren städade lite halvhjärtat. Sängen var åtminstone bäddad och det var inga smulor på köksbordet. Det hade han lärt sig hemifrån och att tvätta rent på undersidan tvättstället.
– Alla riktiga husmödrar tittar under handfatet när de är på kalas, Thomas, sa hans mamma när han var barn. Lär din fru att alltid hålla rent på undersidan av tvättstället.
Tankarna gick runt i Blomgrens huvud.
– Varför har jag ingen fantasi? En modern man hade säkert tänkt ut någon trevlig maträtt åt sin gäst. Kanske en drink eller en orkidé som väntar den inbjudna damen.
Han duschade och rakade sig, tog på Palmolive After Shave, en dammig gammal flaska som han tagit hem från affären.
När Johanna inte kom blev han otålig och gick och knackade på i friggeboden för att fråga om allt var till belåtenhet. Ingen öppnade.
– Inga nyheter är goda nyheter.
Han satte sig i bersån med en kopp kaffe och en muffins från Delicatos bonuskartong. Plötsligt hörde han Johannas röst.
– Stör jag?
Han reste sig upp när hon lite förlägen stängde grinden efter sig.
– Johanna, välkommen, så bra du ser ut. Aldrig har jag sett dig i en så vit och vacker klänning.
– Nej den är ny.
– Vad vill du ha?
– Jag hade tänkt baka som jag sa, men det blev inte bra. Jag har med mig bilden som satt intill receptet. Vill du se?
Det ville Blomgren.
– Nu skall vi ha midsommarkalas, sa han och lade armen om hennes axlar. Vi skall ha sill och öl och nubbe i bersån i detta strå-

lande midsommarväder. Jordgubbar skall vi också ha och sen får vi se vad vi hittar på.

– Skall jag hjälpa dig?

– Gärna.

Så roligt de hade i köket. Deras händer snuddade ideligen vid varann och en gång krockade de så oväntat i dörren till skafferiet att de var tvungna att kyssas.

– Jag har bäddat, sa Blomgren.

– Får jag se?

– Visst får du det.

Inte förrän vid åttatiden satt de trötta, rufsiga och lyckliga i bersån och åt matjessill, gräddfil, gräslök och färsk potatis med nubbe och öl därtill.

– Jag trivs så bra i din affär, Thomas. I ditt hus också. I din berså. Och i din säng.

Blomgren log mot henne och hans ögon tårades.

När han letade efter ord skyndade hon inte på honom ett enda dugg som Emily alltid brukade göra.

– Det känns bra, sa han. Vi trivs ju ihop.

Grinden slog igen. En damcykel leddes in under carporten och Emily kom flåsande och bredbent över gräsmattan, röd i ansiktet.

Blomgren flög upp men satte sig osäkert ner igen bredvid Johanna i hammocken.

– Emily.

Emily stirrade på Johanna, men Johanna såg på Blomgren och flyttade sig till och med lite närmare honom på den blommiga dynan som Emily sytt förra sommaren.

Blomgren såg villrådig ut.

– Vad vill du egentligen Emily, sa han till slut. Allt är för sent fattar du väl.

Johanna lade armen om hans nacke. Ett milt järngrepp.

Emily gick närmare dem. Hon såg hotfull ut. Arg.

– Jaså, sa hon. Jaså det är ni två nu?

Johanna nickade och log.

– Just det, Emily. Det är vi nu. Thomas och jag.

Thomas reste sig. Han backade en bit på gräsmattan, stannade och stödde sig mot soluret med ena handen. Det skramlade till och välte.

Han betraktade soluret med förvåning innan han vände sig till Johanna.

– Det kanske är bäst att du går hem nu, Johanna. Vi ses ju på måndag, det vet du.

– Det vet du! ropade Emily och hennes röst var ihålig och sprucken. Så har du aldrig sagt till mig.

Blomgren följde efter Johanna till grinden medan Emily stod kvar.

– Du vet att det är Emily som bestämmer, sa han och hans ögon var grå och mycket fuktiga. Annars hade jag inte gjort så här.

– Älskade Thomas, sa Johanna med hög och hurtig röst. Jag är inte alls färdig med dig än.

Hon sträckte sig på tå och kysste honom på näsan. Han log.

De uppfattade samtidigt ljudet av en kylskåpsdörr som öppnades.

Emily hade gått in i köket.

Kristina hade två bärkassar med sig från Konsum. Hon nynnade när hon packade upp.

– Mitt första egna hem, mitt första egna hem …

Hon placerade vita äggkoppar på fönsterbrädan och skrivbordet. I äggkopparna satte hon fast höga vackra stearinljus. På sängstolparna serpentiner och ballonger i olika färger.

– Litet bo jag sätta vill.

I badkaret ställde hon doftljus i olika kulörer som hon tände. Hon satte på TV:n. Glada blonda svenskar dansade runt en midsommarstång på Skansen och hon tog på sig sin rosa mysdress och öppnade den första pepsicolan, som hon drack direkt ur burken.

Intill sängen lade hon åtta trevliga veckotidningar och en roman. Sängen var bred och på en av huvudkuddarna hällde hon ut för sextionio kronor lösgodis.

På skrivbordet hushållsost, Hönökaka, Mariekex, O'boy och fet mjölk.

– Hurra för midsommar. Ingen sill, ingen nubbe. Ingen gubbe. På väg ut från Konsum hade hon hämtat broschyrer från ABF och Komvux.

Hon skulle läsa till hösten. Hon började genast fylla i blanketter. Vad kul det skulle bli med klasskamrater. Tjejkompisar.

– Hurra för att jag inte hann bli änka, sa hon till den trevliga hallåan i TV som hade blomsterkrans i håret. Hurra för att jag är en frånskild ung kvinna som bestämmer själv över sitt liv...

Hon dansade runt i rummet. Kostervalsen hördes från parken för fjärde gången.

– Gode Gud vad härligt livet är. Och Månsson behöver jag aldrig träffa mer. Nu förstår jag till och med den där patetiska Johanna som hatade honom så.

Hon drog upp persiennen, öppnade fönstret och lutade sig ut. Natten var varm. Hon kunde faktiskt se Johannas balkong.

Johanna hade fått ont i magen av allt kaffe så hon satt på sin balkong och drack O'boy som Magnus lämnat efter sig. Den nya klänningen låg hopbyltad och inslängd i Magnus rum för att hon inte skulle behöva se den på länge.

Hon hade mjukiskläder och hon hade dragit ut Magnus röda konstläderfåtölj som var så djup att hon bekvämt kunde sitta i den med fötterna på balkongräcket. Hon hade inte hittat någon sprit i Magnus rum, men på Lilla Hunden hade hon varit och köpt en flaska vin på krita av Lotten som gick med på allt, så ledsen och förgråten som hon var efter sin älsklingsbrors död.

Det var smärtsamt vackert på Saltön ur Johannas perspektiv. Här skulle hon leva och dö. Ändå kände hon sig mycket misslyckad och ledsen. Nästan som ett misslyckat skämt.

Hon lyssnade på radion där De Ensammas Program just satt igång. Om hon skulle ringa?

– Jag har trivts mycket bra med att vara ensam i hela mitt vuxna liv, för jag hade bestämt mig att först när min son flyttade hemifrån var det dags för mig. För att hitta en man och ett parförhållande, två tandborstar i en mugg. Det var en så lugnande tanke. Så kom den dagen – jag fick vänta länge, i nästan trettio år, innan han flyttade från mig. Så var det dags för steg två. Men vad hände då? Jag kom till korta. Det hade jag aldrig tänkt mig. Att jag skulle komma till korta. Och nu inser jag att jag avskyr ensamheten. Den är onaturlig och ful och grym som en midsommarnatt.

Hon ringde aldrig.

Hon gick in i badrummet och tvättade sig i ansiktet, tog bort nagellack på fingrar och tår med remover, tog på sig sitt gamla bomullsnattlinne med en av Magnus gamla collegetröjor från skolan ovanpå, tog med sin älsklingskudde och en filt och gick tillbaka ut på balkongen.

Hon hörde havet svagt, inte så starkt som i Blomgrens berså, men alldeles tillräckligt och hon bestämde sig för att tillbringa midsommarnatten på balkongen.

Det var mycket att göra på Lilla Hunden. Gästerna vid borden glammade och skrek. En del gäster stod på borden och andra stod med glas i båda händerna mellan borden och sjöng. Det lilla dansgolvet var överfullt. På Lilla Hunden var det endast dans och dansmusik en gång om året och då var det Lasse Ljungberg som sjöng covers.

Sara tog inte en rast på tre timmar och varje gång hon var i köket stötte hon ihop med Lotten som satt vid den stora arbetsbänken och drack whisky. Då och då gjorde hon små insatser som kallskänka, men mest var hon i vägen.

Sara tog henne i armen.

– Vi vet att din bror är död, Lotten.

– Min älsklingsbror. Kallegubben.

– Gå hem och sov och kom tillbaka i morgon om du är så plikttrogen. Det är omänskligt att jobba nu.

– Varför skall jag gå hem ensam på midsommarnatten? Kabbe har stuckit till Göteborg. Eller har han inte det kanske?

– Ja, det har han gjort. Klas hjälpte honom att lasta i bilen med tomflak. Du vet att han var tvungen att åka dit för att leveranserna blivit fel. Och på midsommardagen är folk väldigt hungriga och törstiga.

– Tror du jag är en idiot? Han har en brunett i Göteborg. Jag vill att du skall trösta mig, Sara. Du kommer hem till mig efter jobbet. Jag lovar att vara snäll och inte gråta. Du skall få allt du vill.

– Jag ringer till Månssons dotter.

Klas gjorde en min bakom Lottens rygg.

Det tog tio minuter tills Månssons bil anlände med Lizette vid ratten och Lotten togs om hand.

Sara stod och tog adjö i dörröppningen till köket.

– Så var vi en servitris mindre.

– Tur att du är på topp, sa Klas.

– Vad menar du?

– Ja, att du är fruktansvärt virrig ikväll. Hur många rätter har du serverat fel egentligen? Hur du räknat vågar jag inte tänka på.

Sara log lite blekt.

– Stek du dina ägg och håll bara jävligt tyst.

Klas gjorde en piruett med stekspaden i luften.

Det var svettigt men de var tre servitriser som jobbade för högtryck och deras jobb underlättades påtagligt av att de för kvällen hade en riktig dörrvakt på Lilla Hunden, en kroppsbyggare från Grebbestad.

Solen gick ner och strax upp igen och äntligen var klockan två.

– Man skulle ha en vakt här jämt, sa Sara när hon såg hur elegant dörrvakten tömde restaurangen.

– Varför har du så bråttom? frågade Klas. Har du stämt träff med din pancho på en klippa för att se på soluppgången? Utsikt från en rullator?

Sara lutade sig ner och kysste honom på pannan.

– Glad midsommar, Klas, sa hon.

Hennes hår luktade stekflott, rök, pommes frites och öl och det gjorde även kläderna Hon flanerade sakta hemåt.

I båtarna var det fullt liv. Man sjöng Taube och man festade.

Sara gick barfota med sandalerna i handen och var mentalt redan i sin säng när hon fick syn på sjötaxin Sjö-Gurkan, en vit båt med blått kapell.

Sjö-Gurkan själv satt på landgången och läste GT och drack Coca-Cola.

Sara stannade.

– Är du ute och kör folk på havet och så?

– Vad tror du en sjötaxi är till för? Frågan är om jag hinner läsa sporten innan det kommer några nya fulla badgäster som skall genvägen hem över havet till Rundholmens camping.

– Vet du var Fårön är?

– Självklart. På Gotland. Då får jag nog tanka några gånger …

– Jag menar förstås Fårön häromkring, träskalle.

– Tack, då menar du skäret utanför Tallholmarna.

– Antagligen, kan du köra mig dit?

– Nej, alldenstund det inte bor några människor där. Jag kör inte runt min taxibåt med självmordskandidater om du tror det.

Sara hade redan tagit på sig sandalerna och hoppat ombord.

– Enkel biljett till Fårön, sa hon och öppnade handväskan. Den är nämligen inte obebodd nu.

Sjö-Gurkan startade inombordsmotorn och de gick ut ur hamnen.

Vattenytan var alldeles blank. Dragspelet hördes tydligt från parken och då och då hördes plumsanden av nattbadare.

Nio trutar stod på kajen.

– Kallas du verkligen Sjö-Gurkan?

– Naturligtvis inte. Namnet är till för att roa turisterna. Det lyckas mycket bra. Min båt sitter i alla badgästers fotoalbum. Bra reklam. Jag heter Balthazar Måneskiöld.

Han bjöd henne på en halstablett.

– Vad då inte obebodd?

– MacFie är där, sägs det i alla fall.

– Så du är på väg till MacFie. Vet du inte om att han föredrar ensamheten?

Sara kisade mot solen.

– Man bestämmer inte alltid själv.

Hon öppnade ryggsäcken och tog fram en jordgubbskartong och bjöd honom.

Det var skönt att sitta på en marinblå kudde med vitt rep omkring efter alla timmars spring på Lilla Hunden. Motorljudet var sövande.

– Nicka inte till, för nu är du framme.

Balthazar sänkte farten och gled tyst in i viken och lade sig mjukt intill MacFies bohusjulle som hade fendrarna ute. Han tog emot femhundralappen.

– Skall det vara skrivet kvitto? Badgäster brukar vilja ha det.

– Jag är ingen badgäst.

– Se upp. Klipporna är hala som såpa nu på natten.

Sara hoppade i land. Balthazar backade ut ur viken igen, vände den stora båten på en femöring och styrde mot Saltön.

Sara tog på sig ryggsäcken med bankande hjärta och började klättra upp på berget.

Hon såg honom i silhuett där han satt och betraktade himlen och havet. Framför sig ett buckligt tennfat fullt med musslor. I handen en ölflaska. Det var mycket tyst men inifrån Saltön hörde man dragspel. Födelsedagsvals till Mona.

Sara tog av sig sandalerna och gick på tå över de röda klipporna.

Han vände sig om.

– Jag vill dansa en midsommarvals med dig.

– Sju ord utan en svordom. Hur skall detta sluta?